講談社文庫

メビウスの守護者

法医昆虫学捜査官

川瀬七緒

講談社

目次

メビウスの守護者《しゆごしや》

法医昆虫学捜査官

第一章　水気の多い村

1

この場所の暑さは異常だ。止めどなく汗が噴き出し、こめかみや背中を幾筋も伝っている。

岩楯祐也《いわだてゆうや》は首に巻いていたタオルを外し、歩きながら無造作に顔をぬぐった。警視庁支給の作業着はおろし立てのせいで糊《のり》が利《き》きすぎ、通気性や吸湿性などあったものではなかった。さっきから袖《そで》をまくり上げたい衝動に駆られているのだが、たびたび耳許《みみもと》をかすめる虫の羽音がそれをも阻《はば》んでくる。

ののしりながら鬱陶《うっとう》しいアブどもを振り払い、岩楯は辺りに目を走らせた。天を射抜かんばかりに伸びる杉が山肌を覆《おお》い、強烈な七月の陽射しを適度に遮《さえぎ》ってくれている。きれいに枝打ちされた木々の間を風が通り抜けていくけれども、重く湿《しめ》り気を帯びて清々《すがすが》しさとは無縁だった。まとわりつく熱気は息苦しいほどで、体感温度を上げるのにひと役買っている。

　登山口にある駐車場からの道路は完全に封鎖されているため、現場までは歩くしかない。岩楯はタオルを首に下げて大仰《おおぎょう》に歩みを進めていたが、急な坂道の途中でいよいよ立ち止まった。おびただしいセミのわめき声も神経に障《さわ》りはじめている。まるで山全体が音を増幅させるアンプだ。

　岩楯はずきずきと疼《うず》いているこめかみを指で押し、汗をぬぐってペットボトルの水を一気に喉へ流し込んだ。

「岩楯主任、水分補給は少しずつこまめにお願いします」

　前を歩いていた男が振り返り、やかましいセミどもを封じるほどの野太い声をかけてくる。会ってすぐに思ったことだが、おそろしく通る声質の持ち主だ。

「一気飲みは山では命取りになります。栄養の吸収を阻害しますから、暑さに対する抵抗力が落ちるんですよ。体力がすぐ底をついてしまうし、とても危険な行為です。さっきから見ていると、主任は水分を摂《と》りすぎかと思われますね」

「そうかい」

　岩楯は、半分まで飲み下したペットボトルを尻ポケットにねじ込んだ。

「ここが水飲み程度で命取りになる場所だってことはわかった。もしかして俺は、今から登山でもやらされるのか？」

「いえ、現場はここから一キロもありません。舗装《ほそう》されたこの道沿いですから、もう間もなくです」

「それを聞いて安心したよ。あのとんでもなく険しい山に入るのかと思って、さっきからずっと怯《おび》えてたんだ」

前方に聳《そび》える浅間嶺《せんげんれい》の稜線《りょうせん》を目でたどり、岩楯は西多摩《にしたま》地区にある急勾配《こうばい》の山道を再び歩きはじめた。

「まずな、昨日と今日は非番のはずだった。待ちに待った久々の連休だ。なのに、昨日は急遽《きゅうきょ》バラバラ死体の解剖に立ち会う羽目になって、今日は東京最果ての西多摩入り」

お疲れさまです、と生真面目に返してくる男に手をひと振りした。

「俺は来年四十一の前厄《まえやく》だぞ。そろそろ体を労《いた》わろうかと思ってた矢先だ。まったく、悪党ってやつは時と場所を選ばないから困る」

もっとも、休暇は酒を呷《あお》って寝ることだけで終わっていただろう。昔から、長い休みは持て余すだけで有効に使えたためしがない。

岩楯は息を上げながらひび割れたアスファルトを踏みしめ、少し前を歩く男へ目をやった。自分と同じく紺色の作業着姿だが、このまま山で数泊はできそうなほど大ぶりのザックを背負っている。横に張り出したポケットからは、鉤《かぎ》状になった登山用具らしき金具が覗《のぞ》いていた。身長は岩楯よりも頭ひとつぶん以上は低く、胴長でひどく脚が短い。けれども、見るからに骨太の体軀《たいく》ががっちりと地面を捕らえ、腰の位置が低いぶん、何にも動じないような安定感があった。

「山岳救助隊員と組むのは初めてだよ」

岩楯が言うと、角刈りをした男は振り返って満面の笑みを浮かべた。陽《ひ》に灼《や》けた頬《ほお》骨《ぼね》が盛り上がり、エラの張った輪郭がきれいなベース型をつくっている。笑うと目尻が下がって、いかにも人のよさそうな風貌《ふうぼう》になった。

「自分も、本庁の方と組ませていただくのは初めてです。四日市《よっかいち》警察署管内では、重大事件が起きること自体が滅多にないので」

「だろうな」

「ただ、管内には山があります。自然の脅威にさらされた土地なので、一時も気は抜けません」

男は作業着の前を引っ張って襟を直し、拳を口許に当てて咳払《せきばら》いをした。

「自分は牛久《うしく》弘之《ひろゆき》巡査長、三十歳。山岳救助隊分隊員、生活安全課兼務であります。よろしくお願いします」

「それはさっき聞いたよ」

「そうでしたか。いや、そうでしたね。失礼しました」

あきる野《の》市にある所轄で顔を合わせてから、まだ数時間。どうやら、牛久の緊張は続いているらしかった。新しい相棒は少々顔を赤らめながら会釈《えしゃく》をして、行きましょうと進行方向へ手を向けた。

それから二十分ほど蛇行《だこう》する山道を歩いたところで、セミの声にまぎれて人の話し声が聞こえてきた。ブルーの作業着を着てマスクをした鑑識らしき捜査員が、木立の間から見え隠れしている。同時に、えもいわれぬ臭気が風に乗って岩楯のもとまで届けられ、反射的に息を止めた。

生き物が絶命した証拠、腐敗臭だ。それは湿気《しけ》た重い空気にまんべんなく溶け込み、土や木々の濃密な匂いを退けるほどの存在感を示している。遺体が引き揚げられた後でも、この臭いの粒子だけはしつこく居座り続けるから厄介《やっかい》だった。

またひと仕事が始まる。岩楯はふうっと息を吐《は》き出し、自分の顔を両手で二回ほど叩いた。この臭気には慣れが利かない。何度経験しても、いつも駆け出しのころのような落ち着かない気持ちにさせられた。牛久は口に手を当てて咳払いを繰り返し、振り返って前方を指差した。

「遺体発見現場は、この先のガードレールの下です」

杉山を縫《ぬ》うように曲がりくねった道を少し進むと、ようやく正面に黄色いテープが張られた現場が見えてきた。古びた石橋が架《か》かる先には、一車線の道路がU字型に急カーブを描いている。右側には青々とした見事な杉の繁《しげ》る山があり、道を挟んだ左側には塗装の剝《は》げたガードレールが設置されていた。微《かす》かに川の流れる音が聞こえている。

岩楯は捜査員に挨拶《あいさつ》をしながら進み、落ちていた枯れ枝をおもむろに拾い上げた。土埃《つちぼこり》だらけのガードレールに近づいて、絡《から》みついているクモの巣を無言のままなぎ払う。こんな場所には確実にいるものだ。親の仇《かたき》のように枝を振るう様子を見ていた牛久が、ためらいと怯えを織り交ぜたような面《おも》持ちで声をかけてきた。

「あの、どうかされましたか？」

「クモが大嫌いなんだよ。ショック死しそうなほどな」

裏側も丹念に確認してから岩楯は納得し、枝を放ってようやく下を覗き込んだ。

ほぼ垂直に切り立つ斜面は直射日光を受け、白茶けた雑木《ぞうき》の裏葉をまぶしいほど反射させていた。幅の狭い川が走る谷底まで、十メートル弱といったところだろうか。目がくらむほどの断崖絶壁というわけでもない。捜索隊が取りつけたのであろう梯子《はしご》が、木々にしっかりと固定されて下へと伸びていた。

岩楯はガードレールに腹をつけて身を乗り出し、真下に視線を落とした。急斜面の中ほどには舞台のようにせり出した平らな地面があり、そこから段々畑に似た階段状の地形が川岸まで続いている。長い時間をかけ、増水した川によって削られてできたのだろう。そこに数人の鑑識捜査員が降りて、草刈りや微物《びぶつ》の採取など個々の作業をおこなっていた。痕跡を示す番号札が所々に置かれている。

周囲をゆっくりと見まわし、岩楯は大枠の地形を頭に焼きつけた。谷底を流れる川には倒れた杉が丸木橋のように架かり、そこへ蔦《つた》が幾重にも絡みついて、川面につきそうなほどぶら下がっているのが見える。水流は草木に遮られて先が見通せず、鬱蒼《うっそう》とした山のなかへと消えていた。

見わたす限り、あらゆる植物が入り乱れた原生林と化しているが、川の向こう側にだけ整備された道がまっすぐに伸びているのが異様だった。きれいに草木が伐採され、場違いなほど真っ白い柵《さく》が川に沿って設けられている。

よし、とつぶやいて岩楯は振り返った。

「おまえさんがホトケの第一発見者なわけだが、まずは、どうやって見つけたのかを教えてくれ」

岩楯は牛久に預けておいた捜査ファイルを受け取り、ページをめくりながら問うた。ちょうど鑑識が降りている辺《あた》りで遺体は見つかっている。

「この通り、雑草は伸び放題だし、完全に目視は不能。いくら臭いに気づいたとはいえ、この山んなかから場所を特定するのは容易じゃなかったはずだが」

「そうですが、自分にとっては山全体が縄張りみたいなものです。少しの変化も見逃さないように、いつも気を配っていますので」

牛久は、よく通る声で答えた。

「自分は毎朝、あのハイキングコースを往復するのが日課なんです」

山男の相棒は、川を隔てた向こう側にある舗装された道を指差した。

「あの道は、仏戸岩《ふっと》まで四キロほど緩やかに続いています。初心者向けのコースなので、休みになれば子どもや年寄りも多い。自分は危険物がないかをチェックしたり、ゴミを拾ったりしているわけです」

「毎日？」

「そうです」

「たいしたもんだ、警官の鑑《かがみ》だな」

「いえ、自分のトレーニングも兼ねていますから」

牛久は照れ笑いを浮かべたが、すぐに険しい面持ちに戻した。

「一昨日《おととい》の早朝、六時前でした。ハイキングコースに入ったとき、やけにカラスが集まってるなとは思ったんです。風向きが変わったので、すぐ臭いにも気がつきました。コースから川を隔てたこちら側に、カラスが何羽も降りているのが見えたんです。ちょうどこのガードレールの真下、棚になっている場所ですね」

相棒は心地よい低音の声で説明を続けた。

「たぶん、またアライグマが死んでいるんだろうと思いました。それかシカですね。ここ最近、山で増えて困ってるんですよ。縄張り争いでの死骸がやたら多いんですが、そのまま放置はできませんからね。保健所に連絡しても、処理までに時間がかかるんです」

「じゃあ、こういうわけだな？　おまえさんはみずから死骸を始末するために、コースを逸《そ》れて現場まで行ったと」

「はい。夏から秋にかけては、登山客やハイキング客が多い時期です。近くに動物の死骸なんかがあったらいやですからね。せっかくの思い出がだいなしですよ」

「なかなか気が利くじゃないか。だが、見つけたのは、かわいいラスカルなんかじゃなかった。人間のバラバラ死体だったと」

岩楯がずけずけと口に出すなり、牛久の顔色が目に見えて変わったのがわかった。厚い下唇を嚙《か》み締め、喉仏《のどぼとけ》を何度も上下に動かしている。今までなんとか封じ込めていた嗅覚も騒ぎはじめたようで、鼻梁《びりょう》の太い立派な鼻を潰すような勢いで肉厚の手を押しつけた。

「おい、おい。大丈夫かよ」

大丈夫です、とうわ言のように繰り返しつぶやいていたけれども、自身をごまかすことはできなかったようだ。限界はすぐに訪れ、牛久は「す、すみません……」と言うより早く踵《きびす》を返して反対側にある杉山へ駆け込んでいる。大きなザックを担いだまま体をくの字に曲げて、げえげえと嘔吐《おうと》しはじめた。

岩楯は、咳き込みながら大きく波打つ相棒の広い背中を見守った。犯罪の犠牲になった亡骸《なきがら》を見るのは初めてだったのだろう。ましてや切断された一部など、牛久にとっては想像を絶するものだったに違いない。

昨日はバラバラ死体遺棄《いき》事件発生との連絡を受け、岩楯は三鷹《みたか》にある大学の法医学教室へ急行した。牛久は第一発見者としての検証で解剖には立ち会わなかったが、さっきの状態を見る限り強硬に拒んだのかもしれなかった。発見されたのは男の両腕であり、ちょうど関節の部分から三つに切断されている。上腕部と肘下、それに右手首から下だ。左手首から下は見つかっていない。しかし、損壊《そんかい》はそれだけではなかった。

岩楯は、捜査ファイルをめくって発見時の写真に目を落とした。

右手の五本の指はすべて切り落とされ、掌《てのひら》には真っ黒いタールでも塗《ぬ》りつけられたかのように、こびりついた血が層になって固まっている。信じられないことに、遺体は掌の皮膚が削《そ》ぎ落とされているのだった。

岩楯は、解剖の様子を思い出して口の中に苦味が走った。白い骨や紫っぽい腱《けん》が露出するほどの執拗《しつよう》な損壊だ。何がなんでも、身元につながる特徴の一切を消したかったと見える。当然ながら、目を背けたくなるほど大量のウジが湧《わ》き出していた。

「すみませんでした、初日からこんな失態を……」

頭を下げて恐縮しながら牛久が戻ってきた。陽灼けした顔から血の気が失せると、黄味がかった灰色になるらしい。岩楯はしげしげと見つめた。相棒はこめかみを伝う脂汗をタオルでぬぐい、あえぐように肩で息をしている。

「本当に大丈夫か？」

「はい、自分のなかですべて決着をつけました。問題ありません、もう大丈夫です」

「まあ待て。早々と決着をつけるな。これからが本番だからな」

岩楯が開いているファイルの写真が目に入った牛久は、急いで視線を逸らして身じろぎをした。

「で、さっきの続きだ。こいつを見つけるまでの経緯を細かく教えてくれ」

写真を目の前にかざそうとする上司から飛びすさって距離を取り、牛久はわかりましたと慌《あわ》てて何度も頷《うなず》いた。

「ハイキングコースの柵を越えて、倒木にロープを張って川を渡りました。自分はこの仙谷《せんごく》村の出身なので、地形や安全なポイントをだれよりも知っていますから」

「その山男並みの装備が役に立ったわけか」

岩楯が重そうなザックへ目をやると、牛久は少しだけ生気を取り戻したような顔をした。

「自分は常に『もしも』に備えたいと思っています。いつ何時、山で問題が起きても対処できるように、外へ出るときはひと通りの装備をそろえるのが職務ですから」

「なるほど」と岩楯は牛久の顔を見まわした。

山岳救助隊員は厳しい訓練のすえの志願者だ。山登りが好きという理由で入ってくる者は多いらしいが、ほとんどが挫折して離れていくと聞いている。自分の生存確率すら下がる状況で他人の命を救うのだから、並大抵の精神力では務まらない。

牛久は血色の戻りはじめた顔の汗をぬぐい、話の先を続けた。

「自分は川を渡って斜面の中腹まで登りました。見ての通り階段状になっているので、それほど手間はかかりません。そしてカラスを追い払って雑草をかきわけて、見つけたんです……」

相棒はごくりと喉を鳴らす。岩楯は不必要に鮮明すぎる写真を見つめ、ガードレールから下を見やって位置関係を確認した。

「腕は四方八方に散らばってたみたいだな」

「……はい。初めはなんだかわかりませんでした。大量のハエがたかっていたせいもあって、細長いからヘビか何かの死骸かなと。で、でも、ハエの隙間から見えた皮膚がすごく蒼白《あおじろ》かったんですよ。獣《けもの》ではない、ヘビでもない。じゃあ、これはいったいなんなのか。少し離れた場所にあった手首が見えたとき……人の腕だとわかったんです」

「埋められてもいなかった？」

「はい」と牛久は小刻みに頷いた。「動物が掘り返したようにも見えませんでした。草の上に置かれていたという感じです」

岩楯は、現場写真とガードレールの下にある発見現場を交互に見くらべた。鑑識は一段下の斜面にも降りて、棒で草むらを突きながらかきわけている。当然、残りの部位も近くにあると見ているのだろうが、岩楯はどうも腑《ふ》に落ちなかった。

経験上、バラバラ死体を遺棄するときは、だいたい埋めるかビニール袋等に入れられているかがほとんどだ。猟奇《りょうき》的な目的でもない限り、犯人は人目に触れるような事態を極力避けようとする。これは半ば無意識の行動だった。しかし、今のところ袋などは見つかっていない。風でどこかへ飛ばされたにしても、これだけ草木が多ければ引っかかって残りそうなものだが……。

岩楯は崖下をじっと見つめた。どこか収まりの悪さを感じる現場だ。この状況には意味があるようにも思えるのだが、今はこれといって閃《ひらめ》きのようなものは浮かばない。

「ところでおまえさんは、ホシがどのルートで遺棄したと思ってるんだ？」

岩楯の質問に、牛久は考える間もなくすぐに口を開いた。

「この道路から下へ投げ落としたんじゃないでしょうか。自分がたどった川を越えるルートは、素人には無理です。西夏川《にしなつ》の支流は川幅こそありませんが、流れが急で浅くはない。わざわざ遺体を持ってそんなところを移動するとは思えませんね」

「そうだなあ、少なくともロープが必要になるしな」

「ええ。しかも一本では無理で、カラビナや確保器などの金属装備もいりますね」

「装備をそろえて川を渡るまでもなく、素直に道路をまわって捨てればいいわけか。だが、こっから投げ落としたにしてもおかしな状況だと思うぞ」

岩楯は、捜査ファイルをぴしゃりと閉じた。

「まだほかの部位が見つかってないからわからんが、なんで腕だけここへ落としていったのか。袋にでも入ってたんならまだわかる。当然、小分けにして、いろんなところへばら撒《ま》いてまわる算段だろう。問題は、剝《む》き出しのバラバラ死体を、ここから豆まきみたいにぶん投げたのかどうか、だよ」

「豆まき……」

牛久は反射的に繰り返し、その映像を追い払うようにぶるっと首を左右に振った。

「岩楯主任は、袋がなかったことが問題だと考えているんでしょうか？」

素朴な質問に、岩楯は問題だと言い切った。

「車で捨ててまわったにしても、いちいち袋から出して始末してたら、シートとかトランクが汚れてしょうがないわな。手も服も汚れるし臭いもつく。自分ならそんな面倒なことはしない。それに、もたもたしてたら人に見つかるリスクも上がる」

「でも、こんな山だから人はいないと考えたんじゃないでしょうか。遺棄したのはもちろん夜中だろうし、この辺りは街灯もなくて日が暮れれば真っ暗になります。谷へ投げ落とせば雑草に埋もれてしまうわけで、発見されないと思った」

岩楯が捜査ファイルを牛久に渡すと、相棒は重そうなザックを下ろして前ポケットに突っ込んだ。すぐに背負いながら自身の見解の続きを話しはじめる。

「でも、自分は異常者の仕業《しわざ》だと思っています。そう考えれば、袋詰めにしなかった理由にもなりませんか？　自己顕示欲が強くて、むしろ遺体が発見されて騒がれることで興奮する輩《やから》の犯行です。そんな野郎がこの村に入ったのかと思うと許せませんね」

「まあ、それもないとは言わない。だがな、ホシは指を全部切り落として掌紋まで剝ぎ取ってるんだ。徹底的にガイ者の身元を封じたからこそ、そこいらにぽんと捨ててもかまわないわけだよ。人に見られなければ、絶対に捕まらないと思ってる。が、なんで袋詰めにしなかったのかは不明」

「考えれば考えるほど異常です……」と相棒は怒りを再燃させていた。

「確かに異常で執拗だが、こうも考えられる。ガイ者は指紋を残せば身元が割れる人間。ホシは、ガイ者の身元が割れれば簡単に足がつく人間だってな」

岩楯は、犯人は入念な下見などもしていないのではないだろうかと感じていた。犯行があまりにも無造作すぎる。遺棄場所を探してまわったのなら、ハイキングコースからこれほど近い道路っぱたを選ぶわけがない。しかも、どこに捨てようが関係なかったとすれば、わざわざ西多摩くんだりまで来る必要もなかったはずだろう。それを考えると、殺人者は西多摩にゆかりのある人間なのかもしれないとも思う。少なくとも、この地を訪れたことがあるはずだった。

遺体発見場所を凝視して考え込んでいる岩楯に、牛久が低い声をかけてきた。憤懣《ふんまん》やるかたないと言わんばかりに目が据わっている。

「自分は、この仙谷村で生まれ育ちました。この辺りの山は庭も同然だったし、自分を形作っているすべてを与えてくれた場所だとも思っています。それをないがしろにされた、汚されました。必ずホシを挙げて見せます」

「……そうか」

「自分に力を貸してください。よろしくお願いします」

牛久は体を直角に曲げて深々と頭を下げてきた。

会った瞬間に感じていたことだが、牛久の郷土愛は並外れて深い。殺人事件の残虐性に怒りを覚えているというより、精神の支柱である山を汚されたという意識のほうがはるかに高かった。正義感はすべて村に向けられ、警官の道を選んだのもこの地を守るためのように思える。それが悪いとは言わないが、岩楯の感覚とはかなりのズレがあることに間違いなかった。

そのとき、湿ったぬるい風が谷底から吹き上がり、濃密な腐敗臭を胸いっぱいに吸い込む羽目になって岩楯は盛大に咳き込んだ。

「まったく、天まで届く臭いとはよく言ったもんだ。この山はジメジメして湿度が高いし、最悪の条件だぞ」

牛久は風を避けるようにガードレールから素早く離れ、口を押さえながら声を絞り出している。

「こ、この山は西夏川の支流が枝分かれして流れているので、とにかく水場が多いんです。そのせいで湿度が高いですけど、絶景がいたるところにありますよ。数ある滝《たき》は神懸《かみが》かった名所ですからね。村の飲み水の水源にもなっているわけでして、林業にも適している非常に優れた土地なんですよ」

くぐもった声で村のすばらしさを説く相棒の顔色が、また急激に蒼ざめていくのが見て取れた。

「今年は空梅雨《からつゆ》で深刻な水不足だが、ここでは関係ないわけか」

「ええ。そういう問題とは無縁の地ですから」

そう答えながらも、しきりに喉を上下に動かしている。

「吐くならいきなりは勘弁してくれるか。こっちにも心の準備がある」

「だ、大丈夫です、問題ないです。でも、ハエとウジまみれの腕がどうしても頭から離れないんですよ。とにかく、見たこともないほどでした。尋常な数ではなかったので……」

「あんなもんはまだまだ序の口だ。とある女に会えば、おまえさんが見たものが、いかに初心者向けだったかが思い知らされるだろうよ」

「とある女？」

牛久は何度も喉を鳴らし、込み上げてくるものを必死に胃袋へ押し戻そうとしている。岩楯は、鼻先をかすめたアブを追い払いながら言った。

「この案件には特別捜査員が参加する。法医昆虫学者だよ。しかも、面倒みるのはなぜだかいつも俺の仕事になっててな。当然、おまえさんも行動をともにすることになるから、覚悟を決めてもらうぞ」

法医昆虫学者……とつぶやいて訝《いぶか》しげな顔をしている牛久を促し、岩楯は駐車場への道を戻りはじめた。

2

四日市警察署は仙谷街道沿いにある。鉄筋五階建ての建物は古くも新しくもない箱型で、無難ということ以外に取り立てて言うべき感想もない見た目だった。

犯罪現場となった仙谷村は、東京とは思えぬほど自然豊かな土地だったのに、たった七キロほど離れただけで、ありきたりな郊外都市へと様相を変えている。が、東京都内でありながら、管轄区域の半分以上が山岳地帯という特徴をもつ四日市署は興味深い。

大鷲のシンボルマークが収められた額縁をひとしきり眺め、岩楯は警察署の正面玄関から外に出た。とたんに埃っぽい空気を吸い込み、背中を丸めてむせ返った。その姿がガラス戸に映り込んで、間近で疲れた自分と目を合わせる羽目になる。

あいかわらず、不機嫌を極めたようなひどい仏頂面《ぶっちょうづら》だ。岩楯は陽灼けした自身の顔をじろじろと見まわした。いつの間にか眉根《まゆね》を寄せるのが癖になっているし、睨《にら》みを利かせた目だけがやけに物欲しげでもある。ろくな生活を送っていないさまが透けて見える面《つら》がまえだ。

岩楯はワイシャツの胸ポケットへ指を入れて探り、煙草《たばこ》がないことに気づいてため息を吐き出した。ここのところ、日に何度もこの行動を取っては、苛々することを繰り返している。禁煙には成功したといくら言い聞かせても、体はそう簡単に納得してはくれないらしい。未だ未練がましく、ニコチンの影を追い求める情けなさだった。昨日日向《ひなた》に出て顔を両手でこすり上げ、岩楯は痛いほどの陽射しを全身に浴びた。昨日に続いて雲ひとつない青空だが、まったくといっていいほど爽快さがない。山中よりましとはいえ、この辺りも湿度が高くて朝だというのに空気がべたついていた。

傷だらけの腕時計に目を落とすと、午前九時半過ぎを指している。もう間もなくだろう。あくびを嚙み殺しながら道ゆく車を眺《なが》めているとき、「おーい」という声が聞こえて岩楯は横を向いた。

アスファルトから立ち昇る陽炎《かげろう》を蹴散らしながら、歩道を駆けてくる者がいる。サックスブルーのＴシャツを着て腰にチェックのシャツを巻きつけ、色褪《いろあ》せたジーンズを膝のあたりまでまくり上げていた。背負ったリュックサックには斜めに捕虫網が挿《さ》し込まれ、前屈みになって疾走《しっそう》する姿はどう見ても忍びの者だ。目撃するのは久しぶりだが、以前と何ひとつ変わっていないことに苦笑いが込み上げた。

法医昆虫学者の赤堀涼子《あかほりりょうこ》は、見る間に岩楯との距離を詰め、目の前で横滑《すべ》りしながら急停止した。

「出迎えご苦労！」

息を整えながらキャップを脱いで敬礼をし、前髪をかき上げてつるりとした広い額を全開にする。色白の童顔が陽灼けで赤くなっているさまが実に初々《ういうい》しく、何を言わなくても夏を満喫している様子が伝わってきた。

「いつも会議開始ぎりぎりにくるのに、今日は早いんだね。なんかあった？」

首を傾げた赤堀は、汗で束になった後れ毛をピンで留め直した。

「それにしても久しぶりだよね。禁煙は順調にいってる？　わたしは、もうとっくの昔に成功してるんだけどね。意志が強いって周りから感心されてるよ。ああ、別に自慢じゃないから気にしないで。しかし毎日暑いよねえ。館林《たてばやし》ではもう三十八度を記録したみたいだし、梅雨なのに雨は降らないし、とんでもない凶悪事件は起きるし、日本はいったいどこへ向かってるんだって感じだよ。どう思う？　ねえ岩楯刑事」

会った早々やかましく、体感温度が二度ぐらいは上がったような気がする。岩楯はネクタイを緩め、ワイシャツの第一ボタンを外した。

「どうしても言っておきたいことがあったから待ってたんだよ。電話じゃなくて直接な」

「なるほど、通話記録を残したくないわけだね」

赤堀は訳知り顔で大きく頷いた。

「会議前の口裏合わせかなんか？　偽証は危ない橋になるけど、まあ、岩楯刑事の頼みならしょうがないか」

「頼んでないだろ、滅多なことを口走んな」

岩楯は素早く周りに目をやった。だれにも聞かれていないことを確認してから、再び小柄な女を見下ろした。

「昨日も一昨日もメールで釘《くぎ》を刺《さ》したことだが、とにかく会議での発言には気をつけてくれってことを言おうとしたんだよ。しょっぱなから悪印象をもたれたら、今回の捜査はやりづらくなる。あんたのためにもならない」

「なんだ、そのことか」

赤堀は拍子抜けしたように首をすくめて見せた。

「岩楯刑事は心配性だなあ。わたしはいつも、発言には気をつけてるんだよ」

「どこがだよ」

即答した岩楯は疲労が押し寄せるのを感じ、目頭《めがしら》を指で押した。

「偉いさんのひとりが、未だにあんたの起用を渋ってるんだ。自分の指揮下では必要ないと、最後まで譲らなかったぐらいだからな。今まで以上にアウェイだってことを頭に置いてくれ」

赤堀は「ふうん」と言ってあごを上げ、にやりと不敵な笑みを浮かべた。こんな顔をするときは、ろくなことがないと経験上知っている。

「了解しましたよ」

「待て。ぜんぜん了解してない顔だな」

「そんなことないって。ただ、虫の声が聞こえたらすべてを伝える。どんな小さなことでも見逃すつもりはない。わたしの役目はそこだから、地道に自分の仕事をするまでだよ。偉いさんに好かれる努力は、その次の次ぐらいかな」

もっともな話だ。しかし、自分の能力を遺憾《いかん》なく発揮するには、立場を確保しておく必要があることを彼女はいまひとつわかっていない。

岩楯は、子どもに気を揉《も》む親のように再び口を開きかけたけれども、少し考えてから結局は言うのをやめた。彼女が今までに出してきた結果がすべてを物語っており、当然、それを直視しない側にこそ問題がある。いずれは現実を見ざるを得ないときがくるだろうし、何より、赤堀は簡単に潰《つぶ》されるようなヤワな人間ではなかった。最後の最後まで食らいついて、敵をうんざりさせるのが目に見えている。

岩楯は、熱い空気を肺いっぱいに吸い込んで気持ちを切り替えた。

「まあ、あれだ。ひとまず先生にまかせる。俺がいくら騒いでもしょうがないわな」

「岩楯刑事、いつもありがとう」

赤堀は邪気のないまっすぐな瞳《ひとみ》を向けてくる。不意打ちのように素直な言葉を贈られ、岩楯は急に気恥ずかしくなって視線を逸らした。

法医昆虫学者をつれて警察署のなかへ入ると、上司の様子をどこかで窺《うかが》っていたらしい牛久がのそりと近づいてきた。滅多に着ないのであろうワイシャツは、ひとまわりほどサイズが小さいように見える。窮屈そうに何度も襟許へ手をやり、岩楯の横にいる赤堀に会釈した。

「四日市署の牛久と申します。このたび、岩楯主任と行動させていただくことになりました。ええと、法医昆虫学者の赤堀先生で間違いないですよね……」

赤堀を初めて見た者は、まずそれを問わずにはいられない。岩楯がそうだと言うより早く、彼女は相棒の手を取ってぶんぶんと振った。

「よろしくね。しかし極上の筋肉だなあ。うちの科の学生にもマッチョがいるんだけど、見せるだけのファッション筋肉なわけ。でもこれは密度が違う、防御と攻撃の両方いけるタイプだよ。山岳救助隊員だって聞いてるけど？」

「はあ、そうです」

「このへんだと、仙谷村から入って三頭山《みとうさん》に登ったことあるよ」

「三頭山ですか！」

牛久は急に目を輝かせ、腕の筋肉を赤堀に触らせたまま言葉を継いできた。

「あそこは奥多摩三山のなかでいちばん高い山です。ルートが険しいのに、短時間で制覇しようと無理をする登山者が後を絶たない山でもある。今年に入って、三回ほど救助に出動していますからね。大滝《おおたき》からの滑落《かつらく》も多発していますから、慣れた者こそ注意が必要な山なんですよ」

登山者講習でもするような口調で語った牛久は、すぐにまた元の戸惑った顔に戻している。さっきから筋肉に魅せられている赤堀に、どう接したらいいのかわからないらしい。件《くだん》の学者はまったく様子を変えずに、簡単すぎる自己紹介を終わらせた。名刺がないときは名前のみ、いつもそれだ。そして牛久は、いちばん気になっていたらしいことを恐縮しながら口にした。

「あの、たいへん失礼ですが、赤堀先生はおいくつなんでしょう」

「三十六だから、ウシさんとすごく近いよ」

「どっちかっつうと、あんたは俺と同年代だろ」

岩楯はすかさず訂正をした。牛久は心底驚いたように年齢をつぶやき、赤堀の全身を何度も目で往復している。これも見慣れた光景だった。小柄なうえに丸顔で童顔の女は、言動のおかしさも際立つために、まず年齢を当てられる者はいない。しかし、牛久もすぐに思い知ることになるだろう。驚くのはむしろ、見た目や言動以外のプロ意識の部分なのだと。

ちらちらと赤堀を観察していた相棒は、ふうっとひと息ついて気持ちを切り替えたようだった。ねずみ色の長椅子《いす》が置かれているホールの奥を指差し、「会議室は五階です」と二人を促してくる。

エレベーターに乗り込んで扉が開くと、廊下の先に人が溜まっているのが見えた。

「うちの署でいちばん大きい会議室です。捜査は八十人態勢でおこなわれるそうなので、かなり大掛かりですよ」

牛久が生真面目に説明したとたん、後ろで赤堀が素っ頓狂《すっとんきょう》な声を上げて岩楯はびくりと体を震わせた。

「ウシさん、さっきから思ってたんだけど、すごく奥行きがあるいい声だよね！　ジュースの空き缶なんかに入ったクマンバチと同じ音だよ。あとで周波数を測らせて」

何人かの捜査員が、廊下の先でこちらを振り返っているのが見える。岩楯は「赤堀にまかせる」と言ったさっきの言葉を早々に撤回することに決め、目の前に立ちはだかって真顔《まがお》でもう一度念を押した。

「先生、こっから一切の無駄話はなしだ」

「ちょっと。無駄ってなんなの、無駄って」

赤堀は不満げに詰め寄ってきたけれども、岩楯は「しっ」と人差し指を立てて口を封じ、彼女の背中に挿し込まれていた捕虫網を引き抜いた。もはや体の一部と化しているために見慣れてしまい、おかしいとも思わない自分に危機感を覚える。こんなものを背負って会議室に入るなどもってのほかだった。

網を廊下の隅に立てかけ、再度目で訴えてから会議室へ向かった。

戸口には「仙谷村バラバラ死体遺棄事件捜査本部」と書かれた半切紙が掲げられ、捜査員たちが神妙な面持ちで次々と入室していく。三人は人と机を避けながら、後ろの空いている席へ歩いていった。

赤堀は座《すわ》るより早く、配られたばかりの司法解剖報告書を抱え込むようにして読みはじめた。時折り首をひねったり「そうくるか……」などとつぶやきながらチェックを入れ、ノートに忙《せわ》しなくペンを走らせている。

岩楯は、彼女が持ち込んだ資料の束を引き寄せた。細かい赤字で何事かがびっしりと書き込まれ、付箋《ふせん》だらけのデータが大量にクリップで留められている。現場から採取された虫を解析したものだ。ウジやハエの標本写真には日付と番号がふられているが、かなりの数の疑問符が書き込まれている。

ひと通りの資料にざっと目を通してから、岩楯はあらためて広々とした室内を見まわした。パソコンとテレビ、スクリーンはすでに設置され、ホワイトボードには現場写真と地図が貼《は》りつけられている。

その写真のなかの一枚。岩楯は目を細めて焦点を合わせた。雑草のなかに打ち捨てられている腕の一部は、ハエとウジにまみれてなんであるかすらもわからないありさまだった。牛久が見つけていなければ、瞬く間に骨にされて森の一部になっていたであろうモノ。左隣を見ると、相棒が身じろぎをして椅子をきしませながらも、睨むように写真と相対しているところだった。昨日からかなりの熱の入りようだが、少々、冷静さを欠いていると言っていい。牛久については公私を混同しないよう、注意を促していく必要があるかもしれなかった。

それから間を置かずに上層部が壇上に着席し、捜査員たちの雑談が引き潮のように消えていく。面子《メンツ》は刑事部長と捜査一課長、四日市署長ならびに、赤堀を信用も歓迎もしていない件の管理官だった。

早速、順繰りに挨拶をしていき、最後に管理官へマイクが渡される。すると不必要なほどゆっくりと室内を見まわしてから、大きく息を吸い込んだ。

「伏見香菜子《ふしみかなこ》です。みな一丸となって事件の早期解決を目指しましょう。よろしくお願いします」

抑揚なくそう述べ、伏見管理官は資料を片手に「では、進めます」とそっけない調子で続けた。

彼女は捜査一課でただひとりのキャリア組だった。歳のころは赤堀と同じぐらいなのだが、雰囲気や言動、ものの考え方にいたるまで、まるっきり正反対の超保守派だ。が、変化を好まないぶん手堅い。才腕を振るうさまには、そこそこの定評があると言っていいだろう。栗色に染めた巻き髪をひとつにまとめ、派手ではないがしっかりと濃いめの化粧が施されていた。面長《おもなが》の顔には儀礼的な笑みすらもないが、努めてそうしているのは明らかだった。

伏見が担当者に経緯説明を促すと、四日市署の捜査員が一礼してホワイトボードの前に立った。

「七月十日の早朝五時四十五分ごろ、仙谷村の村道脇でバラバラにされた腕が発見されました。この付近です」

担当者は地図を示してから、現場の写真を指差した。

「ガードレールから五メートルほど下の斜面です。棚田《たなだ》のように削られた地形ですが、その上段で男の右腕と左腕の一部が発見されました。第一発見者は、四日市署の牛久弘之巡査長です」

几帳面《きちょうめん》そうな担当刑事はたびたび前髪を払い、牛久が遺体の一部を発見した経緯を端的に説明した。

「被害者はＤＮＡの登録もなく、指が切断されていたこともあって今のところ身元に関する情報は一切ありません。遺留品もなし」

「腕以外の部分は？」

署長が質問をすると、担当の捜査員は小さく首を横に振った。

「まだ見つかっていませんが、もう時間の問題だとは思われますね。近辺の斜面をしらみ潰しに当たっています。村の青年団と消防団、それに林業関係者も捜索に加わってくれていますので」

「遺体は道路から投げ捨てたと考えるわけだな？」

「ええ、地形的にそうでしょう。谷には川が流れていて反対側からは簡単に渡れませんし、そうする必要性もない。斜面に遺棄しているわけですからね。遺体の散らばり具合から見ても、上から放り投げたと見て間違いないと思います」

署長は頷きながら手帳にメモをし、さらに質問をした。

「報告書によると、現場周辺から魚や動物の骨とか木の実なんかが多く見つかっているね。これはなんだろうか」

「五月の頭に台風が直撃して川が増水したらしいですから、それで運ばれたものではないかと思いますよ。まあ、あの山なので、その手のものはそこらじゅうにありますから」

担当の者は資料のページをめくって先を続けた。

「現場まで車を使った可能性を念頭に置いて、街道やコンビニの防犯ビデオ等を重点的に当たります。村道は山の中腹で行き止まりになっているため、遺棄した者は途中で同じ道を引き返す必要がありますので」

「村人以外は、その道を使わないと考えていいですか？」

伏見管理官がノートにペンを走らせながら問うと、担当刑事は、いいえと滑舌《かつぜつ》よく答えた。

「あの道は、基本的に村の林業従事者が山へ入るためのものになっています。観光客は登山口にある駐車場を利用して、コースを歩くのが普通ですね。ですが、遊び半分で車を乗り入れる連中もいます。まあ、場所が場所だけに、被疑者が車を使っているのは間違いないでしょう」

岩楯は説明を耳に入れつつ、資料に入っている地図に目を走らせた。地図上では村道が蛇行しながら山梨《やまなし》まで続いているように見えるのだが、どうやら車の通り抜けはできないらしい。もし犯人が地図でしか道を確認していなかったのなら、大誤算だったはずだ。同じ一本道を往復するなど、目撃されるリスクが格段に高まる。

しかし……岩楯は現場写真を穴が開くほど見つめた。そもそも、犯人が計画を立てていたのかどうかも疑問だとは思っていた。どこか行き当たりばったりの行動に見えて仕方がない。だれも言及しないが、バラバラ死体が袋にも入れられずに捨てられていた状況が、昨日からずっと引っかかっていた。捜査員は山狩りでそのうち見つかると踏んでいるのかもしれないし、実際にその可能性もあるにはある。が、本当に裸の状態で捨てたのだとしたら普通ではないだろう。何かほかの目的があるのかもしれないが、その「何か」は今のところさっぱりわからない。

報告に頷いていた伏見管理官が「わかりました」と担当者に目礼を送り、「仙谷村での地取《じど》りを徹底させたいですね」と淡々と結んだ。さっきから横に置いたタブレット端末を気にしているのは、会議の段取りを確認しているからららしい。

「では次に、今日挙がってきた司法解剖報告書について。担当者はお願いします」

管理官に指名された捜査員が資料を片手に立ち上がりかけたとき、前列の端で椅子を引く派手な音がして捜査員は一斉にそちらを向いた。痩《や》せた小柄な男が、ベレー帽かと見まごうさらさらの髪を撫《な》でつけている。

岩楯は目をみはり、「わざわざ当人がお出ましとは……」と無意識につぶやいた。もう長いことカツラの愛用者である、解剖医の神宮浩三《しんぐうこうぞう》だった。長机に手をつきながらけたたましく立ち上がり、壇上へ向けて深々とお辞儀をする。

「こんにちは、解剖を担当した神宮です。これについてはわたしから報告したほうがいいですね。突然でたいへん申し訳ありませんが、よろしいですか？」

恐縮しているのは言葉だけで、還暦《かんれき》間際の男は当然のようにマイクをくださいと手を伸ばしている。解剖医の参加を聞いていなかったらしい伏見管理官は、一瞬だけ横に座る署長を見やり、さらには担当者へ説明を求めるような鋭い視線を送った。そして室内全体へ過剰なほど目を走らせてから、神宮をまったく見もせずに「どうぞ」と手だけを横に向けた。

どうやら彼女は、自分の立ち位置と精神が未だに一致していないらしい。岩楯は、無表情を貼りつけている伏見を見ながら思った。主導権を誇示したい一方で、現場に軽んじられているのではないかという不安を手放せないでいる……と、こんなふうに他人から分析されることが何より許せないに違いなかった。

伏見から神宮へ視線を移したとき、隣で赤堀も顔を上げてじっと前方を凝視しているのに気がついた。見開かれたその目は爛々と光り、新種の虫でも見つけたときのような場違いな笑みを貼りつけている。間違いなく、神宮医師に何か特殊な感情を抱いている顔だった。岩楯は慌てて赤堀のTシャツの袖を引っ張った。

「おい、先生。頼むからおかしなことを口走らないでくれよ」

周りに聞こえないぐらいの音量で警告すると、赤堀は笑顔のまま岩楯を見てこっくりと頷いた。

捜査員に向き直った解剖医は、あらためてみなに深々と一礼をする。岩楯は神宮の頭のものが落ちないかどうか、それに隣でうわついている赤堀が、不用意な行動に出ないかどうかで気が気ではなかった。

「ではとりあえず、パワーポイントを使って説明していきたいと思いますよ。能書《のうが》きよりも写真を見れば一目瞭然《りょうぜん》ですからね」

それを聞いた伏見管理官が、唇《くちびる》を引き結んでわずかにむっとした。当然、これも聞いてはいなかったようだ。神宮はすでに用意されていたノートパソコンを使って画像をスクリーンに映し出し、窓際の捜査員たちはカーテンを引いて部屋をできるだけ暗くした。

「まずこれから」

神宮がパソコンのキーを打つと、スクリーンにステンレスの解剖台が大写しになった。冷たそうな台の上には、肘から肩にかけての上腕部が載せられているが、言われなければなんなのかがわからない。しかし、蒼白く浮き上がった皮膚が産毛《うぶげ》で覆われているのに気づいた瞬間から、もう忌《い》まわしいものにしか見えなくなった。虫に喰われたおびただしい痕《あと》が赤黒く沈んでいるぶん、皮膚の質感が耐え難いほど生々しい。会議室のあちこちでパイプ椅子のきしむ音が聞こえ、細いため息が吐き出されていた。

「最短で取ったＤＮＡ鑑定の結果、被害者は男と断定。まあ、これは見た目にも明らかでしたけどね。年齢は筋肉のつき方や骨の状態から見て、三十五から四十五ぐらいの間。肥満でも痩せでもない、中肉《ちゅうにく》といったところです。血液型はＡプラスで、第三者の遺留物はなし。薬毒物とアルコールも検出されませんでした」

岩楯は報告書と照らし合わせながら、解剖医の言葉に耳を傾けた。

「身長は、百八十近い大柄な男ではないかと思うんですよ。大腿部《だいたいぶ》があれば正確に割り出せるんですけど、なんせこれしかないからねえ」と神宮はスクリーンへ手を向けた。「上腕部の長さと骨の太さから身長は推測しました。そして、次はこれです」

解剖医はパソコンのキーを押して写真を切り替えた。予告なく腕の切断面が大写しになり、隣で牛久がびくりと肩を動かしたのがわかった。中央に白い骨が覗き、その周りを赤黒い肉と脂肪の層が取り囲んでいる。ゴムチューブにそっくりな静脈らしきものが飛び出しているのを見て、さすがの岩楯も眉根に力が入った。

「発見された腕についたすべての傷に生活反応はないので、死後に切り落とされたのは間違いありません。防御創《そう》のようなものは見つけられませんでした」

「何を使って切断したんですかね」

横に伸びてスクリーンを見ていた署長が、鼻の付け根に何本ものシワを寄せて顔をしかめている。

「斧《おの》とか鉈《なた》のようなものではないかと思います。力まかせに断ち切るタイプの刃物ですよ。のこぎりで挽《ひ》いたような形跡はない。衣類の繊維は創面にまったく残っていなかったので、切断する前に服は脱がせていたと思われます」

「やけに手際がいいですね」

「いえいえ、お世辞にも手際がいいとは言えない仕事ですよ。犯人は一発で腕を落とせなかったんです。ほら、この部分」

神宮はスクリーンに緑色のレーザーポインターを当て、切り株のような切断面を指し示した。

「腕はちょうど大結節《だいけっせつ》、いわゆる肩関節の下で切断されているんですが、何度も刃を入れているために裂傷が重なっています。少なくとも五回は衝撃が加えられていると推定しますよ」

「五回もですか……」

「そうです。この写真は右腕ですが、組織が潰れて上腕骨が砕けてしまっていますね。でも、こっちを見てください」

解剖医は写真を送り、次の画像を表示した。これも腕の切断面だが、今見ていたものとの違いは歴然だ。切り口が平らで、ささくれ立った箇所がない。

「左上腕ですが、こっちは一発で切断しているんですよ。つまり、犯人は学習して慣れていったんでしょうね。おそらく、右の肩口をいちばん最初に切断したんだと思います。だからためらいがあって思い切りがよくないのと、力加減がわからなくて何度も刃物を入れた。筋組織と骨というのは、思った以上に強度がありますからね。切断は容易なことではありません」

「待ってください。切断面が違うということは、複数犯の可能性もあり得るのでは？」と伏見管理官が無感情に問うた。

「それも考えられますが、切断に使った凶器はすべての創面から見て同じものですよ。まあ、代わる代わる別の人間が切断したか、同じ斧をいくつもそろえていたということも考えられますが、あまり合理的ではありませんね」

「どちらにしても、結論を出すまでの根拠ではないと思います」

伏見がやけに突き詰めるような発言をしたが、今の段階で単独か複数かを論じるのは無意味だろう。語れるだけの物証がない。

それよりも、岩楯はさっきから状況が気にかかって仕方がなかった。身ぐるみ剝がれた男の遺体の前で、斧を振り上げている何者か……。

過去にあったバラバラ事件では、死体の解体にはナイフやのこぎりなどいくつもの道具が使われていた。これは室内で凶行に及ぶための妥当な選択だと言える。しかし斧や鉈となると、家の中で振りまわすことはできない。いや、できなくはないが考えにくいだろう。人目を遮断できるガレージや納屋や庭、または人里離れた別の場所が必要なはずで、街なかでひっそりとできる仕事ではないように思われた。しかし、仙谷村で切断をおこなったなら話は変わる。

自然に囲まれた静かな環境を思い浮かべた。林業で生計を立てているような土地なら、当然、斧や鉈も各家庭に常備されているだろう。人目につかない場所などいくらでもあるけれども、ならば遺棄場所を人目につきやすい道路脇にした意味がわからない。いずれにせよ、おかしなところが散見しているように岩楯には見えていた。

神宮は物腰の柔らかい口調で説明を続け、たまに入る伏見の辛辣《しんらつ》な意見をさらりとかわしている。隣では牛久が背中を丸めて熱心にメモにしたため、右隣では赤堀が解剖の報告書を開いてぶつぶつと何事かをつぶやいていた。鼻先がつくほど顔を近づけ、ウジの写真と遺体写真を見くらべている。

「ええと、次にいきますよ。右手首は五指がすべて欠損。掌は、中手骨に沿って皮膚と筋組織が削ぎ取られています。これにも同じ刃物が使われていますよ」

「斧か鉈で削いだと？　事実ですか？」と伏見が念を押す。

「そうですよ。何回にも分けて、とても丁寧に組織を削いでいます。小型のナイフなんかを使ったほうがやりやすいだろうけど、犯人は切断から細かい仕事まで一貫して同じ凶器を使っている。面倒くさがりなのか、それとも別の理由でもあるのか」

映し出された右手首の写真はひどすぎた。すべての指が切断されているというのも激しい嫌悪感を誘うが、ほかがそれどころではないほどの見た目だった。削ぎ取られた掌にはゴム紐のような腱や血管が何本も走り、複雑な手の骨があらわになって人体標本と化している。腐敗のために、色合いが普通ではないのも気色の悪いことこのうえなかった。なぜピンクや緑や黄色といった場違いな色が出現するのかわからない。

捜査員たちのため息があちこちで漏《も》れ聞こえ、直視に耐えられないと言わんばかりに、みな手許の資料に目を落としている。そんな様子を眺めながら、神宮は頃合いを見計らったように口を開いた。

「あと、これはちょっと気になった部分です。右手首の切断面付近に二センチほどの切り傷がありました。この部分ですね」

神宮はその箇所にレーザーポインターを当てた。切り落とされた手首のほぼ際《きわ》に、黒っぽい傷らしきものがある。言われなければわからないほど小さなものだ。

「切断に失敗してついた傷かもしれませんが、肘の切断面近くにも似たような傷があるんです。これは右腕だけ」

「刃物がかすったような感じですね」と署長は難しい顔で言った。

「写真ではそう見えますが、かすったのではなく、皮膚を完全に切開するほど深い傷ですよ。わたしが気になるのは、この位置にはちょうど動脈が通っているということなんです。手首は橈骨《とうこつ》動脈で、肘の内側は上腕動脈」

「まさか、皮膚を切開して血管をどうにかしたと？」

「損傷が激しいので断言はできませんが、この二ヵ所を狙ったように偶然傷がつくだろうかと首をひねりましてね。皮膚を切開して、動脈を引き出した可能性も考える必要があると思うわけですよ。血管を外に引き出して切ったという意味です」

解剖医の言葉に室内はざわめいた。牛久はゴクリと喉を鳴らし、わけがわからないというような顔で神宮を凝視している。すると伏見が、写真に目を落としながら訝しげな声を出した。

「バラバラにすれば、もちろん血管も切断されるんです。なのに、わざわざ手間をかけて切る意味があるんでしょうか？　しかも生活反応がない死後の傷ですよ？」

「それもそうだな。血に異常なこだわりがあったとしても、死後に動脈を切ったところで噴き出してこないことぐらいはだれだって知っているだろう」

署長が口を挟むと、伏見は小さく頷いて先を続けた。

「これは故意ではなく、単なる外傷のひとつなのでは？」

「今の時点では、なんとも言えませんねえ。ただ、ヒトの体内というのは、静脈と動脈がひどく入り組んで走っているんですよ。なのに、動脈の位置を狙ったように傷があるのは果たして偶然なのかどうか。腕しか見つかっていないのでわかりませんが、なんらかの意味がある可能性も捨て切れませんよ」

岩楯は、身を乗り出して映し出されている画像を見つめた。手首の親指側と肘の内側にある傷は、周囲が虫によって喰い荒らされているためにはっきりしない。しかし、本当に動脈を引きずり出したのであれば、犯人は血管の位置を正確に把握している者ということになる。

しかし、いったい何がやりたかったのか。血抜きというやな単語が岩楯の頭をかすめたが、そんなものは腕を切り落とせば事足りるとすぐ思い直した。

「まあ、この件は頭の隅にでも置いておいてください」

神宮はつけ加え、おごそかな調子で結論に入った。

「今現在の時点で死因は不明。死斑《しはん》と腐敗段階、それに血液の状態を見る限り、被害者は死亡してから十日前後と推定します」

解剖医がそう言うやいなや、隣で「はい！」という大声が響いて岩楯は椅子から転がり落ちそうになった。牛久も驚いて腰を浮かせかけ、会議室の全員が振り返って視線の矢を浴びせてくる。赤堀はまっすぐに手を挙げ、目尻の垂れた瞳をこれ以上ないほど光らせていた。が、間を置かずに感情のない声がかぶせられた。

「まだ報告が残っています。発言はひかえてください」

伏見管理官だった。壇上から赤堀を一瞥《いちべつ》しただけであしらい、すぐタブレットに目を落として何事もなかったかのように話を進めている。赤堀は挙手した手を下ろしざまに頭をかいていたが、神宮医師が急に伸び上がって最後尾の席を指差した。

「そこのあなた、何か質問ですか？」

すると伏見が「神宮先生」とすぐさま語気を強めた。「質問は最後に時間を取ってあります。進行の妨げになりますから、一度席にお戻りください」

「いや、それでは効率が悪いですねえ。せっかくみなが解剖の情報を共有したところなんです。署長、よろしいですか？」

神宮はさらさらのカツラを撫でつけながら、壇上の幹部へ笑みを向けている。見た目の無害な穏やかさとは裏腹に、自分の意見を押し通す強引さをもつ男だ。しかも伏見をまったく相手にしておらず、それを隠そうともしない。どうにも読めない医師だが、すべて計算ずくで動いていることがなんとなく見えてきた。

署長が苦笑いを浮かべて割って入り、質問を先にするように促した。伏見の憤りが電流のように周囲へ伝わってくる。まわされてきたマイクを受け取った赤堀も、さすがに居心地悪そうにそわそわとしていた。けれども立ち上がって頭を下げた昆虫学者は、あまりにもいつもと変わらなかった。

「なんかすいません、わたしのせいで揉めちゃって。これってまた始末書とか必要なのかな。だれ宛て？」

岩楯は、信じられない思いで横から赤堀を見上げた。あれほど釘を刺したのに、狙いすまして余計なことを口走りやがって……。

隣では牛久が鼻の頭に玉の汗を浮かべ、蒼ざめた顔で「非常にまずい事態です」とさかんに岩楯へ合図を送ってきた。そんなことは言われなくてもわかっている。鈍い痛みを発しはじめた胃袋のあたりをさすっていると、赤堀は凍りついた空気をものともせずに飄々《ひょうひょう》と喋《しゃべ》りはじめた。

「はじめまして、わたしは法医昆虫学者の赤堀涼子です。今回の事件捜査に加わることになりましたので、みなさんよろしくお願いします」

「ほう、あなたが噂の赤堀さんですか」

神宮が興味津々《しんしん》といった具合に目をしばたたいた。

「はい、そうですよ。ええと、とにかく早く質問を終わらせたほうがいいですよね。始末書の枚数がどんどん増えちゃうから」

赤堀はさらに余計なひと言を口に出し、伏見の苛立ちを加速させている。

「ええと、神宮先生の説明はとてもよくわかりました。でも、死亡推定については疑問なんですよ」

「死後十日前後というのが？」

「そうです。現場で鑑識さんが採取した虫を調べたんですが、第一入植種のウジについては齢《れい》がまちまちでした。ああ、齢というのはウジが成長して脱皮した回数で、一齢二齢と上がっていく発育段階の尺度ですね」

解剖医は再びノートパソコンの前に立って、赤堀の言葉を頷きながら打ち込んでいった。

「クロバエ科のハエだと、死臭を嗅ぎ取って十分以内に遺体に到着する。そして産卵期間が六日で、発育期間が十二日間ほど続きます。そのあと蛹《さなぎ》になって、だいたい十七日間かけて成虫になる」

「それは正確な数値なんですか？」

「天候や気温によって補正する必要はありますけど、このサイクルはほかの何よりも正確ですね。現場で採取された虫のなかに、ウジの抜け殻《ぬけがら》が五つだけ混じっていました。ハエになった幼虫がいたんです。これはウジに二世代以上の発育期間があったことを意味しますから、死後十日というのはあり得ない。ここでまず最低でも十七日の経過がありますよ。間違いないです」

赤堀が身振りを交えて説明するさまを、捜査員たちはあっけに取られた様子で見守った。急に降って湧いたように現れた女が、解剖医の弾き出した死亡推定に異を唱えるのだから当然だろう。神宮はにこやかさを崩さず、うんうんと耳を傾けている。

「それにこれを見てください」

赤堀は、興奮した様子で持参した標本写真を高々と掲げた。見た目はそこらのウジと大差がない虫だった。

「なんと、これはアメリカミズアブの初齢幼虫なんですよ」

「なんですか、それは」

「名前の通り、アメリカからやってきて、日本に居着いちゃった屍肉《しにく》食種の常連昆虫です。この子は、二十日以上経った腐肉しか食べない習性がある」

「例外は？」

「統計から見ても例外はありません。つまり、被害者が死亡、遺棄されてから二十日以上は経過していると虫たちは告げているわけですよ」

岩楯は赤堀がまとめた資料に目をやった。おなじみの虫には採取日が記され、細かい数字が乱雑に書き込まれている。気がつけば牛久も隣から資料を覗き込み、しきりに首を傾《かし》げて小声でぼそぼそとつぶやいた。

「二十日以上も放置されていた遺体があれば、自分は間違いなく気づいたと思うんです。あそこで見過ごしていたなんて考えられない。神宮先生の十日というのも納得できない数字ですけど、赤堀先生の二十日以上というのは、ちょっとあり得ないような……」

確かに一理ある。牛久の村と山に対する愛情は並々ならぬものがあった。毎日欠かさず同じルートを歩いているのだから、少しの変化にも気づくというのはもっともな話だ。しかし、赤堀が示した根拠は筋が通っている。いささか完璧すぎて心配になるほどだった。

神宮医師は赤堀の仮説をパソコンに打ち込み、検証でもするようにじっとモニターを見つめている。手持ちの資料に短く何かを書き込んでから、ゆっくりと顔を上げた。

「赤堀博士の法医昆虫学的な見解はよくわかりました。ですが、解剖学的に見て、二十日も経過した状態ではない。そのへんを説明させてもらいますよ」

解剖医はカツラを撫でつけ、先ほどまでの穏やかな笑みをかき消した。

「人は死亡すると、新鮮期、膨満《ぼうまん》期、腐乱期、後《ご》腐乱期、白骨期の五段階を経て土にかえっていくわけです。あなたも当然、把握しておられますよね？　ちなみに赤堀博士、この遺体はどの時期に当たりますか？」

「ああ、ちょっとお待ちくださいね」

赤堀は報告書をばさばさとめくり、数値が羅列《られつ》しているページで手を止めた。素早く指を滑らせて、紙面を見たままくぐもった声を出す。

「骨と軟骨の窒素量、それに遺体の写真を見る限り、まだ腐乱期に入ってないみたいです。膨満期の初めぐらいですかね？」

「その通り」

神宮は、映し出されている右手の画像へ目を向けた。

「あなたは今、見た目と数値から、この遺体は膨満期の初めだと判断した。では聞きます。赤堀博士。だとすれば、死後の経過日数は？」

まるで教師と生徒のやりとりだ。が、赤堀は質問の真の意味に気づいたとでもいうようにハッとし、資料を素早く取り上げて顔を近づけた。うそ、なんで……と口ごもったかと思えば、急いで自分の割り出した日数と見くらべる。滅多に見ない慌てようだった。

「さあ、赤堀博士。膨満期初めの経過日数は？　お答えください」

質問をたたみかけてくる神宮に、赤堀は踏ん切り悪く言葉を返した。

「膨満期の初めは、今の時期なら、だいたい一週間から十日ですかね……」

「そうなるわけです。膨満期を経ずに腐朽《ふきゅう》する例もあるにはありますが、おもに冬場ですよ。違いますか？」

「まあ、その通りです」

「そうでしょう？　いくら虫の生育が二十日以上を示していても、当の遺体は確実に違うと言っている。では、どちらを主軸にして考えるべきなのか。虫なのか、遺体なのか。捜査のあり方については、ここにいるみなさんのほうがよくおわかりですよね。以上がわたしの答えです」

まるで裁判の反対尋問だった。論点を腐敗だけに絞って、別の解を出さざるを得ない状況にもっていく。神宮は今後、赤堀に喋らせないためにあえて質問をさせたのだと岩楯は理解した。さらに最悪なのは、法医昆虫学は取るに足らない曖昧《あいまい》なものだと捜査陣に印象づけたことだろう。単にそれぞれの方向から見解を述べたにすぎないのだが、ウジなんかよりも、実際に揚がった遺体のほうがはるかに雄弁だ。赤堀の起用を渋っていたのは伏見管理官だけではなく、どうやら神宮もそっち側の人間らしかった。

赤堀は腕組みをして首を傾げ、矛盾が起きた原因は何かと必死に考え込んでいる。しかし、当然ながら今は反論できるだけの材料を持ち合わせていないようだった。

「ええとですね。生物学上で、二種類の違った死後経過がひとつの遺体で起きていたことになるんですよ。原因はまだわかりません。ただ、どちらかを主軸にするとかしないじゃなくて、なぜそうなったのかがとても重要なわけで……」

「赤堀さん」

今まで口を挟まずに静観していた伏見が、ことさら硬い声で遮った。

「司法解剖報告書をよく読めばわかると思いますが、これは神宮先生だけでなく、形質人類学者もまったく同じ見解を出しています。被害者は死亡してからおよそ十日。つまり、六月三十日前後が死亡推定月日《がっぴ》ということになる。本部はこれをもとに、捜査範囲を決定します」

「でも……」

赤堀は言いかけたけれども、伏見はもう喋らせる気がなかった。「神宮先生、ありがとうございました」と解剖医に礼を述べ、にべもなく会議を押し進める。

今回の案件がことさら厄介だと思っていたのは、捜査本部の取りまとめ役である彼女が、赤堀を無能な変人と称して毛嫌いしていることだった。とにかく伏見は効率と成果を重視する。それをすぐ生み出せない過程や努力は不要だと切り捨てるのだから、法医学界で未だ歯牙《しが》にもかけられていない法医昆虫学になど着目するわけがなかった。

昆虫学者は気が抜けたようにすとんと椅子に腰かけ、再び報告書と自作の資料を何度となく見くらべている。しょんぼりとした様子を見て岩楯は胸が疼《うず》いたが、こればかりは当人が突破口を開くしかない。

それから会議は予定通りに進められ、組分けに沿って捜査員がぞろぞろと移動した。すると赤堀がいきなり立ち上がってリュックを背負い、飛び跳ねるようにして前のほうを確認していたかと思えば、早口で捲《まく》し立ててきた。

「岩楯刑事、わたし帰る。用はないよね？」

まあな、と言うより早く捜査員をすり抜けて猛ダッシュし、帰り仕度をしている解剖医の横に滑り込んだ。

「神宮先生、今日はお疲れさまでした」

「ああ、これはどうも」

「ところで先生のヘアスタイル、さっきからすごく気になってたんですよ」

それを口にしたとたん、一瞬にして周りの空気が凍りついたのがわかった。岩楯は頭を抱え、赤堀を先に行かせたことを心の底から後悔した。

「わたしの後輩に大吉《だいきち》っていう害虫駆除業者がいて、そのさらさら感が大吉にそっくり。ああ、写真見ます?」

赤堀は携帯電話を出して操作し、神宮の眼前に突き出している。髪質と丸みがどうこうと騒ぎ、大口を開けて馬鹿笑いをしていた。これはどう考えても、さっきの仕返しもこめられているだろう。赤堀がただで起きないのは今に始まったことではないが、まずはさりげない憂《う》さ晴らしから入るというところが知能犯だった。

岩楯は少しでも胸を痛めたことを後悔し、牛久とともにひたすら他人のふりをした。

3

浅間嶺のふもとに広がる四百世帯あまりの仙谷村は、時の流れが数十年前で完全に止まっているように感じられた。軒の低い木造の商店には古びた雑貨が細々《こまごま》と並べられ、色褪せた宣伝ポスターが貼られているさまが旧懐《きゅうかい》を誘う。

見るからに寂《さび》れ切った村なのだが、「仙谷くん祭り」なる催しにだけは異様な熱気がこめられている。どうやらご当地キャラクターを村じゅうで推《お》しているらしく、訊き込みでまわった各家の門柱には、漏れなく、けばけばしいイラストの描かれたのぼりが括《くく》りつけられていた。

岩楯は水路をごうごうと流れる水を見ながら、タオルで額の汗をぬぐった。これだけ水源のある緑豊かな環境なのに、あいかわらず清涼感が皆無という残念な土地だった。今日は雨の予報が出されていたはずだが、空はなんとか雨粒を落とす寸前で踏みとどまっている。

捜査車両である黒いアコードを路肩に寄せてきた牛久は、農道のような細い道を指し示した。

「この先が西側の集落です」

今日はネクタイこそしていないが、やはり半袖のワイシャツは厚い筋肉のせいで今にもはち切れそうだった。ズボンがみっともないほどだぶついているのは、太腿の太さに合わせて二サイズほど上のものを買っているせいなのだという。おのずとかなりの裾上げが必要になり、父親のズボンを着せられた子どものような見た目になっていた。

牛久は歩調を緩めて岩楯の横に並び、なぜかちらちらと様子を窺ってくる。忙しなく角刈りの頭に触れては、さっきからずっと話しかけるタイミングを狙っているようだった。

「なんだよ」

岩楯は業を煮やして声を出した。

「あのですね。たいしたことではないんですが、朝から村をまわって何かに気づかれていないかと思いまして」

「特別何も」

「村のキャラクター『仙谷くん』のことなんですよ。ええと、だれかに似ていると思いませんか？」

牛久ははにかんだような笑みを浮かべて、張り出した頬骨付近を仄《ほの》かに赤らめている。いかつい男がもじもじと恥じらうさまは、背筋がむずがゆくなるほど気色が悪い。ピッケルを持った山男の「仙谷くん」はどう見ても牛久がモデルなのだろうが、期待に胸膨らませているような相棒を見て、岩楯は意地悪く「さあな」と答えた。

「え？　わかりませんか？　意外だなあ。いつもはだいたい一発で当てられてしまうんですけどね」

牛久はさも不思議だと言わんばかりに首を傾げたけれども、すぐ気を取り直してにこやかな顔を上げた。

「実はあれ、自分がモデルなんですよ。村興しの一環でゆるキャラを一般公募しまして、そのなかから見事に選ばれたわけです」

「選ばれた？　おまえさんがモデルなんだろ？　まさかとは思うが、役人が裏工作した出来レースじゃないだろうな」

「違いますよ！」

相棒は腕の筋肉を盛り上がらせて手をひとつ叩き、よく通る声ではっと笑った。

「村の女子高生が描いたんです。山岳救助の実演習をしている自分を見て、キャラクターはこれだと閃いたそうで。なんだか照れますけど、村のみんなが気に入ってくれたみたいでよかったですよ」

初めの印象から口数の少ない堅物なのだろうと勝手に想像していたが、どうやら喋ることが好きらしい。山のこと、役場のこと、産業のこと、名産品のこと、そしてまた山のこと。まあ、ほとんどが村の話題なのだが、郷土愛もここまで徹底すれば立派なものだと思う。岩楯は苦笑した。

「女子高生にもファンがいるなんて羨《うらや》ましい限りだよ」

そんなことはありません。まんざらではない牛久と細い水路を飛び越え、間口の広い門扉《もんぴ》を通って敷地内に足を踏み入れた。

ここはかなりの広さと奥行きがある民家だ。軽トラックが乗り捨てられたように斜めに駐《と》められ、その脇には薄汚れたフォークリフトが、何枚もの薄い板を載せたままの状態で置かれている。鉄骨に吊るされた錆だらけの小型クレーンでは、日々丸木が運ばれているのだろう。住居の横並びにある古ぼけた納屋《なや》に、年輪を見せるような格好で木材が堆《うずたか》く積み上げられていた。木が吐き出す濃密な匂いが辺りに立ちこめている。

「ここは合板加工場で、東京森林組合の仙谷村事務所も兼ねています。支部長が工場長でもあって、村の指南役のような立場ですね。村長経験者です」

奥には工場があるらしく、木を裁断するけたたましい音が辺りに響いている。

「この村は加工場が多いな。稼働してないところもあるが、ほとんどの家に何かしらあるんじゃないか？」

「ええ。ここは林業で成り立ってきた土地ですからね。浅間尾根道は比較的緩やかな道が続いているので、昔から馬での運び出しが容易だったんです。それで栄えました」

江戸《えど》時代には木炭も製造されていたことを熱心に話しながら、牛久は見知った自分の家のように、納屋の中を突っ切って裏へとまわる。

開け放たれている作業場の戸口から顔を出すと、カーキ色のつなぎを着た小さな老人が作業をしているのが見えた。加工場とはいっても町工場以下の規模しかない。卓上で高速回転する丸鋸《まるのこ》へ木を押しやり、細かい木屑《きくず》を舞い上げながら黙々と裁断作業をしているところだった。脳天を突き抜けるような甲高い音が屋内で反響し、岩楯は無意識に奥歯を嚙み締めた。

そのとき、後ろから別の高い声が飛んできて、二人の刑事は同時に振り返った。

「あらまあ！　お勤めご苦労さま！」

藍染《あいぞめ》のエプロンを引っかけた中年女が、親しげに牛久の腕を叩いている。

「じいちゃん、弘之くんが来たよ！　じいちゃん！　じいちゃんってば！」

そばかすだらけの彼女は大きく手を打ち鳴らし、丸鋸へ一心に木を送り込んでいる老人に向けて声を張り上げる。すると眉間《みけん》にシワを刻んでいた老人が戸口に顔を向け、すぐにやかましい裁断機の電源を切った。垢じみたマスクを外して、器用に右側の口角だけをにやりと上げる。

「もう来るころじゃねえかと思ってたんだ。今日は上のほうからまわってたんだろ？　見島《みしま》先生から電話かかってきたんだ。俺んとこには今さっき来たぞって」

老人は軍手を外して木材の上に放った。ズボンのポケットからタオルを引き出し、白髪《しらが》の頭をごしごしと拭《ふ》きながら歩いてくる。もう八十に近い年齢だろうに、足腰がしっかりとしていてまぎれもなく現役だ。危《あや》ういところがひとつも見当たらない。シワだらけの額には汗で木屑がびっしりと貼りつき、まるで砂絵のような風合いを醸《かも》していた。

「それにしても、とんでもねえ事件が起きたもんだな。この村でバラバラ死体とは」

「ええ。それについて、お話を伺いたいと思いまして」

岩楯が警察手帳を提示しながら会釈をすると、老人は枝のように節くれ立った指で顔の木屑を払った。

「ということはあれか。あんたが牛久弘之の上司かね。見ねえ顔だが」

「この事件で警視庁から出向しているんですよ。まあ、彼の上司ということになりますね」

「なるほど、弘之は偉いさんの相棒に抜擢されたってわけだな。こいつは誠実でとにかく頼れるやつだから、どうかよろしく頼みます」

「わたしからもお願いしますね。この子は昔から曲がったことが大嫌いだったの。おまわりさんにはぴったりだと思うんですよ」

立て続けに二人が岩楯に向けて頭を下げ、牛久は後ろから「やめてくださいよ！」と慌てたような声を出した。

この村では、どこへ顔を出しても牛久をよろしくと頼まれる。地元だとはいえ、かなり密な関係性だと岩楯はあらためて思った。村全体が固く結ばれた家族体であり、牛久は未だその庇護《ひご》の下にいる。地域で人を育てるという、ある意味理想的な環境なのかもしれないが、親離れさせてもらえない子どもを見ているようで落ち着かなくなった。

岩楯は曖昧に微笑み、話を先に進めることにした。

「森林組合の支部長と伺いましたが、いろいろとご協力をありがとうございます。今日も青年団と消防団、それに組合員が捜索に加わってくださっているようで」

「そんなことはあたりまえだよ。自分の村でバラバラ死体が見つかったんだ。しかも俺らの仕事場でもある山でな。気の毒なホトケさんだって、一日も早く残りの体を捜してもらいたいだろう」

支部長は苛立ったように舌打ちし、伸びかけの白いあごひげを触りながら言った。

「とにかく、大勢で目を光らせることだよ。こんな非道な輩は放ってはおけん」

「そうですね。村をまわって訊き込んだところによると、死体が遺棄されていた場所へ行くには、必ず村の中を通る必要があるとか」

「ああ、その通りだ。道はいくつもあるが、どこを通っても必ず村を抜けることになる。登山客もみんな村を通って上にある駐車場に車を駐めるのさ。バスで来たとしても同じ。だから、犯人の野郎は絶対に村を抜けたに違いないんだ。俺らの目の前を何くわぬ顔でよ。ふざけやがって」

老人は怒りを燻《くすぶ》らせながら低いかすれ声を出した。息子の嫁らしいエプロン姿の女も、唇を引き結んで大きく頷いている。岩楯は続けて質問をした。

「村に住む人間ならば、よそ者が入ればわかるというわけですか」

「まあ、そうだな。登山客なんかは見ればわかる。そうじゃないのも見ればわかるが」

「そうじゃないのとは？」

「あの道の先には仏戸岩つう渓谷《けいこく》があって、なんだか知らんがパワースポットとかいうもんになってるらしい。そこへ若い娘とかカップルがよく来るんだよ。ハイヒールにひらひらの短いスカートなんぞを穿《は》いて」

「アブの餌食《えじき》だな……」

女の脚《あし》に我先にと飛びつくアブを思い浮かべて、岩楯は身震いした。

「なんのパワーだか知らんが、水場が多いからアブどころかマムシだっているんだぞ。連中は山のこわさがわかっちゃいねえ」

岩楯の隣では、牛久がまったくだと言わんばかりに要点を手帳に書きつけている。

老人は相棒がメモするさまを感慨深げに眺めながら、さらに眉間のシワを深くした。

「だがな、それよりも厄介なのは、幽霊探しなんぞに来る連中なんだよ」

「今度は幽霊ですか。いかにも出そうな雰囲気ではありますけど」

「そんなもん出やしねえよ」

支部長の老人は手をひと振りした。

「バラバラ死体が捨てられた村道の先には旧トンネルがある。そこに女の幽霊が出るなんて噂になってんだな」

「関東の心霊スポットとしてネットでも紹介されてるんですよ。本当にいやだわ」

すかさず息子の嫁が合いの手を入れた。

「今度は幽霊どころか、バラバラ死体のせいで有名になっちまうわな。だいたい、馬鹿どもが夜中に車でトンネルまで乗りつけて、戻れなくなるのは日常茶飯《さはんじ》事なんだよ」

「戻れないというと、村道が行き止まりになっているから？」

「ああ、そうだ。トンネルまで行っちまうと、道幅がなくてUターンする場所がなくなるんだよ。だから真っ暗いなかバックで山道を下る羽目になって、谷に落ちたり木にぶつかったりするわけだ」

岩楯がメモをとっている牛久を見やると、相棒はその通りですと言って補足した。

「あの道は峠から先が舗装されていない山道です。それを知らないで入って、バックで戻る最中に事故を起こす者は多いですね。恐怖心で慌ててるうえに道は蛇行していますから、毎年、死亡事故も起きているんですよ。標識を立てて通行止めにしても、バリケードと鎖《くさり》を外して入る者が後を絶ちません」

そうなると、夜中に見慣れない者が村へ入ったとしても、それほど不審ではないということになる。住人にとってはある意味迷惑な日常だ。岩楯は頭を巡らせながら先を続けた。

「ここ最近で、不審な何かを見聞きしたりしませんでしたか？　どんなことでもかまいません」

「事件が起きてからそれをずっと考えてんだけど、これといってないんだよ。いつもとおんなじ毎日だった。工場で杉を切って運び出して、工具と機材の点検して夜は酒呑《の》んで早々と寝ちまう。それだけだよ」

「では、村で不審な行動を取る者なんかはどうでしょう。仙谷村の人間でです」

そう問うた瞬間、老人と女の顔色が変わったのがわかった。

「刑事さん。それは、村のだれかがバラバラ事件の犯人だってことを言ってんのかい？」

「そうは言いませんが、なんだって可能性がゼロではないですからね」

「馬鹿げてる」

支部長の老人は、いささか大げさな笑いを漏らした。

「この村では事件なんか起きたこともない。年寄りがこれだけ多いのに、流行りのオレオレ詐欺《さぎ》だって一件もないんだぞ。なんでかっつうと、村じゅうで連携してるからなんだよ。どこでだれが何をやってんのか、必ずだれかが把握してんのさ。こんなことを言うと、あんたは閉鎖的でいやな村だと思うだろ？」

「まあ、それがムラ社会というものでしょうから」

「俺らはこれでずっとうまくやってきた。居心地がいいんだよ。もし村のだれかが不届きなことを考えたら、すぐに見抜ける自信が俺にはある。そして悩みがあんなら何時間でも聞いてやるよ」

老人は、精気のみなぎる焦《こ》げ茶色の目をじっと合わせてきた。自分たちのあり方に誇りをもっている。正直、息が詰まりそうな相互監視体制に見えるが、心を開きさえすれば都会のように孤独に苛《さいな》まれることもなく、求めれば手を差し伸べてもらえるのかもしれない。重い荷物はみなで持つという精神だ。しかし、だれにでも分け隔てなくそれができるだろうか。

岩楯は、老人の視線を受け止めたまま口を開いた。

「よそから入ってきた者はどうです？　この村にも何人かいると聞きましたが」

ほんの一瞬だけだが、瞳が揺らいだのがわかった。

「あくまでも支部長さんの印象でかまわないんで、新参者《しんざんもの》のことを教えてください」

「そんなもんは、あんたの部下に聞いたらいいだろう？　こいつだって村に住んでるんだから知ってるよ」

老人は隣で手帳を開いている牛久にあごをしゃくったけれども、岩楯は笑顔のまま首を横に振った。

「彼は立場が違いますから、ぜひ支部長からお願いしますよ」

老人はエプロン姿の身内と顔を見合わせ、手帳に目を落としている牛久を見てから、また岩楯に視線を戻した。そして考える時間を確保するように、タオルでゆっくりと顔をぬぐった。

「勘違いしないでもらいたいんだが、村の連中が一丸となって、つまはじきにしてるわけじゃねえからな。向こうがそれを望んでるんだ」

「ええ、了解ですよ」

老人は再びタオルで顔をこすり上げた。

「六年前に村に越してきた親子がいる。一之瀬《いちのせ》っていうやつで、父親と息子の二人暮らしだ。山側にある空き家を借りて住んでるよ」

「男所帯ですね。その一之瀬親子には問題があると？」

「問題というか、まあ、他人を一切寄せつけないんだな。異常なほどだ。村で定期的にやる奉仕活動にも出てこない。隣組が誘いに行ったが、自分たちにかまわないでくれって話にもならんらしいよ。近所であった、通夜《つや》にも葬式にも顔を出さないんだ。おかしいだろ？」

「まあ、村で暮らすとしたら、ちょっと考えられませんね」

「そうなんだよ。息子は都内の遠くの高校に通ってて、親父と同じく愛想もクソもない。どこだってそうだが、住むからにはその土地の約束事みてえなことがあるだろ？そういうもんをはなっから無視してるわけだ」

「仕事はやっぱり林業ですか？」

「いや、違う。家の近くに狭い土地を借りて百姓をやってるよ。あれだけこまめに作れば食うのにも困らんだろ。親子二人っきりだし」

「まさか、自給自足みたいな暮らしなんですか？」

老人は渋い面持ちで小刻みに頷いた。

「そうだと聞いてる。だが貧乏ってわけじゃないぞ。逆に贅沢《ぜいたく》に暮らしてるような感じだ。金はあんのに村内会費も払わねえよ、まったく。子どもはぴかぴかの自転車に乗ってるし、親父も高そうな車を乗りまわしてる。なんつったっけ？」

隣にいる息子の嫁を見やると、彼女は不信感を隠さずに刺々しい声で答えた。

「ベンツGクラス三五〇」

「Gの三五〇、なるほどね」

「わたしはよくわからないんだけど、お隣の旦那が車に詳しくて、いつもその話をしてますよ。真っ黒い装甲車みたいな車で、ものすごく高いんだって」

確か一千万は軽く超える車種だったはずだ。この情報は初めてで、メモに勤しんでいる牛久も驚いた顔をした。資産家なのかもしれないが、だったら空き家を間借りしているのはおかしな話だ。田舎暮らしは単なる嗜好《しこう》ということもあり得るが……岩楯は、よそ者の金まわりのよさを捲し立てている彼女を見ながら考えた。

話からすれば、宗教のように、自給自足や自然食を妄信する人間というわけではなさそうに思える。が、こんな土地で細々と暮らしているわりに、一千万超えの車を乗りまわす心理は確かに謎が多かった。

岩楯は腕組みしながら首をひねった。

「なんというか、不思議な親子ですね」

「そうなんだよ。だからみんな不安になる」

「わかりました。その一之瀬さん以外はどうでしょう」

「もうひとり気になるのはいるが、こっちはちとかわいそうなやつだよ」

老人は埃が薄く積もった事務机の上から湯呑みを取り上げ、麦茶らしきもので喉を潤《うるお》した。

「七、八年ぐらい前に越してきた中丸《なかまる》っていう家族だ。七十過ぎの年寄り夫婦と、独り者で四十過ぎの息子と三人暮らし。息子は派遣で土建とか枝落としなんかをやって、親は内職をしてたと思う」

「定職には就《つ》いてないと」

「詳しくは知らんが、息子は筋金入りの変人だよ。真冬に滝を浴びたり、夜中に川で泳いだり山を徘徊《はいかい》したり、よくおかしな行動を取ってるんだ。だから、やつを危険視してる連中は大勢いる」

「当然そうなるでしょうね」

「なんでも、日《ひ》の出町《でまち》のほうで、若い娘の後をつけたこともあるらしい。これは街の知り合いに聞いた噂だから、本当のとこはわからんよ」

牛久に素早く目で確認すると、相棒は微かに頷いて老人の話を肯定した。

「まあ、悪く言うやつもいると思うが、頼んだ仕事は確実にやってくれるから助かってるのはある。どこで身につけたのか知らんが、木工旋盤《せんばん》の技術ももってるしな」

「木工旋盤というと、ろくろみたいなやつですか？　木を回転させて削る？」

「そうだよ。まあ、ここの家は親の腰が低くてかわいそうになるぐらいだ。げっそりとやつれて、謝ってばっかりでな。中丸も村の連中と交流はないが、一之瀬とは違って声をかければひょっこり出てくるぐらいの社交性はある。村を拒絶してはいない」

支部長はそこまでを一気に喋ったが、いささか発言を後悔しているようでもあった。他人の名誉を傷つけた後味の悪さを嚙み締めている。何度も咳払いをして、もう空になっているであろう湯呑みにまた口をつけた。

老人はそれほど排他的ではないのかもしれない。岩楯は思った。少なくとも感情のままに告発をしてはいない。ほかにまわったほとんどの家では、件の二家族はどこか怪しいと聞いてもいないうちから糾弾《きゅうだん》を始めたものだ。しかも、うちが喋ったことは内密にと釘を刺すことを忘れない抜かりのなさである。

とにかく、一之瀬家の十七歳になる息子は村人からの評判がすこぶる悪い。何をしたわけでもないらしいが、人に警戒心を抱かせるような得体の知れなさがあるという。連日報道されている、凶悪な少年犯罪と重ねて考える者がほとんどだった。

岩楯は、牛久に引き揚げどきを目で合図しながら二人に会釈をした。

「ご協力をありがとうございました。ちなみに、斧や鉈という刃物は、もちろん村には欠かせないものですよね」

「空気と同じだよ。あって当然だ」

そう断言した老人の手を、息子の嫁が下のほうで忙しなく突いている。何か言いたいことがあるようだ。

「気づいたことでも？」

岩楯が笑顔で問うと、老人は彼女の手を鬱陶しそうに払いのけた。

「なんの根拠も信憑性《しんぴょうせい》もねえ話なんだよ。あんたらが聞いたってなんの役にも立たん」

「それは聞いてから決めますから、遠慮なさらずにどうぞ」

満面の笑みを浮かべる刑事を見て、彼女はごくりと喉を鳴らしている。藍染のエプロンの裾を引っ張り、覚悟を決めたようにすうっと息を吸い込んだ。

「ばあちゃんの話なんです。ああ、ばあちゃんはわたしの義母ですけど」

「俺の女房だよ」と老人が横から不機嫌そうに口を出した。

「ばあちゃんは週に四日はデイケアに通ってるんですけど、その帰りにあるものを見たって言うんですよ」

「だから、そんなもんは妄想だっつってんだろ」

また老人が口を挟む。

「なんでそう言い切れんの？　ばあちゃん本人が見たって言ってるのに」

「なんにも見えてねえよ。そんなわけのわからん証言のせいで、おまわりの仕事を増やしてどうする。だからおまえは抜け作だって言うんだ」

「抜け作で結構！　でも、重大な手がかりだったらどうすんの！　じいちゃんに責任取れんの！　村に殺人鬼が入り込んでるかもしれないのに！　捕まんなかったら皆殺しにされるんだよ！　みんな死ぬんだよ！」

「どこまで話をでかくする気だよ、まったく」

老人はうんざりして舌打ち《したう》ちをした。

「訊き込みに来た、ほかのおまわりにだって相手にされなかったのを忘れたのか？

だれが聞いても役に立たないネタなんだ」

放っておけば、舅《しゅうと》と嫁の言い合いは果てしなく続きそうな勢いだった。牛久が遠慮がちに止めに入っても、にべもなく追い払われている。岩楯は二人の間に割って入り、むりやり引き離した。

「まあ、まあ。落ち着いて。とにかく話だけでも聞かせてください。それで我々の仕事が増えるようなことはありませんから」

老人は悪態をやめなかったけれども、彼女はつんと顔を背けて岩楯に向き直った。

「六月の三週目だったと思うけど、ものすごい大雨が降って山に雷《かみなり》が落ちた日があるんです。デイケアでは、帰りはワゴンで家まで送ってくれるの。その途中で、ばあちゃんが駐まってる黒いタクシーを見たそうなんですよ」

「三週目というと、十五日の週ですね」

牛久は手帳を見て確認し、彼女の言葉を書き取った。

「その日は三時から五時までのショートステイで、わたしが送って行くときにも同じタクシーが駐めてあったらしいんです。東側の一本杉のとこ。弘之くん、場所はわかるでしょ?」

牛久はメモをしながら頷いた。

「とにかくワイパーが利かないぐらいの大雨で、辺りも暗かったしわたしはタクシーになんて気づかなかった。あの日は、ゲリラ豪雨が三回きたぐらいすごかったの。やんではまたザッと降るみたいな感じ。とにかく、ばあちゃんがタクシーのことばっかり言うから気になってるんですよ」

「雷が落ちる薄暗い大雨のなかで、少なくとも三時から五時までの二時間、黒っぽいタクシーが駐まっていたということですね」

「ええ、そうです」と彼女は何度も首を縦に振った。

「おばあさんは、なんでそればかりを言ったんでしょう」

「村のナンバーじゃなかったからですよ」

彼女はきっぱりと言い切った。

「この村は八王子《はちおうじ》ナンバーなんですけど、それ以外のよそのナンバーをたまに見かけると、無意識に目に入るんですよ。そのタクシーは品川《しながわ》ナンバーだったそうなんです」

支部長の老人が隣で何度も舌打ちをしたが、彼女はかまわず先を続けた。

「そんなことずっと忘れてたけど、バラバラ死体が見つかったって聞いて思い出したの。もしかして、事件に関係あるかもしれないって」

ふくよかな体をぶるっと震わせ、彼女は岩楯と牛久を交互に見やった。すると老人はうなり声を漏らし、ことさら盛大なため息を吐き出した。

「あのなあ、殺人鬼が都心から村までタクシーで乗りつけたってか？　バラバラにした死体を抱えて？　そんで、大雨んなか登山口まで歩いて、道路っぱたから投げ捨てて、待たせてある車に乗って帰ったのかよ。また笑われるぞ」

「確かに、笑い話のようですね」

岩楯が口にしたとたん、老人はそれみろと言わんばかりにあごを上げて彼女を見た。

「ただ、犯人とは限りませんよ。タクシーで乗りつけたのは共犯者か、または被害者のほうかもしれないわけだし」

「なんだって？」

老人は素っ頓狂な声を上げた。

「可能性の問題ですよ、深い意味はありません。とにかく、ご本人に直接話をお訊きしたい。今、奥さんは家にいらっしゃいますか？」

岩楯の無邪気な笑顔とは裏腹に、老人と嫁は同時に顔を曇らせた。そしてすぐに踏ん切りの悪そうな面持ちに変え、老人はぼそぼそと喋り出す。

「悪いが、話は無理だ。うちのばあさんはボケてて、自分がだれかもわかりゃしねえんだから。要介護４のアルツハイマーだぞ。こないだはタコみてえな宇宙人と遭《あ》って踊ったんだとよ」

そういうことか。岩楯はようやく合点がいった。確かに、証言の信憑性はないと考える者がほとんどだろう。しかし、村の者は地元以外のナンバーを意識する、という彼女の目のつけどころには共感するものがあった。それに、自身の名前すらわからなくなった老婆《ろうば》が、品川ナンバーだったと言い切っている。

それからみなで離れにある広々とした隠居を訪れ、タクシーを目撃したという老婆に面会をした。しぼんだ風船のように小さくなった老婆は介護用ベッドで半身を起こし、突然の訪問者を見て嬉しそうに笑う。が、口から出るのは嫁ぐ前の思い出話ばかりで、岩楯の質問は聞こえてもいないようだった。

4

アコードに乗り込むなり、牛久はすぐさまエンジンをかけてクーラーを強にした。べたついた顔が冷風に洗われ、うそのように汗が引いていく。岩楯はワイシャツの襟許から冷気を体じゅうに巡らせ、ようやく生き返った心地でひと息をついた。

「これで全部か？」

岩楯はフロントガラス越しに鈍《にび》色の空を見上げ、ペットボトルのぬるい水を飲み下した。牛久も水分を補給し、手帳を開いてよく通る声を出す。

「今の支部長宅で最後です。西側の集落はひと通りまわりました」

「次は？」

「いよいよ一之瀬家です。その次に中丸をまわりますか？」

「ルートはまかせるよ。それにしても、何をやらかせば、あんなに村じゅうから嫌われんのかね。支部長はあれでも好意的だ。ほかはすぐにでも村八分にしそうな勢いだからな」

「いろいろあったんですよ。みんな最初からこうではなかった。現に、よそ者でもうまくやっている人間がほとんどですからね」

「当人の問題ってやつか」

岩楯は再び水をひと口飲んだ。

「よし。一之瀬と中丸。この二世帯についての詳しい情報を教えてくれ」

「了解です」と牛久は手帳を高速でめくり始めた。

まずは先入観をもたずに住人の話を聞きたかったため、岩楯は村出身である相棒からの情報を遮断していた。牛久はハンドルとシートに挟まれたような格好で、窮屈そうに丸まってメモに目を走らせた。

「では中丸から。七年前の二〇〇八年五月。福島《ふくしま》県の郡山《こおりやま》市から移住しています」

「郡山？　向こうにだって空き家は腐《くさ》るほどあるだろうに、なんでこんなとこまで来たんだか。親戚がいるわけじゃないんだろ？」

「はい、いません。初めは、中丸夫妻が二人だけでここに越してきたんですよ」

「真冬に滝行《たきぎょう》をやる山伏《やまぶし》みたいな息子のほうは？」

牛久は手帳から顔を上げ、一重の細い目を合わせてきた。

「中丸聡《さとし》、四十四歳。彼は二十三のときに、強盗致死の従犯で三十七まで服役していました。そして出所後は埼玉《さいたま》県内で住み込みで働き、五年前にこの村にやってきました」

「なるほど」

岩楯は無意識に胸ポケットへ手をやり、今日何度目かになる煙草恋しさにおそわれた。

「前科者だってことを村の連中は知ってるのか？」

「いいえ、当人が言わない限りはわからないと思います。ただ、支部長も言っていましたが、去年、女性へのつきまといで、四日市署長から警告が出されているんですよ。日の出町で通報されたんですが、村に伝わるのも時間の問題かもしれません」

そうなれば、いよいよ追放の憂き目に遭うだろう。両親が仙谷村に移り住んだのも、こういった事情がからんでいるのは間違いなさそうだった。

「ほかは？」

「意味もなく人の家を覗いたり敷地に入ったりして、苦情が上がることがたびたびあります。あとはつきまといですね。どこまでが事実かはわかりませんが、中丸につけられているような気がすると訴える住人は何人もいました。これは女性に限らずで、とにかく根っからの挙動不審者なんですよ」

「なんなんだよ、そいつは。強盗致死ってのは何やったんだ？」

「これは本当に最悪ですよ」

牛久はぎゅっと眉根を寄せた。

「中丸は仲間三人と組んでひったくりを繰り返していた。仲間のひとりが車の窓から女性の鞄《かばん》を奪おうとしましたが、そのときに被害者が転倒。鞄に引っかかっていた女性は三百メートル以上も引きずられ、中丸たちが救護せずに立ち去ったため死亡しました」

「同情の余地なしだな」

岩楯が言うと、牛久は険しい面持ちで頷いた。

「中丸は山に入っては水源になっている川で用を足したり、泳いだり煙草やゴミを捨てたり、とにかく素行は最悪ですよ。はなからルールを守ろうという気がない。変人というより、倫理観に欠けているんですよ。たとえ前科がなくても、これではだれからも受け入れてはもらえません」

「ムショで学んだのは木工旋盤だけってわけか」と岩楯はクーラーの風を弱めた。「もうひと家族のほうは？」

「一之瀬親子が越してきたのは六年前、江東区《こうとう》からです」

「装甲車を乗りまわしてる親父はともかく、なんでガキはこれほど評判が悪いんだ？　年寄りから若いもんまで、ずいぶん幅広い層から敵視されてるみたいだが」

「まあ、あれです。主な理由はかっこいいからですよ」

「かっこいいから？」

岩楯は、さも正当な理由だと言わんばかりの相棒をまじまじと見た。

「牛久。おまえ、そんな理由であれほど毛嫌いされたら、うっかり村に入った二枚目はたまったもんじゃないだろうよ。杉に縛られて、火あぶりにでもされるのか？」

「いや、違うんですよ。もちろん、直接的な理由ではありません。なんというか、ええと、その……」

「なんなんだよ」

「こ、心を盗んでいくんですよ。あっという間に」

「ほう、そりゃたいへんだ。ハート泥棒《どろぼう》ってわけだな」

上司の合いの手に牛久は口ごもり、角ばった顔を片手でこすり上げた。

「少年は一之瀬俊太郎《しゅんたろう》といいまして、とにかく天性のプレーボーイなんです。気まぐれに女子に声をかけたり、くるもの拒まずで二股、三股はあたりまえなんですよ。村の女子中高生、いや、小学生にいたるまで彼に夢中になって、日常生活にまで支障をきたすようになるんですから」

「支障っておまえ……」

「つまり、恋に浮かされてしまうんです、寝ても覚めても。ここ一、二年の話ですが、失恋のショックで不登校気味になった子どもや退学した生徒もいて、友人関係に亀裂が入ったり成績が落ちたり、性格が変わったように暴力的になったりで、親にしてみれば最大の悩みの種なんですよ。今すぐ追い出したいぐらいに。村のトラブルメーカーです」

「本気で言ってんのか？」

「ええ、本気です」

牛久はため息混じりに何度も頷いた。

「話をまとめるとこういうことか。平穏だった村にたったひとりの二枚目が入ったことで、女子学生による激しい争奪戦が起きている。で、見向きもされない田舎《いなか》男子と年寄りたちがタッグを組んで、火あぶりにしようとしていると」

「なんでまた火あぶりですか」

非難がましく言う牛久に岩楯は車を出すように合図すると、相棒はアコードを緩やかに発進させた。集落をくねくねと走る私道は、気をつけないと両側にある側溝《そっこう》にタイヤを落としかねないほど幅がない。牛久はサイドミラーをこまめに確認しながらステアリングを切り、慣れた様子で古びた消火栓《しょうかせん》を避けていく。

林業で成り立ってきた村というだけあって、民家はどこも杉板張りの外壁が使われていた。当然だが無垢《むく》の杉材だろう。時間の経過で黒っぽく変色したさまが、険しい山間の村をさらに沈ませている。くすんだ曇天がよく似合う土地だった。

集落を出て二車線の村道を走っていると、捜査車両や報道の車ばかりと頻繁にすれ違う。事件のせいで登山口が閉鎖され、それ目当ての客は奥多摩《おくたま》のほうへ流れているらしかった。

「あの、岩楯主任」

牛久がハンドルを握りながら口を開いた。

「さっき、支部長のところで聞いた話なんですが、品川ナンバーのタクシーのことです」

「ああ、そうだった。ばあさんがタクシーを見た日を調べといてくれ。山に雷が落ちたゲリラ豪雨の日な」

「はい、了解です。雨のせいで崖崩れがあって翌日に見に行きましたから、すぐに出せますよ。その件なんですが、主任がやけに気にされていたと思ったもので」

黄色の点滅信号で丁寧に一時停止をし、相棒は安全確認をしてから右へ曲がった。

「新しい証言には違いないですが、報告を上げる必要があるものでしょうか。認知症で、ほとんど会話も成立しない老人の言葉です。ほかの捜査員も捨てた情報ですよ。しかも、死亡推定よりもずいぶん前の話ですから、関係ない気もしますが」

「そうだな」

「何か引っかかることがあったんですか？」

牛久は、上司が認知症老人の話に熱心に耳を傾けていたことが意外だったらしい。

岩楯は窓を細く開けて、青臭い空気を車内に入れた。

「ばあさんの言葉は、あることを裏づけてるような気がしてな」

「あることとは？」

「赤堀が出した死亡推定月日だよ」

岩楯は湿っぽい風を吸い込んだ。

「本部は神宮医師の推定を採用している。六月三十日前後。だが赤堀の言い分は、六月の十五日近辺だ。それとばあさんが品川ナンバーのタクシーを見た日がかぶってるのは、いったい何を意味しているのか」

「そこに意味はありますか？」

牛久は、意外にも強い調子で切り返してきた。

「こう言ってはなんですが、赤堀先生の仮説は虫の見地から立てられている。法医学というより、虫の生態を語っているだけに聞こえました。遺体の状況が死後十日で、赤堀先生も認めているんです。ならば、それ以外の答えに意味はないと思うんですよ。支部長の奥さんの言葉にも信憑性はないですし」

「そうだな」

岩楯はさっきと同じ言葉を口にした。

捜査に参加しているほとんどの人間が、赤堀を胡散臭《うさんくさ》く思っている。なんの能力もないわけのわからない女が、なぜ捜査に加わっているのかと語りぐさで、当然、岩楯と牛久の耳にも入っていた。

「岩楯主任は、本当のところはどう思われているんでしょう」

「やけに突っ込んでくるな」

「今後の捜査にかかわることなので重要です」

間違った方向へ進もうとしている間抜けな上司を、引き戻す義務感に駆られているのか。あるいは、使えない学者を押しつけられている不遇に共感したいのだろうか。岩楯は、難しい顔をしている牛久をちらりと見やった。

「あの女の言葉は信用できる」

過去の実績など、たったの数例だけではなんの説得力もないのはわかっている。そんなことよりも、信用できるなどと安易に断言している自分にただただ驚いていた。だいたい、結果さえ示せばだれもが納得するのだから、先走って自分がほのめかす必要がないではないか。岩楯は、勢いよくシートにもたれて唐突に話の終わりを告げた。

牛久は、納得できない気持ちをこめたようにアクセルを踏み込み、山へ続く上り坂を力強く進む。途中、木々に隠されていた私道へ車の鼻先を突っ込んで、さらにすぐの角を左折した。

「あれが一之瀬の家です」

仙谷村の象徴ともいうべき杉板張りの平屋で、黄緑色の実をつけた高木が目隠しのように家の真ん前に植えられている。たった二本のリンゴの木だ。奥まったところに屋根つきのガレージがあり、村人の注目を集めていた、箱型のいかついメルセデスが駐められていた。

家の脇で車を停めて二人は外に出た。一之瀬宅は、墨《すみ》色の瓦《かわら》が葺《ふ》かれたとても古い建物に見えた。壁のすすけた劣化具合からして、築五十年以上は経っていそうな外観だ。大葉やミョウガ、ヨモギなどの香味《こうみ》野菜が庭先に群生しているのは、食材として育てているからだろう。

岩楯は、ブロック塀に沿って生えている育ちすぎたパセリへ目をやった。なんというか、ちぐはぐとした印象の場所だ。敷地のあちこちに菜園の片鱗《へんりん》が窺えるのに、ぞんざいで取ってつけたような雰囲気がある。手をかけて愛《め》でているとは感じられず、植えたはいいが面倒になって放置しているとでもいうような……。

「あんなの、初めて見ました」

牛久の興味深げな声に岩楯は振り返った。視線の先には、二台のロードバイクが並んで駐められている。ブルーの車体には「デローザ」の文字が入っていた。

「あれも高級車だ。自転車乗りからは一目置かれてるモデルだよ。都内でも盗難が多いし、殺人未遂にまで発展したことがあってな」

「自転車で殺人未遂ですか……」

「ああ。よく二台も手に入れたもんだ」

大自然よりも、こういった金のかかる方面が興味の対象らしい。土地や暮らしぶりからは明らかに浮いている。

敷地に入って玄関戸に手をかけた瞬間、タイミングよく出てきた家主と鉢合わせてぶつかりそうになった。

「ああ、これは失礼しました」

にこやかに手帳を提示すると、一之瀬は二人の刑事に素早く目を走らせた。

百八十超えの岩楯よりも上背がある男。真っ黒に陽灼けした顔は石膏《せっこう》像のように端整で彫りが深く、引き締まった体はいかにもバネがありそうに見える。肩には、望遠レンズのついたデジタルカメラがかけられていた。おそらくこれも値が張る代物だろう。歳のころは五十代の手前ぐらいに見える。自給自足で食いつなぐ世捨て人のような辛気臭さは皆無で、どこか洗練された雰囲気を漂わせていた。

「突然ですみません、警視庁の岩楯と申します。お出かけですか？」

「畑に行くんです」と一之瀬は一本調子の声で答えた。

「ちょっとお話をお伺いしたいんですよ。村を騒がす事件について、何か気づいたことがあるかどうか」

「何も気づきませんよ。自分の生活で手一杯です」

「事件についてはだいたいご存じで？」

「それはもう日本じゅうが知ってるでしょう。マスコミ連中が出入りしてて、ワイドショーでもやってるぐらいなんだから」

一之瀬は皮肉っぽくそう言い、ガレージの脇に置かれていた農作業の道具を一輪車へ積んでいく。細々とした道具もどこか洒落て見えるのは、輸入物だからだろうか。色合いや形が独特で、見慣れないロゴが入っている。

なぜこんなところで生活しているのかわからない人間だ。岩楯は、刑事の訪問を意に介さない男を無遠慮に観察した。息子はアイドル並みに人気があり、父親も人間関係や都会に疲れて田舎へ引っ込んだふうでもない。むしろ、黙っていても存在感を撒き散らすタイプだろう。鼻持ちならないほどの自我が、そこかしこからにじみ出ている。

「失礼ですが、なぜこの村に越してきたんです？」

一之瀬はつっけんどんに、家庭の事情です、と目の細かいネットを紐《ひも》でまとめながら答えた。

「息子さんは、地元ではなく都内の遠くの高校に通っていると聞きましたが」

「当人の希望ですよ」

「そうですか。ところで、カメラが趣味なんですね。かなり望遠になるタイプのようですが、何を撮《と》るんです？」

「畑とか鳥です」

「なるほど、バードウォッチングね。この辺りには何がいるんですか？」

「都会の鳥と変わりません」

努めて興味のあるような顔をつくってみたが、一之瀬が話にのってくる様子はない。そもそも、この手の趣味などないはずだ。鳥の名前や種類を熟知しているようには到底見えなかった。

「ちなみに、お仕事は農業だけですかね。高級車にも興味がおありのようで」

一之瀬は、一輪車を押して岩楯の体をかすめるようにすり抜けた。立ち止まって振り返り、白髪混じりの硬そうな髪をかき上げる。

「で、結局のところ何を訊きたいんですか？」

「もちろん、事件のことですよ」

「どの質問も、事件に関係しているとは思えませんね。ちなみに、わたしも息子も不審者を見たようなことはないと思います。事件についてなら、中丸さんのほうが知っているかもしれませんよ」

「どういう意味ですか？」

「そのまんまの意味です」

一之瀬は、落ち着き払った様子で岩楯と目を合わせた。

「あの家には前科者の息子がいる。人殺しですよ。なんの落ち度もない女性をね」

「なぜそれを？」

岩楯は警戒して声を低くした。

「今はネット社会ですから、欲しい情報はいくらでも手に入ります。じゃあ、わたしはこれで。雨が降ってくる前に、さっさと作業を終わらせたいんです」

そう言って踵を返そうとしたが、岩楯の足許を見て小さく舌打ちをした。

「ああ、ちょっと、そこにある草を踏まないでくださいよ。育ててるんだから。靴《くつ》が新芽《しんめ》にかかってるじゃないですか、困るなあ」

さも迷惑そうに岩楯の革靴を一瞥し、雑草にしか見えない葉の被害状況を素早く確認した。そして、もう一度刑事二人の顔を見てから、一輪車を押して舗装されていない農道へ入っていった。

「食えない野郎だな……」

岩楯は姿の消えた小径《こみち》へ目を向けた。支部長の言葉通り、「話にならない」という表現しか思い当たらないほどにべもない。

「中丸の件、知っていたとは驚きでした」

ペンをシャツのポケットに戻しながら牛久がつぶやいた。

「調べ上げる理由があったんだろう。なんせ中丸は覗きとストーカーが趣味みたいな男だ。なんかされたのかもな」

岩楯と牛久は車に乗り込み、何かと話題に上ってくる中丸宅へ向かった。

一之瀬の家からさほど遠くはないものの、村の貯木場《ちょぼくじょう》の裏手にあるため、道路やよその集落からは完全に死角となっている。中丸家も杉板をふんだんに使った平屋建てだが、トタンを押さえるために古タイヤがいくつも屋根に載せられ、朽《く》ちるにまかせている空き家の様相を呈していた。ブロック塀も上部が崩れて階段状になり、目隠しの役割すら果たせていない。そんなところに、村の公認キャラクターである「仙谷くん」ののぼりが括りつけられているさまが、まるで敵ではないことを必死に訴えているようだった。

庭先を見ると、くたびれたランニングを着た老人が、よろめきながら伸び放題の雑草を鎌《かま》で刈り取っていた。家の前で車を停めるなり、老人は急に作業をやめてこちらの様子を窺うように伸び上がる。首に巻かれていたタオルで顔をぬぐい、岩楯たちがやってくるのを棒立ちになって見守っていた。

「こんにちは、突然ですみません」

「警察の人でしょう？」

手帳を出す前に老人は言った。前歯が何本かないらしく、空気が抜けて発音がはっきりしない。岩楯は手帳を見せて名を名乗った。

「事件のことはもうご存じだと思いますが……」

「うちは関係ありません。息子も関係ありません。これは本当です」

岩楯が言い終わらないうちに、老人は悲痛な声を絞り出した。そわそわと家のほうへ目をやり、また二人の刑事に視線を戻して身じろぎをしている。

痩せていて腰が曲がり、蒼白い顔は隙間もないほど深いシワで覆われていた。歳を重ねた勲章《くんしょう》というより、犯罪者の息子を抱えた苦しみがそのまま刻み込まれたような肌をしている。見れば、いつの間にか玄関先には小さな老婆が立ちすくんでいた。この夫婦には、心の休まるときがあるのだろうかと心配になる風貌だ。

岩楯は哀憐《あいりん》に囚《とら》われる前に笑顔をつくり、鬱陶しい藪蚊《やぶか》を払いながら、夫の隣に並んだ妻にも会釈をした。

「事件のことではあるんですが、中丸さんを疑っているわけではないですよ。ここは山からも近いですから、何か見聞きしていないかと思いまして。特に六月の半ばから終わりにかけてです」

「前に来たおまわりさんにも言ったけど、自分らは夜は早く寝ちまうし、何かを見たことはないです」

「奥さんのほうは？」

「おんなじです。なんにも知りません。昼は内職してるし」

「お仕事の内容は？」

岩楯が問うと、老婆は玄関の土間にある段ボール箱へ目を向けた。

「杉の葉っぱだけを取るんです。あとで葉っぱから油を搾《しぼ》るみたいですよ。あの、あたしらホントになんにも知らないんです。答えられることはありませんよ」

砂をかぶったような灰色の髪をひっつめている老婆は、声を裏返しながら早口で捲し立てている。東北訛《とうほくなま》りがかなりきつく、夫よりも言葉が聞き取りづらい。この夫婦が、およそ二十年前の出来事と今を重ねていることが痛いほど伝わってきた。強盗致死容疑で息子を逮捕するために、早朝から大勢の捜査員に踏み込まれた様子が目に浮かぶ。

「ええと……」

件の息子は在宅だろうか。岩楯は、小柄な夫婦の頭越しに住まいへ目を向けた。玄関は開け放たれているが、家の中は水底のように暗くて奥まで見通せない。何かを茹《ゆ》でているのか、小窓からはもうもうと湯気が上がっている。いや、違う。岩楯は素早く二度見した。窓という窓の隙間から、白い煙が立ち昇っているのだった。

岩楯は家を指差して声をうわずらせた。

「中丸さん！　火事じゃないですか！　家から煙が上がってますよ！」

夫婦はのろのろと振り返り、じれったくなるほどじっくりと自宅を見つめている。岩楯が消防へ連絡する指示を牛久に出すと、中丸の夫が申し訳なさそうに薄い白髪頭をかいた。

「おまわりさん、火事じゃあないですよ。あれは蚊取り線香の煙です」

「蚊取り線香って、いや、尋常な煙の量じゃないでしょうよ」

「この土地はとにかくジメジメして蚊が多い。この通り、雑草があっからいっぱい寄ってくるんですよ」

老人は周りを見まわし、刈り取った雑草の小山を足先で突いた。

「このセイタカアワダチソウってのは、どうしょもないね。一年じゅう、こいつを刈ってんのと一緒だよ。除草剤を撒いても根絶やしにできないんだ。こいつも蚊も、きりがないんです。次から次へと湧いて出る。だから四六時中、蚊取り線香を焚《た》いてるのがあたりまえになっちまってね」

風に運ばれてきた煙は、確かに線香の臭いがしている。そしてよく見れば、夫婦の腕や首筋にはいくつもの虫刺され痕がついていた。常軌《じょうき》を逸《いっ》しているけれども、老人の言葉は偽りではないようだった。岩楯は冷や汗のにじんだ額をぬぐった。

「いや、驚きました。木造だし火が出たらあっという間ですからね。蚊取り線香にしても、火にはくれぐれも気をつけてください」

「そりゃあもう、いちばん気をつけてますんで」

「ところで、息子さんはいらっしゃいますか？」

急に話を変えるなり夫妻は少しだけ身構えたが、落ち着くように深呼吸をして、妻はサンダルを引きずりながら歩いて呼びにいった。そして、ことのほか早く息子が顔を出す。

中丸聡は小太りのずんぐりした中年で、極端なほどの猫背だった。どこかぼうっとしており、ひどく愚鈍《ぐどん》な印象を受ける。しかも、驚くのはその顔だ。

岩楯は中丸の顔を無遠慮に見まわした。首筋まで広がるほどおびただしい虫刺され痕があり、それを掻《か》き壊してとびひのようになっている。半袖Tシャツの袖から出ている腕も、治りかけのかさぶただらけだった。

「お休みのところ、すみませんね。警察の者です」

警察手帳を見せたが、中丸にはこれといった反応がない。しかし、岩楯の後ろにひかえている牛久に気づいたとたん、男はあごを前に突き出すように何度も頭を下げた。

「こ、こないだはすいませんでした」

「何度も注意してるんだから、本当にもうやめてください。五沢《いっさわ》の滝の近辺は、飲み水の水源になってるんですよ。看板も出ている通り、泳ぐのは絶対に禁止です」

「すいません。淵《ふち》がきれいだったもんで、つい……」

牛久に山で確保されたらしい。中丸はぺこぺこと頭を下げ、坊主頭を撫でて気弱な笑みを浮かべている。岩楯は男を観察しながら話を戻した。

「村で起きた事件についてなんですが」

「そっちは知りません、ホントです」

中丸は両親に引けを取らないほどの即答をした。

「聞くところによると、あなたはしょっちゅう山に入っているみたいですね。趣味みたいなものですか?」

「そうなんです。すいません」

「山で何か見たということは？　気づいたことでもいいですが」

「別にないです。たまに登山客に会うぐらいで」

いちいち頭を下げるので忙しない印象だが、だからといって怯えているふうでもない。むしろ、刑事二人を窺うような目をし、ふてぶてしく立ちまわっているように見えるのは思い違いだろうか。両親が抱えている苦悩が、この男からは一切見えてこなかった。

岩楯は、中丸の虫刺されだらけの顔を長々と見まわし、そばにある薪《まき》に刺さったままの斧へ視線を移す。そして反応を窺うように中丸をもう一度見てから、礼を述べてアコードへ足を向けた。

人の命を奪った罪悪の念が感じられない。この男にとってはすでに過ぎ去った出来事であり、頭の片隅にすらないのだろうと思わせる。刑事の訪れで、苦い記憶が呼び戻された節さえも見つけられなかった。

得体の知れない男だ。岩楯は、頭のなかに中丸の捉えどころのなさを書き留めた。

第二章　芳香《ほうこう》の巫女《みこ》

1

昨日に引き続いてどんよりと曇《くも》ってはいるが、時折り太陽が顔を出して気温を容赦なく押し上げる。岩楯はガードレールに再び張られたクモの巣を払い落とし、雑木が無秩序に繁る谷を覗き込んだ。腐敗臭はあいかわらず居座り続け、湿った空気とともに立ち昇ってくるのがたまらない。岩楯のすぐ後ろに立っている牛久は、嗅覚を封じ込めようと強ばった無表情に徹していた。

「ここが現場ですか……」

地下足袋《じかたび》を履《は》いて、盗人《ぬすっと》のようにタオルでほっかむりしている赤堀が、神妙な面持ちでつぶやいた。ガードレールから危ないほど身を乗り出し、棚田のような階段状の地形に目を走らせている。そして川の流れを確認しながらゆっくりと首を動かして、鬱蒼とした暗緑色《あんりょく》の木々に目をすがめた。

遠くの山間からは白い靄《もや》が昇り、そこへひと筋の光芒《こうぼう》が神々《こうごう》しく射していた。予告もなくこんなものを見せられると、山を汚されたと憤慨する牛久の気持ちもわかるような気がした。雄大な絶景は黄色いテープやブルーシートによって分断され、空ではマスコミのヘリが山を騒がせているからだ。百メートルほど先の斜面では、警察犬を連れた捜査員が方々に散らばっているのが見える。ありったけの人員を投入しているにもかかわらず、未だ残りの体は見つかる気配すらもなかった。

「この場所から腕を落としたってことだったよね」

捕虫網を立てている赤堀が、谷をじっと見つめたまま問うてくる。

「まあ、そう考えるのが妥当だろうな。今は草が刈られて雑草はなくなってるが、発見当初は腕が完全に埋もれてた」

「当然、そうなるだろうね」

赤堀はリュックからタオルを取り出し、球体になるように丸めて結んでから谷へ向けて放った。水色のタオルは緩やかな放物線を描き、薄紅色《うすべに》の花を咲かせたネムノキに引っかかる。そして、せり出したさまざまな雑木にもぶつかりながら落下し、遺体の見つかった付近でバウンドした。

「バラバラの腕には、枝に引っかかったような傷はなかったと思うけど」

あいかわらず下を見ながら赤堀が言った。

「ウジと動物に喰われた傷が多すぎて、判別できないと言ったほうが正しいな。腐敗の影響も少なくはない」

「でも、こっから落としたら、斜面の木には必ず引っかかったはずだよ」

「そうだが、やけにこだわるな。まさか木の枝を一本一本見てまわって、痕跡を探そうっていうんじゃないだろうな」

「うーん、最後はそれもありかもしれないなあ……」

赤堀は、ここから遺体を捨てたかどうかに着目しているようだった。岩楯はビニール袋が見つからないことから遺棄現場に疑問を抱いたが、昆虫学者も何かに違和感を覚えているらしい。

「よし、降りようか。まずは現場だよ。実際にあった場所を見ないと始まらないからさ」

今日の任務は赤堀と現場に立つことだ。崖下の現場まではすでに梯子がかけられ、しっかりとロープで固定されている。命綱をつければ問題のない環境だ。

岩楯が振り返って牛久に目配せすると、相棒は真顔で頷いた。登山用のザックを下ろし、中からロープをひと束取り出している。赤堀の腰にロープをまわして素早くもやい結びをつくり、岩楯と自身にも同じように命綱をセットした。さすがに手際がよくて慣れている。牛久は梯子の脇にあるアンカーにロープを取りつけ、強度を確認してからふうっと息を吐き出した。

「滑らないように気をつけてください。足場の梯子はしっかりしているので、足を踏み外さなければ安全です」

相棒は「先に降ります」と言い、ガードレールをまたいで二連梯子に手をかける。そのまま五メートルほどの斜面を降りていき、遺体発見現場の脇にある平地に足をつけて右手を挙げた。次に赤堀が山猿のようにするすると下へたどり着き、岩楯も合図とともに梯子に足をかける。

アルミ製の梯子の間からは木の枝葉が飛び出し、まるで行く手を阻もうとしているかのようだった。一歩足をかけるごとに梯子は音を立ててしなり、そのたびに心臓が縮み上がって冷や汗がにじんでくる。おまけにこの忙しいときにアブが顔をかすめて飛びまわり、岩楯はののしりながら首を振った。つくづく、自然というのは遠くから見ているだけでいいと思う。アブに追い立てられるように、岩楯は急いで地面に降り立った。

川の流れる音がすぐ近くで聞こえている。岩楯はこめかみに伝う汗を袖でぬぐい、ロープを外して発見現場へ足を運んだ。

谷底は岩盤が削られて階段状になっているのかと思っていたが、実際は腐葉土《ふようど》が堆《たい》積《せき》してできた肥沃《ひよく》な土だ。それが雑草や木の根で押し固められ、がっちりとした地盤を形作っている。広さは、テニスコートの半面ぶんぐらいといったところだろう。

赤堀は、早速捕虫網をぶんぶんと振りまわし、いつもの「ほっ！」というおかしなかけ声とともに捕らえた虫を小瓶へ入れていく。そしてごついダイバーズウォッチを見て時間を確認し、ラベルに日時を書き留めて貼りつけた。紐つきのペンを首から下げて次々とターゲットを捕獲し、早送りのような忙しない動きで同じ作業を繰り返していく。法医昆虫学に疑念を抱いている牛久は、そんな赤堀の様子を無言のまま目で追っていた。

「しかし、ここはアブの巣かよ」

岩楯は、たびたび顔をかすめる虫を手で払った。さっきから不愉快な羽音が耳に障って仕方ないが、いくらなんでも多すぎる。先日よりもはるかに出まわっていた。舌打ちして飛翔《ひしょう》する虫に目を凝《こ》らせば、一帯に散らばっているのはアブだけでなく、別の虫も相当数混じっているのがわかってきた。いちばん多いのはハエだ。しかも、雑草が虎刈《とらが》りにされた地面の何ヵ所かにびっしりと固まり、集団で蠢《うごめ》いているさまが不気味としか言いようがなかった。

岩楯は、生々しい現場写真を思い出して身震いした。ちょうどハエが固まっている五ヵ所は、それぞれ腕の一部が転がっていた場所と重なっている。驚くほど正確で、それが嫌悪感を倍増させていると言っていい。

ハエの小山を意識的に視界から外し、風向きによって押し寄せてくる臭いをなんとかやりすごしていた。そのとき、少し先で虫を捕っていた赤堀ががばっと顔を撥ね上げ、何を思ったのか地面を蹴って走り出した。予告もなくいきなりだ。顔に満面の笑みを貼りつけて猛ダッシュし、捕虫網を両手で高々と振りかぶって岩楯のほうへ突っ込んでくる。

「なんなんだよ！」

岩楯が仰け反ったすぐ前を風のように走り抜け、ぴょんと飛び上がった勢いのまま網を地面に押し伏せる。とたんに蠢いていたハエどもが竜巻《たつまき》のように舞い上がり、パニックになって顔や体に容赦なくぶつかってきた。辺りが暗く感じるほどすさまじい数ではないか！　岩楯は反射的に口許に腕を押しつけたけれども、いやな音を立てながらハエが隙間に入り込もうとした。

「くそっ！」

岩楯は声を張り上げ、ハエを叩き落とした。とまられた口許を、ごしごしと袖でこすりまくる。

「な、なんですかこれ！　ちょっと！　どうしたら！」

牛久は声にはならない声を張り上げ、ぐるぐると腕をまわしてハエの嵐を振り払っている。逃げ場を探して現場を走りまわっていたけれども、ついには絶望したような悲痛な叫び声を上げた。

「は、ハエのいない場所がない！　しかもこっちに向かってきます！　いったいどこからこんなに！」

「とにかく目と口を守れ！　こいつらは屍肉食のハエだぞ！」

「屍肉！」

首に巻いていたタオルを外して、岩楯は急いでほっかむりした。もう格好などかまってはいられない。地団駄《じだんだ》を踏んで騒いでいる牛久に、とりあえず口を腕で守りながら現状の説明をした。

「死体を喰い荒らすウジの親玉。第一グループのホオグロオビキンバエってやつだ。レンガ色の複眼と緑に光る胴体。間違いない」

「だ、第一って！　いったい何段階まであるんですか！」

牛久は、ようやくタオルをポケットから引きずり出して口と鼻を覆った。

「こいつらは土に染み込んだ死体汁《じる》に集まってたんだよ。まったく、エサはとっくの昔に取り上げられたってのに、未練がましいにもほどがある」

「し、死体汁！　やめてくださいよ！　この臭いにもなんとか耐えていたのに！　というより、岩楯主任はなんで冷静でいられるんですか！　ハエの大群なんですよ！

ものすごい音なんですよ！」

「これのどこが冷静に見えるんだよ。俺だっておまえさんと同じで吐く寸前だ」

刑事たちの騒ぎに一瞥もくれない赤堀は、ハエがたかるのもまったくかまわず、捕虫網からせっせと獲物を出してサンプリングしている。そしてくるりと振り返った顔を見て、牛久は「ひいっ！」と叫びともつかない声を出した。

あまりにもひどすぎる。岩楯は急激に胃袋がせり上がってくるのを感じ、胸のあたりをさすってなんとか封じ込めた。赤堀の顔には数え切れないほどのハエがたかり、ちょろちょろと自由に動きまわっているではないか。にもかかわらず、この女はいつもと変わらぬ能天気な声を出していた。

「いやあ、まだこんなに残ってたとはラッキーだったよ。それにしてもこの子たち、スイカの種にそっくりじゃない？」

「だから、いちいち食いものに喩《たと》えるなって」

「子どものころ、縁側からスイカの種を飛ばして一ヵ所に集めるのが趣味だったんだ。ほっとくと芽が出るよ」

喋っている間にも、たびたびハエが口に飛び込みそうになっているのに、赤堀はそっけなく手を振って払うだけだ。それを見ていた牛久が急にうめき声を漏らし、梯子のほうへ走って体をくの字に曲げている。赤堀と行動をともにした者は必ず吐き気と戦う羽目になるのだが、牛久はこの手のものすべてが受けつけない性分らしかった。

「あれ？　ウシさん、なんかあった？」

「なんかあったじゃないだろうよ」

見るに耐えかね、岩楯はほっかむりのタオルを外して、赤堀の頭をひっぱたくように振りまわす。何度か繰り返しているうちにハエどもが舞い上がり、ようやく赤堀の顔からすべて離れていった。

「痛いなあ。ちょっと岩楯刑事、いきなりなんで戦闘態勢？　やんの？」

「あんたの顔にたかってたハエを追っ払ったんだろ。見てるこっちがダメージをくらうんだよ。頼むから、帰ったら顔を消毒してくれ」

「なんだ、そんなこと気にしてたんだ」

「気にするに決まってんだろ」

岩楯は忌々《いまいま》しい思いを声に含ませた。

「まあ、確かにハエは衛生害虫で、いろんな病原菌を媒介するけどね。チフス、コレラ、赤痢、カビ。あらゆるウィルスと、最近ではO－157もハエを経由してる可能性が示唆されてるよ」

「だったら、なおさら自由にたからせておくな。しかもこいつらは死体汁にむらがってたんだぞ。もっとヤバイもんをもってるんじゃないのか？」

岩栖は、ハエがぶつかってきた箇所を執拗にタオルでこすった。牛久は土気色《つちけ》の顔をして戻ってきたが、まだわんわんと渦を巻くハエの群れを見て前に進めないでいる。

「とにかく、このありさまでは検証はできない。ハエどもが多すぎる」

「そんなのはまかせてよ」

赤堀は捕虫網を振りまわしながらハエを追い立て、戻ろうとした個体をさらに谷側へと追い込んでいく。まるで如意棒《にょいぼう》を頭の上でぐるぐるとまわしている孫悟空《そんごくう》そのものだ。笑いながらこれを何度も繰り返しているうちに、ハエの量は三分の一ぐらいになった。

「楽しいんでしょうか……」と牛久がたまらず口にしている。

「とりあえず、警戒してるから十分ぐらいは戻ってこないよ。さっさとやっちゃおう」

もっとも、現場で作業するのは赤堀だけである。

牛久は何度も喉を鳴らして口を押さえながらも、昆虫学者から目が離せないようだった。ただただ驚きだけで、ほかに抱いていた感情は消し飛んでいるらしい。赤堀はそんな相棒を見て「お帰り」と微笑《ほほえ》み、現場の中央に落ちている球体のタオルを拾い上げている。今さっき、上から放り投げたものだった。

「ここに集まってきてるハエは、ほとんどがホオグロオビキンバエっていう種類ね。岩楯刑事が正解。屍肉食種のこのハエが遺体に産卵して、孵化《ふか》するとウジが発生する。腐敗分解にかかわる昆虫は、タイプ別にわかれるんだよ」

赤堀は雑木が繁る斜面に目を這わせて、遺体が投げ落とされたとされる村道のほうで視線をぴたりと止める。

「第一のグループは岩楯刑事が言った通り、ここに集まってるハエたち。あとは主に甲虫《こうちゅう》のカツオブシムシだね」

「ああ、それは知ってます。革製の登山靴を納屋にしまっておいたら、その虫が大量に湧いて靴を二足も駄目にされましたから。黒ゴマみたいに小さい虫ですよね？」

牛久は、再び現場を動き始めた赤堀に言った。

「そう、そう。カツオブシムシは乾燥が始まった死体を食べる。革製品も大好物だよね。第二グループはウジと甲虫を食べたり寄生する節足動物たち。エンマムシ、シデムシ、寄生種は小型のハチとアリ」

「グループは全部でいくつなんですか？」

「四つ。第三は大型のハチとアリ。そこには一部の甲虫も含まれる。このグループは死体も食べるしほかの虫も食べるの。まあ、人がこわがるような虫は、だいたいこのグループだよ。スズメバチなんかは、死体を見つけたらウジと腐肉を寝ないで食べまくるから」

赤堀は喋りながら地面に屈み、刈り取られて短くなった雑草をかきわけている。牛久は彼女の話に耳を傾け、本当にこの女は何者なのかとでも言いたげな目を向けていた。

「最後のカテゴリーはクモ類。死体の近くに網を張って、集まってくる虫を片っ端から狩る知能犯。この子たちはリスクが最小限になるようにインプットされてるわけ。こういう昆虫相《そう》を見れば、遺体がどの腐敗段階にあるのかがわかるんだよ。そのなかでもメインはウジだけど」

「確実だと思いますか？　たとえば日数的なことですが」

「うん。虫は本能でしか動かない。いかに食べて子孫を残すか、それだけ。しかも、喰うか喰われるかの世界だから、生き残るためにも秩序立った行動しか取らないんだよ。余計なものを排除した究極体だから、この子たちの言葉は信用できる」

赤堀は地面に這いつくばって穴熊のように移動していたかと思えば、ふいに立ち上がって斜面を仰《あお》ぎ見ている。さっきからこの行動を繰り返しているが、上のほうがどうにも気になるようだった。

「どうかしたのか？」

岩楯が声をかけると、赤堀はほっかむりのまま振り返った。

「さっき投げたタオルもそうだったけど、上から何かを落とすと、あそこのネムノキを必ずかすめることになるんだよ」

赤堀は、綿毛《わたげ》のような薄紅色の花を咲かせている木を指差した。

「ネムノキはキチョウの食草でもあるし、特定の虫の住処《すみか》なわけ」

そう言いながら、地面に落ちていた黄緑色のイモムシをつまみ上げている。そして左手では、細長いカミキリムシのような昆虫を鷲掴《わしづか》みにした。

「ぶつかればこういう子たちがばらばらと落ちてくるんだけど、鑑識さんから送られてきた虫のなかには、なぜか一匹もいなかったんだよね」

「一匹もいないのはいいが、この臭いはいったいなんだ？」

岩楯は思わずむせ返った。腐敗臭とは明らかに別の、ひどく複雑な臭気が風で流されてくる。すると赤堀は訳知り顔をして、虫を摑んでいる左手を岩楯たちのほうへ差し出してきた。牛久と同時に反射的に後ろへ飛びすさる。

「匂いの元はこの子じゃない？　オオクモヘリカメムシ。ネムノキとか果樹園にいる大型のカメムシだよ。なんかエキゾチックな匂いでしょ」

「なんでそんなもんを、ためらいなく手摑みにできるんだよ。生ゴミが腐った臭いしかしない。エキゾチックの意味を調べ直せ」

赤堀は二センチ以上はありそうなカメムシを鼻先にもっていき、大きく息を吸い込

んでからせっせとサンプリングしている。もはや牛久は言葉を失い、黙って見ている
ことしかできなくなっていた。
「まあ、それはおいといて。カメムシは上から落ちても自力で木に戻れるけど、キチ
ョウの幼虫はそれができない。でも、送られてきたサンプルには死骸すらなかったわ
け」
「時間が経ちすぎてるからじゃないのか？　なんせ、バラバラ死体が落とされてか
ら、十日以上だからな」
「岩楯刑事、十日じゃなくて二十日以上だよ」
にんまりと不気味な笑みを浮かべ、赤堀は念押しをした。
「まあ、捕食された可能性もあるから追究はしないけど、なんとなく現場がおかしい
感じはする。これは直観だね」
赤堀は、最初に抱いていた違和感を決定づけたようだった。
それから昆虫学者は現場を動きまわって虫や植物などを採取し、階段状に削られて
いる地形の一段下に降りて再び検証に勤しんだ。
岩楯はペットボトルを出して水を飲み、止まらない汗を無造作にぬぐった。木々に
囲まれた森の中は暑さが濃密だ。地面から立ち昇る熱は蒸気と言っても過言ではない
ほどで、四六時中サウナにでも入っているような感覚だった。

岩楯は汗で貼りついた作業着を肌から引き剝がし、赤堀がいるほうへ目を向けた。しゃがみ込んで背中を丸め、地面をじっと凝視している。そして道具箱からピンセットを取り出し、今度は土塊《つちくれ》のようなものをビニール袋に収めはじめた。

「それは？」と離れたところから声をかけると、赤堀は手を動かしながら即答した。

「なんかの動物のフンだね。あとは干からびた山桑《やまくわ》の実。捜査会議でも出てたけど、そこらにいっぱい落ちてるよ」

「そんなもんまで持って帰るのかよ。よくわからんがご苦労さんだな」

「何がどうつながってるかわかんないから、とにかく、見落とさないようにすることだよ。思い込みは捨てて、視野をめいっぱい広くする。トンボ並みに」

「あんたには、もともと思い込みなんかないだろ」

岩楯は含み笑いを漏らした。

赤堀ほど固定観念を持たない人間には会ったことがない。仕事に対する熱意は相当なものだが、あらゆる分野に寛容だ。疑問を投げかけられればすぐさま原点に立ち返るし、ある意味、手当たり次第に飲み込んでしまう貪欲《どんよく》さがある。裏表がなく能天気なやつだと人は笑うが、それは単なる見かけだろう。この女は、明らかに裏の部分ももっているからあなどれない。付き合いが長くなるにつれ、岩楯はそれがわかりつつあった。

赤堀は段差をよじ登ってもといた場所に戻り、今度はシャベルで土を掘り返しはじめた。遺体が発見された五ヵ所から土を採取し、袋にラベルを貼りつける。

「今回は鑑識さんが土を採ってくれなかったんだよね。というか、虫もごちゃ混ぜにして送られてきたから、選別に苦労したんだよ」

「残念ながら、法医昆虫学については、まだ教育がいきわたってないんだよ」

「まあ、ウジはみんな同じに見えるからしょうがないか。ものすごい数に圧倒されるし、すべてを採って保存する必要性なんて感じないだろうし」

「あんたがくるまでは、死体に群がる虫なんてほとんど捨てられてたんだ。それを考えれば、ちょっとは進歩したと思うぞ」

岩楯はといえば、廃棄されることに抵抗を感じるようにまでなっている。ほんの数年前までは、虫を仕事にしている人間の目的など考えたことすらもなかった。

赤堀はサンプルをケースに入れてリュックに詰め込み、すっくと立ち上がった。全身汗みずくで、頬や首筋に後れ毛が貼りついていた。

「さ、ハエたちが戻ってきたみたいだから、そろそろ引き揚げよう。ところでウシさん。とりあえずはなんでも聞いてね」

「はい？　ええと、質問がある場合はもちろんそうしていますが」

急に話を振られた牛久は、怪訝《けげん》な顔で生真面目《きまじめ》に答えた。

「質問というか『なんでも』だよ。たとえば、法医昆虫学はうそっぱちじゃないか……って疑ってるとか、こんなとこまで付き合う必要があるのかとか」

赤堀がしたり顔でにやりと笑うと、牛久は目に見えてあたふたとした。

「そ、そこまでは思っていませんよ」

「ああ、別にいいって。そういうのは慣れてるし、気に病むようなタイプでもないしさ」

牛久は図星を衝かれて居心地悪そうに身じろぎをしたが、ずっと抱えていた思いを口に出そうと決めたようだった。太い首にある喉仏をごくりと動かし、赤堀を見据えた。

「それじゃあ、質問させてください。解剖医の神宮先生の見解ですが、完全に筋が通っていて非の打ち所がないと思いました。今されている作業は、それを覆《くつがえ》すためのものなんですか？」

「違う、違う」

赤堀は顔の前でぶんぶんと手を振った。

「現場がどんな環境にあるのかを確かめたかったのが一点。もうひとつは、虫の声を直《じか》に聞きたかった。ここにはまだ、微かだけど当時の声が残ってる」

谷全体を見わたしてから、赤堀は現場に戻りはじめているハエを目で追った。

「では、遺体の状態が死後十日前後に見えるということについて、赤堀先生はどう考えているんでしょう」

「遺体だけ見れば正しいと思ってるよ」

「ならば、死後二十日と言い続ける意味は？」

「それがわたしの仕事だから……が意味かなあ。自分が学んできた見地から答えを出す。これをしなかったら、法医昆虫学は必要ないってことになるよね」

保守的な考えの牛久が、赤堀を受け入れられないのはわかる。しかし、伏見管理官のように、単なる縁故採用の無能者だとは考えていないようだった。少なからず昆虫学者への敬意はあるものの、あまりにも先が見えないことへの不安を感じている。そんなところだろう。

「ウシさんに知っておいてもらいたいのは、虫は腐敗分解に絡む生き物のなかで支配的なグループだってこと。組織が土にかえる過程を考えればわかると思うけど、腐敗分解者のだいたい八十五パーセント以上は虫だからね」

牛久は少しだけ考え、さらに突き詰めるように質問をした。

「では、総重量が圧倒的に多い虫がついていたのに、なぜ結果が食い違って遺体は死後十日を示してるんでしょう？」

「それはわかんない」

にこにこと笑いながら答える赤堀を見て、牛久は口を閉じて両手で顔をこすり上げた。

「それよりウシさん。ホントにいい声だよね。昔、ロミオとジュリエットの舞台を観《み》たんだけど、そのロミオ役の声に似てるんだよ」

「……そうなんですか」

「ちょっと、このセリフを言ってみてくれない？『ぼくを恋人と呼んでください。さすれば、今日からはもうロミオではなくなります』。絶対にキマるはずだから」

牛久はもう一度顔をこすり上げ、何を思ったのか律儀に劇の台詞《せりふ》を口にした。しかも、わりと感情をこめているのが理解できない。腐敗臭が立ちこめてハエが飛びまわるなか、相棒の声は谷全体に反響して鳥たちを騒がせた。

「二人とも遊んでんな。行くぞ」

岩楯は拍手している赤堀に捕虫網を差し出し、梯子のほうへ歩いていった。

2

三人は駐車場まで戻って顔や手を念入りに洗い、赤堀を駅まで送る前に二、三、訊き込みにまわることにした。牛久お墨つきの手打ち蕎麦《そば》屋で腹ごしらえをし、アコードに乗り込んで村の外れへと向かう。

「仙谷くんのキャラクターってウシさんだよね」

赤堀は蕎麦屋でもらったステッカーをノートに貼りつけ、後部座席から前へ顔を出す。すると牛久は嬉しそうに微笑み、ちらりと横を見やった。

「わかりますか？」

「そりゃわかるよ。そっくりだもん」

「でも、岩楯主任は気づかなかったようで」

「ああ、それはただの意地悪だよ。きみんとこの上司は、そういう屈折したところあるからさ」

勝手なことを喋っている。岩楯は捜査ファイルを開いてこれから行く先を確認し、車の窓を細く開けた。とたんに女の甲高《かんだか》い悲鳴が車内に入り込み、遅れて泣き声も風に運ばれてくる。いったい何事だ？

窓を全開にして周囲を見まわすと、小高い丘にある古い石橋の上で、少女らしき集団がわめいているのが見えた。十人、いや、それ以上いるような人だかりだ。橋のたもとでは、顔を覆って泣きじゃくるひとりの少女を何人かで取り囲んでいる。集団リンチかと思って身を乗り出したけれども、肩に手を置いたり背中をさすったりしている姿を見る限り、どうやら慰《なぐさ》めているようだった。

「なんだあれは」

「村の女子高生たちですよ。何やってるんだろう、こんなとこで」

牛久は少女たちのずっと後ろで車を停めた。

「なんとか言いなよ！　ゆうちゃんがかわいそうだと思わないの！」

「わたしらのことバカにしてる？　黙ってないで説明してよ！」

「なんでこんなひどいことすんの！　サイテーだよ！」

「わたしら、もう騙《だま》されないからね！　とにかく謝って！」

キャンキャンと忙しなく吠える小型犬のような声色だ。

「吊《つ》るし上げだぞ。いじめか？」

「いや、そんなはずないですよ。村でいじめなんて起きたことがない」

なんにしても、このまま素通りはできないだろう。岩楯は凝り固まった首筋を揉んでから、仕方なく車を降りて歩いていった。

「待て、待て。何やってんだ、こんなとこで」

岩楯が背後から止めに入ると、少女たちが一斉に振り返った。みな顔を真っ赤に上気させ、鼻の頭には汗の玉を浮かべている。涙を流している者が何人も見受けられ、尋常ではないほど興奮していた。

やはり子ども同士の喧嘩《けんか》のようだ。彼女たちの顔を順繰りに見ているとき、ちょうど集団に囲まれるような格好で、中ほどに突っ立っていた者が顔を上げた。岩栖の目が無意識に吸い寄せられる。

透けるように肌が白く、薄茶の柔らかそうな短い髪を無造作にまとめている。こういう微妙な色合いを、はしばみ色といっただろうか。骨格がシャープで彫りが深く、角度によっては男にも女にも見える。とても中性的な顔立ちをしていた。

そこへ後ろからやってきた牛久が、耳許で「一之瀬俊太郎です」とつぶやいた。なるほど、あれが村じゅうの女の心を盗んだ二枚目らしい。

岩栖は、少女らに包囲されている俊太郎を興味深く観察した。父親ゆずりの長身で、十七にして百八十は優に超えている。顔が驚くほど小さく、そしてどこか現実味に乏しかった。こんな雰囲気をもつ妖精のCGを、何かの映画で観たことを思い出す。幼さが残る顔立ちは瀬戸物のように繊細で、脆《もろ》くて傷つきやすそうな印象だ。村の少女たちが虜《とりこ》になるのもわかるような気がした。

「仙谷くん！」

何人かの少女が声を張り上げ、岩栖を突き飛ばすような勢いで駆け寄った。

「聞いて！　今度はゆうちゃんが一之瀬くんにひどいことされたんだよ！」

「LINEを公開して晒《さら》し者にしたんだよ！　ひどくない！」

「仙谷くん、もう我慢できないの！　わたしら、傷ついてばっかだもん！　人の気持ちをもてあそんでいいの？　苦しめていいの？」

少女たちの訴えは真剣で鬼気《きき》迫るものがある。牛久は女子高生から慕《した》われているらしく、みな警戒することなく素直な気持ちをぶつけていた。

そのとき、後ろから飛び出してきた赤堀が、必殺技でも使うように手を前に突き出して腰を落とした。

「熱殺蜂球《ねっさつほうきゅう》！」

少女たちはペンキだらけのダンガリーシャツを羽織《はお》っている赤堀を見て、瞬《また》く間におとなしくなった。不審者に鉢合わせしたと言わんばかりに、一歩引いて互いに顔を見合わせている。

「きみたちは熱殺蜂球のほう？　それとも窒息《ちっそく》スクラム？」

「いったいなんなんだよ。子どもらを怯えさせてどうする」

疲労が倍増させられたような気がしてため息を吐き出すと、赤堀はにこりと笑って少女たちを見まわした。

「説明しよう。日本ミツバチは敵の襲撃に遭うと、一斉に取り囲んで球体になるわけ。そして、四十七度の熱を発して敵を蒸し殺す。これが熱殺蜂球ね」

女子高生たちは、やはり顔を見合わせて首を傾げた。

「ところが、西洋ミツバチは大勢でスクラムを組んで、息ができないように敵の腹部を締めつける。こっちは窒息させるんだけど、アジアと欧米ではなぜか殺《や》り方が変わるわけ。きみたちがやってるのは、ミツバチの攻撃に似てるよ。つまり、集団になるとめちゃくちゃ強い」

赤堀は「ちょっとごめん」と言いながら少女たちをかきわけ、女の敵である少年の前で立ち止まった。伸び上がって顔をまじまじと見つめている。

「瞳の色は翡翠《ひすい》色か……オニヤンマと同じだね」

この騒ぎのなか、俊太郎は不気味なほど落ち着き払って一切の感情を見せてはいない。母親はロシア人。よそで男をつくって国へ帰ったと聞いているが、妙に大人びた雰囲気は複雑な家庭環境のせいもあるだろう。冷たそうで何を考えているのかわからない美少年は、夢見がちな少女の空想をかき立てる存在なのは間違いなかった。

「なんでミツバチに抵抗しないの？」と赤堀は俊太郎に問うた。

「勝てないから」

少年はそっけない調子で即答する。

「ゆうちゃんとの個人的なＬＩＮＥを公開したっていうのは？」

「本当」

「なんで？」

「飽《あ》きたから」

その言葉と同時に少女たちから金切り声が上がり、岩楯は思わず耳を塞《ふさ》いで首をすくめた。件のゆうちゃんはさっきから泣き通しだが、どこか悲劇と優越感に酔いしれているように見えなくもない。女子高生たちの大げさな怒りは俊太郎に向けられているけれども、本心は違うと赤堀もわかっているのだろう。抜け駆けした同級生を責めたいが、自分の負けを認めたくはない。ならば共通の敵をつくって結束しようという、まるでムラ社会の縮図だった。

ハチの巣を突《つつ》いたような騒ぎは治まることなく、興奮は最高潮に達している。少女たちが俊太郎を呼び出したのだろうが、こんなところで集団ヒステリー状態で倒れられたらたまらない。岩楯は顔の横でパンパンと手を叩いて、彼女らに負けないぐらいの大声を張り上げた。

「よし、ここはもう解散だ」

「なんで！　勝手に決めないでよ！」

「いいや、決める。せっかくの土曜なんだから、もっと楽しいことでもやったらいいんじゃないか？　それがいやなら家で勉強でもしろ」

少女のひとりが牛久の腕を取って文句をぶちまけていたが、岩楯は相棒に目配せし、この場からただちに帰すように伝えた。

「とにかく、これ以上、仙谷くんを困らせるなよ。それでなくても、危険人物がうろついてるかもしれないんだ。一之瀬少年には、おまわりさんがきついお灸《きゅう》を据えておくから安心するように。さあ、わかったら、さっさといったいった。反論は認めないぞ」

岩楯は適当に手を振って少女らを追っ払った。彼女たちは簡単には引き下がらなかったけれども、牛久が熱心に言い聞かせてようやくしぶしぶと歩き出す。そして村道の突き当たりをみなが曲がったのを見届けてから、岩楯は俊太郎に向き直った。

「きみも帰れ」

「きついお灸を据えるんじゃなかったんですか？」

「人の色恋沙汰《ざた》には首を突っ込まないようにしてるんでね。たとえガキでも」

俊太郎は意外そうな顔で岩楯をまっすぐに見てから、橋の欄干《らんかん》に立てかけてあった高級自転車のデローザにまたがった。白いTシャツに膝の抜けたねずみ色のジャージという寝巻きのような身なりなのに、どこか洒落て見えるのがすごいと思う。自分が同じものを着たら、単なるコンビニ帰りのオヤジだ。

少年はもう一度、緑がかった美しい目を合わせてから勢いよく走り出した。

「一之瀬少年、もうハチの巣箱には近寄らないように！」

赤堀がおかしなことを叫んで手を振ると、俊太郎は一瞬だけ後ろを振り返って木々の隙間に消えていった。

話題には事欠かない村である。セミの声しか聞こえなくなった道を歩いて車に戻り、三人は次の目的地へと向かった。牛久はステアリングを手荒に切りながら、ずっと同じことばかりを口にしている。

「一之瀬の息子にはきちんと説教するべきでした。女子をあんなに泣かせるなんて、男として言語道断でしょう。これが初めてではないし、目に余りますね」

まるで自分の娘がたぶらかされたような憤りだった。

「しかも、女子に向かって『飽きた』だなんて、子どもが言う言葉ですか？　まだ十七なのに末おそろしいことです」

「そうかい？　ああでも言わないと、収拾がつかなかったんだろ」

「言い方というものがありますよ。まったく、心がないじゃないですか」

「ところで、おまえさんは所帯持ちか？」

なんですか急に。牛久は訝しげにそう言い、首を横に振った。

「自分は独身です。警視庁と山岳救助隊主催のお見合いパーティーには何度か出席しましたけど、なかなかこれという縁がなくて」

「わざわざそんな場所へいかなくても、村の年寄りが山ほど縁談をもってくるだろ」

「そうですが、結婚相手は自分の目で決めたいんですよ。生涯の伴侶ですから」

牛久はハンドルを握りながら、急に表情を緩めて情熱的な目をした。感情がおもしろいほど顔に出る男だった。

「ちなみに、どんなのが好みなんだ？」

「そうですね……。とにかく、実家に入ってくれる女性が希望です。専業主婦で家をしっかり守って、自分の帰りを待っていてくれる。もちろん、村の人たちとはうまくやってほしいし、仙谷の文化と産業を守って受け継いでほしいと思っています。穏やかで笑顔を絶やさない、子ども好きでおおらかな女性が理想ですかね。あと、清楚でかわいらしい感じであれば最高です。目がこう、ぱっちりしてて、さらさらの長い黒髪で白いブラウスが似合うような……」

「よくもまあ、それだけ並べたもんだよ」

岩楯は呆《あき》れ返った。冗談半分かと思えば当人はいたって真面目で、見合いパーティーでの浮いた様子が目に見えるようだった。女にしてみれば、いちばんに避けて通りたい面倒な男だろう。

牛久が理想の女を想って顔を赤らめているところに、赤堀が後ろから首を伸ばして鬱陶しいほど相棒に顔を近づけた。

「なんかそれ、わたしに近くない？」

「果てしなく遠いんだよ」

岩楯は、シートの間に体もねじ込もうとしている赤堀の頭を摑んで押し返した。

「実におまわりらしい、保守的な結婚観だな。まあ、思うのは勝手だが、なんでも許してくれる母親の代わりは探すなよ。それをやると自滅する」

岩楯は自信をもって断言した。それというのも別居している妻とは離婚協議中で、近いうちに夫婦を解消することに決まったからだった。牛久と同じように、妻に人格を求めなかったことが最大の要因だろう。その時々の空気を察して、家庭内に気持ちのいい風だけを送り込んでくれる存在。こういう幼稚な都合のよさを無意識に求めていたわけで、妻は妻で夫に別の意味の都合よさを求めていた。

離婚が決まった今は解放感と喪失感、そして安堵とものたりなさが代わる代わるに押し寄せてくるというありさまだ。しかし、妻はといえば、岩楯と離れられる嬉しさを隠すことに必死だった。表向きは神妙な顔をつくってはいても、気持ちは未来へと飛び出している。すでにろくでもない過去を捨てたらしい。

岩楯は作業着の胸ポケットに手をやり、煙草がないことに気づいて苦笑いを漏らした。

窓を開けて外へ目をやれば、老人が細長い丸太に紐をかけ、前屈みになって力強く引きずっているのが見えた。隣の家では古びた手動式裁断機の刃を上げ下ろしして、木を細かいチップ状に加工している。その隣の家では豪快な薪割りだ。過疎《かそ》化が進んでいるのは仙谷村も例外ではないだろうが、ひとりたりともぼんやりと惚《ほう》けている者がいない。どこを見ても老人には勢いと活気があった。

「この村の年寄りは働き者だな。隠居してる人間はいないんじゃないか?」

岩栖が家々を眺めながらつぶやくと、隣で牛久が頷いたのがわかった。

「『一生現役』が一昨年までのスローガンでしたよ」

「確かに現役だ。あれだけ腰も膝も曲がってんのに、まったく危なげがないのはすごいことだな。若いもんよりずっと元気に見える」

「今は彼らもハツラツとしていますが、みんなが健康を取り戻したのはここ数年の話なんですよ。以前は仕事の一線から離れると同時に、老人性の鬱《うつ》なんかになる住人も多かったんです。そこから寝たきりになったり認知症になったり。でも、巫女《みこ》が村を救ってくれました」

「巫女?」

「はい。仙谷村は巫女に守られていますから」

片流れの緩やかなカーブでアクセルを踏みながら、牛久は先を続けた。

「今から行く家の住人ですよ。よそから越してきたんですが、とにかく村に順応するのが早かった。社交的で知識量がすごいし、村が活気を取り戻したのは彼女のおかげもあるんです」

「神社の神職か?」

「いえ、そういうんじゃありません」

相棒は前を見ながら首を左右に振った。

「皮膚がんを宣告されていた住人を完治させたり、末期の胃がんでひどい痛みに苦しんでいた老人から、痛みを取って安らかに逝《い》かせたこともありました。彼女にかかれば、どんな病気の症状も緩和しますね。まさに癒《いや》しですよ」

いったい、この男は何を言っているのだろうか。岩楯は、巫女のすばらしさを熱っぽく語る牛久を危機感をもって見つめた。がんが消える、どんな病気もよくなる、癒しの効果がある……。警官ならば、どれも詐欺師や宗教の常套句《じょうとうく》だということぐらいは百も承知のはずだろう。けれども牛久はこわいぐらいにまっすぐで、わずかな疑念すらも抱いてはいないようだった。

「で、医者でもないその巫女さんは、高額なお布施《ふせ》を要求すんのか？」

「いえ、いえ。すべて無償です。自然のものを活用しているので、元手はただだからと言ってお金は受け取らないんですよ」

「自然信仰か。じゃあ、ゆくゆくは宗教の立ち上げでも狙ってるんだろう。そこでがっぽり儲《もう》けようって算段だ」

「まさか！　彼女は自分の考えを押しつけるようなことはしませんよ」

牛久はいたって真面目だ。ここまで言うのだから、村の害にはなっていないのだろうと思う。どう考えても胡散臭い限りだが、岩楯はそれ以上の追及をやめた。自分の目で確かめることにする。

3

巫女の住処は、村の東南に位置するちょっとした崖の下だった。斜面から張り出したトネリコの枝葉が、まるでレース模様の日傘のようにふわりと瓦屋根を覆っている。が、趣《おもむき》があるのはそれだけだ。屋敷は村特有の見慣れた木造家屋らしいが、三人が立っている私道からはよく見通せない。なにせ、腰の上までありそうな雑草が家を囲むようにぼさぼさと生い繁り、打ち捨てられて風化した廃屋《はいおく》のようになっているのだから。

「荒れ地の真ん中に建つあばら家か……」

岩楯は率直な感想を述べた。幅にして十メートルはありそうな雑草壁の奥には、それよりも丈《たけ》のある篠竹《しのだけ》が屋敷を取り囲むように生えている。垣根のつもりだろう。赤堀はさっきから何かを検証するように動きまわり、雑草をかきわけたり草をつまんだりうなり声を上げたりして忙しい。そして腕組みをし、何度も頷きながら断言した。

「間違いない、プロの仕事だよ」

荒涼として、見るからにまともな人間が住むような場所ではないのに、いったいなんのプロなのかがわからない。牛久はとても嬉しそうに口を開いた。

「彼女は村興しにも携わる有能な人材なんですよ。さあ、こっちです」

相棒について砂利敷きの私道をまわり込むと、踏み固められてできた獣道《けものみち》のようなものが奥へと伸びていた。どうやらここが屋敷への入り口らしく、赤く塗られた木製のポストと、村のキャラクターである仙谷くんののぼりが目印のように立ててある。

牛久を先頭に雑草を払いながら進んでいるとき、稲穂のような草で手を切って岩楯はののしり声を上げた。よく見れば棘のある植物もあちこちに生え、まるで一帯は罠《わな》が張り巡らされているようなありさまだった。中のひどさは想像を絶するほどに違いない。岩楯は早くもうんざりしていたけれども、篠竹の垣根を過ぎたとたんに目の前が開け、無意識に言葉が漏れ出した。

「これは……」

敷地内は、かなりの広さがある庭が家の奥まで続いている。岩楯はあっけに取られて庭を見まわした。

花咲き乱れるとは、こういうことをいうのだろう。どこを見ても心地よい色で満たされ、瑞々《みずみず》しい香りが鼻腔《びこう》をくすぐってくる。しかも、花屋で売られている類《たぐい》の美しいだけの草花ではなく、ここにある植物はどこか野性的で力強さがある。趣味の域ではないことぐらい、岩楯にもはっきりとわかるほどだった。

家屋の脇にある立方体に組まれた支柱には、紗《しゃ》がかかった白い布がかけられ風で揺れている。どうやら小ぶりのハウスのようで、直射日光を遮る薄い生地《きじ》越しに、大輪《たいりん》のバラや多様な蘭《らん》が見事な花を咲かせているのが透けて見えた。コンテナを改造したらしい金属的な納屋さえも、絡まった蔦が粋《いき》だと思えてくるから不思議なものだ。無秩序でいて細やかな庭の存在感に、岩楯はたちまち魅了されていた。

「ほら、だからプロだって言ったでしょ」

赤堀が、空気を味わうように大きく息を吸い込んだ。

「家を囲んでる草は虫除《よ》けだね。ゼラニウムとかレモングラス、蚊が大っ嫌いなシトロネラとユーカリなんかが、フィルターみたいに雑草に混ぜられてる。もしかして、巫女の正体は薬草の使い手？」

「鋭いプロファイルだね。だいたい当たってる」

低いかすれ声が聞こえたほうを見ると、縁側《えんがわ》のある住居の脇から女が顔を覗かせた。白髪混じりの髪は潔《いさぎよ》いほどのショートカットで、陽灼けした顔はシミとそばかすでいっぱいだ。けれどもとても若々しく、そしてよく光る目をしていた。思わず視線を逸らしたくなるほどの目力がある。歳は五十の半ばぐらいだろう。

「勝手に入ってすみません。警視庁の岩楯です」

家主はハウスを覆っている薄布を直しながら歩き、身分証を提示している岩楯のすぐ前で足を止めた。ずいぶん大柄な女だ。視線の位置が自分とほぼ変わらず、肩幅ががっちりとした頑丈そうな骨格だった。麻色のシャツに深緑のロングスカートを穿き、手にはなみなみと水の入れられたバケツを持っている。巫女というより、引退した武道家のような貫禄だ。

岩楯の頭から爪先までを目で往復していた彼女は、急に扇《あお》ぐように手を動かしながら口を開いた。

「腐葉土、西夏川、蕎麦、大根、ほうじ茶、腐敗アミン、硫化水素《りゅうか》」

あごを引いてじっと目を合わせ、いきなりわけのわからない言葉を羅列《られつ》してくる。

「はい？」と岩楯が問い返すと、彼女は右手を上げて口を挟《はさ》むなと伝えてきた。

「あなたはここへ来る前、川の近くにいた。ケトン系の匂いがするから、きっと事件現場だね。そしてお昼にはおろし蕎麦を食べて、ほうじ茶を飲んでいる。それに……」

彼女はまるで岩楯の体から何かを聞いているように、手を小刻みに動かしながら耳を傾けるような仕種をした。

「微かだけど、これはマルボロだね」

いきなりその単語を出され、岩楯は煙草を教師に見つかった中学生のように慌てふためいた。

「いや、煙草は昨日の夜、ほんのひと吸いだけですよ。それもふかした程度で、長いまま揉み消しましたんで」

「ほう。欲望に負けたわけか」

隣を見れば、赤堀が目を細めてにやにやと憎らしい笑いを浮かべている。言い訳をこねくりまわしている岩楯を横目に、巫女は昆虫学者の前へ移動し、首を傾げてまた動きを止めた。

「あなたのほうはキャスターマイルドだね」

今度は赤堀がうろたえる番だった。禁煙は苦もなく成功したと威張り散らしていたのは、どこのだれだったろうか。赤堀は盛大に笑ってごまかし、意味もなく岩楯の腕を叩いて「だよね？」とよくわからない同意を求めた。

「それにしても、あなたは変わった匂いだね。岩楯さんと同じ匂いもするけど、ちょっと不思議な系統が混じってる。キュウリかトマトを食べた？　いや、それとも違うような気がするけど、でも構成的には近いんだよ。あと、これはなんだろう……青カビ？」

巫女は指揮者のように手を動かしながらぶつぶつとつぶやき、眉間にすっと一本のシワを寄せている。それを見ていた赤堀が口に拳を当て、仕切り直すような咳払いをした。

「キュウリもトマトも食べてないですよ。ただ、その野菜に共通してるのが、トランス-2-ヘキセナール。青葉アルデヒドの匂い成分。正体はオオクモヘリカメムシかな。さっき触ったから」

「オオクモ、なんだって？」と巫女は胸ポケットからおもむろにメモ帳を出し、バケツを下に置いて短い鉛筆を走らせている。「そのへんにいるの？」

「ネムノキを探せば確実にいます。それと、青カビはマダガスカルゴキブリの臭腺かなあ。体長七センチの子で、ある特殊な筋から移植を頼まれたもので」

大ゴキブリの移植を頼む筋とはどこなのか……昆虫学者の交友関係は未だに謎が深いとあらためて思う。赤堀は体をねじってリュックサックの脇ポケットに手を突っ込み、見慣れた小瓶《こびん》を取り出した。

「これは乾燥させたクロクサアリだけど、よかったらどうぞ」

受け取った巫女がコルクの栓を抜いて、円を描くように小瓶を顔の周りで揺らしている。そして、節の目立つごつごつした大きな手でふわりと煽いだ。

「驚いた。山椒《さんしょう》とレモンと赤土を掛け合わせたような匂いがするよ」

「この子たちは、フェロモンにシトロネロールとゲラニオールに近い成分をもってるから、ヒトの嗅覚を通すとそう感じるんですよ」

「ゲラニオール？　それはバラの香り成分なのに、こんな小さいアリがもってるなんて！　しかも複雑な調合までされてるよ！　まったく変わった虫だ！」

巫女は驚いた、と連呼してアリの匂いを何度も嗅ぎながら、猛烈な勢いでメモに書きつけている。赤堀と対等に会話するこの女は、いったい何者なのだろう。岩楯が牛久に目を向けると、相棒は小さく頷いた。

「彼女は綿貫《わたぬき》ちづるさんです。香水を作る職人で、長いことフランスに住んでいたんですよ。世界的にも有名なブランドの香水を手がけた実績もあるんです」

「そんな肩書きはとっくに捨ててるよ」

ちづるは手をひと振りした。

「香水を作るというか、未知なる香りの開拓をしてるんだ。今の世の中は合成されたケミカルな匂いであふれてる。その網の目をかいくぐって、人に強烈な印象を残す香りを探す調香師《ちょうこうし》だよ」

「ということは、村人の健康を回復させたというのは匂いで？」

ちづるは、中心が空いている前歯を見せてにやりと笑った。

「わたしはメディカルアロマセラピーの研究をしてる。ヨーロッパのいくつかの国ではすでに実践されていて、医療行為として認知されてるんだよ。でも日本では、アロマはエステとか香りを楽しむだけのものって認識が強いだろうね。資格制度はあるにはあるけど、統合医療にはほとんど使われないから」

「綿貫さんは、仙谷村産の杉のアロマオイルを日本に広げようともしているんです。花粉のせいで、杉は日本中で毛嫌いされていますからね。その抜群の知名度を逆手に取るんですよ。あのコンテナは研究室で、村の植物から精油を抽出しているんです」

牛久が指差したコンテナの窓から、ステンレス製らしき銀色の器具が見える。いたるところに圧力メーターらしき計器がつけられ、二つの円筒がパイプでつなげられていた。かなり大掛かりで、自転車ほどの大きさがある。棚には遮光瓶や三角フラスコ、試験管などがずらりと並び、まさに実験室の様相だった。

「本格的ですね。あの宇宙船みたいな機械は？」

「減圧水蒸気蒸留装置。植物から高濃度の精油を抽出するものだよ。油とはいっても油脂《ゆし》ではなくて、芳香《ほうか》化合物を含んだ水に混じらない成分なんだ。この液体はとにかく強い。たとえば、バラの精油を一グラム採るためには、花びらが五キロは要るからね」

「とてつもなく高濃度ですね。でもまあ、いくらなんでもがんが完治しますか？　それが本当なら、もっと世の中に知れわたるはずだと思いますが」

この手の疑問をあちこちでぶつけられているのだろうと思う。岩楯の意見を慣れた様子で聞き流し、ちづるはいささか大げさに首をすくめて見せた。

「それについては、日本の研究システムにも問題がある。基礎医学研究は世界でもトップクラスだけど、臨床研究がひどく後れてるんだよ。だいたい、警察だってこの手の問題には直面してるはずだね。かなり深刻な状況で」

岩楯が先を問うように首を傾げると、ちづるはふうっとひと息をついた。

「危険ドラッグ。吸い込むだけで人格を変えて、考えられないような行動に走らせる。大麻《たいま》を模《も》した合成カンナビノイドの匂いだよ。匂いは簡単に毛細血管を通過して、血液脳関門を突破する。効果を素早くダイレクトに伝えるんだ。じゃあ、逆の効果もあるのは当然と考えないのはなんでだろうね」

毒にも薬にもなるということらしい。言われてみれば、確かに負の作用ばかりで正の効果など考えたことがなかった。すると、黙って耳を傾けていた赤堀が口を開いた。

「メディカルアロマのがん研究は、確か日本でもされてましたよね？」

「うん、初期の研究段階。ある種の精油成分は、がん細胞を自然死に誘うことがわかってる」

ちづるは赤堀をまっすぐに見ながら続けた。

「抗がん剤は正常な細胞も攻撃するから、患者へのダメージが大きい。だから、アロマとの併用ができればがん治療はがらりと変わるよ」

「うーん、これはありですね。匂いには、まだ知られてない効能がかなりあるとは思う。なんせ、歳をとっても嗅細胞は活発に再生する。耳が遠くなって目が見えなくなっても、鼻が利かなくなることはないですからね」

ちづるは奥二重の大きな目を光らせて、赤堀の右手を取って握手した。

「あなた、名前は？」

「赤堀涼子、期間限定で警視庁に雇ってもらってる法医昆虫学者です」

「法医昆虫学……初耳だよ。だから虫に詳しいんだね」

「まあ、虫に生かしてもらってる人間なもんで……」と赤堀は恥ずかしそうに頭をかいた。ちづるは昆虫学者に興味津々で、また小さなメモ帳を手に持った。

「ぜひ聞かせてほしいんだけど、特殊な匂いの虫はほかにもいるの？　さっきもらったアリみたいなやつ」

「そうですねえ。シロチョウの仲間はレモンに似てるし、タガメのオスはバナナに近いかな。アメンボも独特だしね。虫を見つけたら、とりあえず匂いを嗅いでみるといいですよ。わたしの日課でもあるんですけど」

世離れしている会話としか言いようがない。ちづるは熱心にメモにしたため、赤堀は先を続けた。

「匂いについて言えば、日本よりも海外のほうがおもしろいのがあったなあ。これもアリなんだけど、バタークッキーそっくりなのがいた。あとはチョコレート」

「場所は？」

「ボルネオ。おそらく新種で『アカホリスイーツ』って勝手に名前をつけたんだけど、保護区域で持ち出しが禁止されてたから、それっきり会えてないの」

「もったいない話だよ。昆虫をテーマにした香水もおもしろいかもしれないな。世界が広がりそうだ」

ちづるは、明日にでも現地へ向かいそうなほど目の色を変えている。間違いなく、赤堀の隣地《りんち》に位置する人間だった。日本では認められていない分野に挑んでいるというのも一緒で、自分のやるべきことを明確に理解している。

岩楯は、ぶっきらぼうだが生き方に迷いのないちづるに興味が湧いた。

「とりあえず、我々はアリ話をしにきたんじゃないんですよ」

「わかってる。山で起きた事件だよね」

「そうです。山にはよく入られているということですが、何か見聞きしませんでしたか。どんな小さなことでもかまいません」

「ないね」

ちづるはにべもなく即答した。

「わたしが入るのは、いつも仏戸岩へ続いてるハイキングコースだけ。ここの中間には西洋杉が植林してあって、そこにつく苔《こけ》と木の皮をもらってるんだ。もちろん、森林組合の許可をもらって」

「遺体が見つかったのは、まさにそのコースの川を挟んだ向かい側ですよ。山へ入る時間帯は？」

「だいたい、夜の九時から十一時ごろにかけてだよ。夜露《よつゆ》に当たった苔がほしいからね。杉の匂いを取り込んだ一級品なんだ」

まずは村の訊き込みを徹底させることが捜査員全員に下された任務だが、夜ふけに山へ入るという人間には初めて出くわした。岩楯は質問を続けた。

「六月の中から末にかけてですが、そのときも山には入りました？」

「何回か行った」

「そのときのことを、よく思い出してください。反対側の村道にだれかいなかったか。一本道を山へ向かう車はいなかったか。あなたは匂いに精通しているし、おそろしく鋭い。その観点からの意見でもかまいません」

ちづるは難しい顔をして目を閉じ、まるでオーケストラ相手に指揮棒でも振るように大きく手を動かした。記憶を手繰《たぐ》るときの作業らしく、微かに唇を動かして何かをつぶやいている。かなり長い時間をそうしていたが、急に目を開いて息を飲んだ。

「何か思い出したんですか？」

岩楯が顔を覗き込むと、ちづるは即座にかぶりを振った。しかしすぐに首を縦に動かし、混乱したようにこめかみに指を当てている。そして、また何かをつぶやいてからゆっくりと顔を上げた。

「車が崖の上の道を通ったときがあったな。うん、通った」

「山を上っていったんですか？」

彼女は小刻みに頷いている。

「日にちはわかりますかね」

「はっきりとはわからないね。こういう生活をしてると、そもそも日にちの感覚が乏しくなるから」

「車種は？」

岩楯は矢継ぎ早に質問をしたが、ヘッドライトしか見えなかったと言って目を伏せた。なんだろうか。今までの彼女とは違い、どこかすっきりとしない歯切れの悪さを示している。岩楯は様子を窺いつつ同じ問いをぶつけた。

「匂いについてはどうでしょう」

「匂いったってね。あの辺りには野生の檜《ひのき》とか月桂樹《げっけいじゅ》も多いし、とにかく香りが複雑に入り組んでる。もし別の何かが混じっていても、簡単には判別はできないよ」

「そうですか？　わたしが昨日ひと吸いしただけの煙草の銘柄も当てたのに？」

ちづるは、できる限りの平静を意識しているように見える。今度は不自然なほど岩栖の目を凝視し、こちらがたじろぐまで絶対に逸らさなかった。いったい、この反応がなんなのかがわからない。事実を隠しているのではなく、まるで今初めて何かに気づいてしまった驚きのようなものが感じられた。そして戸惑いだ。

三人と相対するような格好になっていたちづるは、急に力が抜けたようにハアっと息を吐いて苦笑いを浮かべた。

「事件のことじゃないんだよ。シロバナの匂いがしたのを思い出しただけ。あとから採りにいこうとあれほど思ってたのに、すっかり忘れてた自分に驚いた。これこそ老化だね。シロバナは白い菊科の花なんだよ」

ちづるは喋ることで落ち着きを取り戻していった。本当に草花のことなのかどうかはわからないが、目に見える驚きを示したことは確かだ。岩栖は、ひとまず頭の隅に残すことにした。

「わかりました。ついでになんですが、綿貫さんは中丸聡さんと面識はありますかね」

「あるけど、まさか警察は彼を疑ってるの？」

ちづるは目を丸くし、何度も首を横に振った。

「ない、ない。彼は人を殺したりできる人間じゃないよ。臆病で人見知りで、まるで六歳児みたいな感じだから。ああ、純粋って意味だから勘違いしないでよ」

村のなかで、中丸への肯定的な意見を初めて聞いた。ちづるは、人とは違う角度からものを見ているようだ。

「中丸さんとは、ただの顔見知りではないようですね」

「うん。あんまりにも虫刺されがひどくて掻き壊してたのを見かけたから、いやがってたけど、うちに連れてきて芳香浴をさせたの。お湯を張った洗面器に精油をたらして、湯気を吸い込ませるんだけどね。肺胞から血液中に溶け込むから体じゅうにいきわたる。ティートリーを使って、まずは感染を抑えたよ」

得体の知れない中丸のような男を家に入れたのも驚きだが、ちづるの迷いのなさも相当なものだ。単なる押しつけや研究的な意味合いではなく、本気で人を助けたいと思っているのがわかる。岩楯は、中丸の母親が杉葉を取って油を搾ると言っていたことを思い出した。あの内職も、彼女が頼んだものだろう。持ち前のおおらかさと包容力で、村人の心を摑んでいる。確かに、牛久の言う通りの人間だった。

「なかなかできないことですが、危機管理はしっかりとお願いしますよ。世の中、善人ばかりじゃない。ちなみに、一之瀬親子をご存じで？」

「知ってる。息子の俊太郎がうちに通ってるからね。最近はずいぶんよくなった」

ちづるには、打ち解けられない人間はいないようだ。彼女は続けて話した。

「一之瀬さんは本当に苦労してるんだよ。俊太郎がひどいアトピーと食品アレルギー、そのうえ喘息《ぜんそく》で、日常生活もできないほどだったみたいだから。主要な食品のほとんどがアレルゲンなんだ。食べられるものを数えたほうが早いほどだよ。間違って口に入れたら死ぬレベルだからね」

「だからあんな暮らしをしてるわけですか」岩楯はようやく納得した。

「そう。なかなかあそこまではできないよ。息子のために仕事も暮らしも何もかも手放して、山奥へ引っ込んで農業を始めるなんてね」

牛久も初耳だったらしく、安易に拒絶していたことを恥じたような顔をしている。人には窺い知れない事情があるものだと岩楯はしみじみ思ったけれども、情報としてはそれだけだった。

4

現場に死体を遺棄するためには、仙谷村を通過する必要がある。それなのに、村で不審なものを見たと言っているのは認知症の老婆だけ。しかも又聞きの証言だ。当然、捜査本部は信憑性が極めて低いとの見解だが、岩楯は簡単に捨てるには惜しい情報だと感じている。今は、気になるところはすべて潰すべきだった。

　空調がため息のような音を立てるたび、ひんやりとした空気が頬に当たる。ようやくもらえた本校舎にある赤堀専用の研究室は、四畳しかない狭さながら快適のひと言だった。長く続いた間借り状態からようやく脱したけれども、油断は禁物だ。このラボは学生数や注目度などによって、すぐに入れ替わりが起こる争奪戦の場でもある。

「赤堀先生が白衣を着ている姿は、何度見ても新鮮です。これぞ研究者という感じで」

　法医昆虫学科の学生である奥田護《おくだまもる》が、作業台のはす向かいからぼそぼそと張りのない声を出した。机に突っ伏すような格好で、せっせと手を動かしている。彼は二十四歳の筋トレマニアで、一年のほとんどを半袖Tシャツで過ごすというツワモノだった。

　護はメモをしながら温度を確かめ、またくぐもった声を出した。

「これを機に、いつも白衣を着ていたらどうでしょう。うちの講師陣はだいたいそうですし」

「白衣に加えて、黒いタイトミニスカートとヒールも忘れずに。そういう講師がいる科は学生数が激増するらしいよ。ゆえに、大型のラボが楽々ゲットできる」

「まあ、事実ですけど、やり口がいやですね。姑息《こそく》な感じで」

「何言ってんの。真っ当な戦略だよ。視覚効果でターゲットをおびき寄せるのは、自然界ではあたりまえのことだからね。そろそろわたしもやろうと思ってる」

護は一旦手を止めて何かを想像しているようだったが、担当准教授《じゅんきょうじゅ》の発言を完全無視して作業を再開した。

赤堀は白い紙の上に載せられた土をピンセットでかき分け、凝り固まった肩を揉みながら顔を上げた。作業台の上には厚紙でつくられた円錐《えんすい》が五つほど並べられ、三脚台に逆さに挿し込まれて漏斗《ろうと》状になっている。ちょうど、クリスマスの三角帽をひっくり返したような格好だ。その下には薬剤の入ったビーカーが置かれているのだが、まともに装置を見てしまった赤堀は、あまりのまぶしさに目をしばたたいた。横に渡された竿竹には五つの裸電球が括りつけられ、それぞれの円錐の真上に吊るされているからだ。六十ワットの光が研究室を不必要に輝かせ、さっきから眠気を吹き飛ばしてくれている。

「マモル、今日は日曜なのに、手伝ってくれてありがとうね」

赤堀が目をこすりながら言うと、護は微かに口許をほころばせた。

「ツルグレン装置をやるというのに、家でごろごろなんてしていられませんよ。土壌《どじょう》生物の採取を実際にやったことがないので、ぜひ立ち会いたかったんです」

「それはよかった。まあ、漏斗を一式買えればよかったんだけど、やっぱり許可が下りなかったよ。代用できるものがあるとかいう理由でさ」

「確かに、この装置はシンプルですからね」

法医昆虫学の未来を担う学生は、円錐の先を凝視してビーカーの中をたびたび確認した。漏斗状に丸められた厚紙の内側には目の細かいネットが張られ、そこに西多摩の現場から採取してきた土が入れられている。

「ええと、赤堀先生。土壌生物採取について、今後の段取りを教えてもらっていいですか？」

「オーケー。まずわたしが、現場から採ってきた土を大まかに選別する。比較的大きい虫はここで離脱してもらうよ」

護は頷きながらノートにペンを走らせ、細かくそろった文字を送り出していった。

「それから選《よ》り分けた土を漏斗の中へ移して、上から電球の光と熱を当てる。土壌節《せっ》足《そく》動物は涼しくてジメジメして暗い場所を好むから、光と熱源から遠ざかろうとして土の中を動きまわる。しまいに円錐の先っちょから落ちて、下に置かれたビーカーの中に溜まる。この量だと四時間ぐらいで全部落ち切ると思うよ」

護は、ノートに装置の図と説明を書き取った。

「そのあとは保存処理をして同定《どうてい》ですか？」

「その通り。ひたすら解剖顕微鏡《けんびきょう》の前に座って眼とか翅脈《しみゃく》、体に生えてる毛の本数なんかを数える。すさまじく退屈で居眠りしてレンズに顔をぶつけても、延々とそれを

「なんというか、法医昆虫学は持久戦ですよね。しみじみ思います」

 護は太い首をまわしながらつぶやいたが、赤堀は、まだまだ本番はこれからだよ、とにやりと口角を上げた。

「同定作業が終われば、今度は標本の種名、発育段階、採取場所、出現時間の関連づけをする。そして、死体から集めた物理的データ、体内外の温度、その地点の降水量、相対湿度と死体の外観を比較する」

「ひとつひとつ挙げていくと、ほかの科学捜査よりも工程が多い気がします」

「虫を証拠として分析するためには、ここまで密にやる必要があるんだよ。全員を納得させられる根拠と論理性がいる」

これは裁判を見据えての作業だった。もっとも、未だ法医昆虫学に証拠能力はないとされているが、そこに腹を立てるのではなく、常に十年先を意識しなければならないと赤堀は考えていた。死体を取り巻く虫のすべてを支配下に置き、隅々まで把握《はあく》していなければいざというときに使えない。この分野を確立させるためにも、今自分のいる立ち位置はとても重要だった。だからこそ、最初の捜査会議で披露した自分の間抜けっぷりには、未だに呆れ返っている。

二人は黙々と自分の作業を続け、赤堀の予測の通り、四時間が過ぎるころにはツルグレン装置を使った土壌生物の抽出はほぼ完了した。解剖顕微鏡を出してターレットを十倍のレンズに合わせ、標本台に虫の入ったシャーレをそのままセットする。

土の中にいる生物は、顕微鏡でしか確認できないほど小さいものがほとんどだ。双眼タイプの接眼レンズを覗き込んでいると、向かい側で同じ作業をしている護がこもった声を出した。

「やっぱりダニ類が多いですね。ハエダニ科の成虫です」

「土の中は正常ってことだよ。死体が腐敗しはじめると、傷口とか開口部から体液が染み出してくる。で、ウジの活動でつくられたアンモニアと混ざり合うわけ。これが死体の下にある土に染み込むから、土壌をアルカリ性に変えるんだよ」

赤堀は、顕微鏡で種類を確認しながら先を続けた。

「野山に死体が捨てられた瞬間から、普段はその場所の土に棲んでる子たちが一斉に立ち去っていく。アルカリ性には適応できないからね。だから、腐敗した体液が染み込むにつれて、土の中でも屍肉食種の子たちが主役になると」

「外とまったく同じというわけですね。死体を中心にして、腐敗分解を促す昆虫相が組まれるのは」

「そういうこと」

赤堀はくぐもった声で言った。

「目に見えないほど小さいし、事件捜査ではここが完全に見過ごされてるんだよねえ。でもまあ、警察も土ん中までかまってらんないからさ」

赤堀は、まず顕微鏡のなかの昆虫相を見極めることにした。護の言う通り、ダニ類が精力的に繁殖していたようだ。腐敗分解による副産物である藻類《そうるい》や菌類《きんるい》を食べていたのだろうが、また別の種の虫も多数見受けられた。

顕微鏡を覗きながら、赤堀は隣に置いたノートにメモを取った。これは寄生種のダニだろう。土の中でじっとそのときを待ち、死体に集まってくる屍肉食種の生き物を狙って寄生する。そのほかはセンチュウのような線形動物とトビムシ類、あとはゴカイなどの環形《かんけい》動物。土壌の生き物に取り立てておかしなところはなく、すべて見慣れたものだと言えた。しかし、さっきから何かが引っかかっている。

赤堀は土壌生物の種類をざっと書き出し、ぶつぶつと言葉に出して読み上げた。そしてまた顕微鏡に向かい、円形に映し出された小型の虫たちをじっと見る。

種類は問題がない。いつもと同じだ。おかしな種が混じっていることもなかった。なのに、この違和感はなんだろう。頭の奥で、何かがざわざわと這いまわっているいやな感じが続いている。

赤堀は顕微鏡を覗いては書き出したメモと見くらべ、何がこれほど気になるのかをひとつずつ検証していった。そして、死後経過と土壌生物との関係にまで立ち戻ったときに、あることが頭を過《よぎ》ってはたと動きを止める。法医昆虫学の基本中の基本の部分……そして次の瞬間には、椅子を撥ね飛ばすほどの勢いで立ち上がった。スチール製の戸棚の前に滑り込んで引き出しを手荒に開ける。

「どうかしたんですか？」

護が顔を上げて訝しげな声を出す。赤堀は引き出しの中からカウンターを二個取り出して、作業台の上を護に向けて滑らせた。

「ちょっとハエダニ類とヤドリダニ類を数えて。とりあえず成虫だけでいいから」

赤堀は立ったまま中腰で顕微鏡に向かい、二種類のダニを上から順繰りに数えていった。続けてもうひとつのシャーレも標本台にセットし、カチカチとカウンターを押して同じように数を確認する。

「マモル、どうだった？」

「ハエダニが四十八、ヤドリダニが三十一です」

「それ、シャーレひとつぶんの数？」

「そうです」と護はこっくりと頷いた。

バラバラ死体が見つかった五ヵ所の土壌中のダニは、どれもほぼ同じ数だといっていい。少なすぎる……。赤堀は腕組みして黙り込み、狭いラボ内を忙しなく動きまわった。

自分が弾き出した死亡推定は、死後およそ二十日。これは、二世代以上のウジの発育が認められることと、アメリカミズアブの初齢幼虫がいたことから間違いないはずだ。しかし、土の中の生物がそれをまったく裏づけてはいない。むしろ、解剖医の神宮が出した死後十日前後という数値のほうが近いと言っているような数ではないか。土壌の昆虫相は完成すらしていなかった。

「何これ……。外と土ん中とで、虫の動きがバラバラだよ。しかも、死体の腐敗段階とも微妙に嚙み合ってない。いや、へたすりゃダニは神宮先生に寝返る勢いだわ」

「それはあり得ないんじゃないでしょうか」

護はノートをめくって前のほうを見直した。

「羽化殻《うかがら》が見つかっている以上、死後十日というのは絶対にないわけだし」

「そう、そうだよ。じゃあ、何が原因で相関がめちゃくちゃになってんのか」

「草の上に落とされたから、というのはどうですか？　遺体が地面に直接触れていなかったとすれば、土をアルカリ性に変えるのに時間がかかるように思えますが」

赤堀は護の意見を真剣に考えた。目のつけどころは正しいし、あり得なくはない。しかし、あらゆる角度から素早く検証をして結局は首を横に振った。

「表の昆虫相と死体の腐敗段階にも差があることを考えると、そんなに簡単なことではないと思う」

「でも、先生が土を採取したのは、遺体が引き揚げられた一週間後です。それだけ時間が経っていれば、虫だって解散しはじめますよね？」

赤堀は難しい顔のまま、ぶんぶんとかぶりを振った。

「現場には、まだものすごい数のオビキンバエがいた。死体があった地面にわんさか群がってたよ。これから土のｐＨ《ペーハー》値も調べるけど、まだもとの環境に戻る段階ではないね。というより、土の中がもと通りになるには何ヵ月もかかるから」

では、いったい何が原因だ？　死体を巡る環境に問題があったとも考えられる。赤堀は鬱蒼とした山を思い浮かべた。仙谷村の特徴的な風土といえば、よそとは比較にならないほど高温多湿というところだろう。そのうえ降水量も並外れて多く、植物の層が厚くて尽きることのない豊かな水源を誇っている。ひとつずつ事実を潰しているとき、赤堀の思考が急に原点まで巻き戻された。

あまりにも常識的すぎて立ち止まりもしなかったけれども、あんな環境下にバラバラ死体が捨てられれば、瞬く間に白骨化するはずだ。腐敗分解に適したこれとない場所だろう。近辺のハエや虫を一斉に呼び寄せ、両腕のみならば数日間で組織を喰らい尽くすはずだった。しかし、遺体は死後十日前後の腐敗状況を維持しており、ウジたちは死後二十日以上だと言っている。さらに土の中の虫にいたっては、十日すら経っていないと伝えてきた事実。それぞれの言い分が違いすぎる……。

赤堀は背筋にぶるっと震えが走った。

「狭い。狭いとこにしか目がいってない」

目立った齟齬《そご》ばかりに気を取られている隙に、見え隠れしている真実を取り逃がしてしまう。岩楯が言っていたではないか。バラバラ死体を、ビニール袋にも入れずに捨てるのはおかしくないかと。ハイキングコースからも近い場所を、わざわざ遺棄現場に選ぶだろうかと。そういうことだ、それぞれの疑問はすべて一本の線でつながっている。

赤堀がいきなりはっと笑うと、護はびくりとして作業台に腰をぶつけ、低いうめき声を漏らした。

「虫たちの言葉をまとめるとこうなる。土の中の虫が少なかったのは、あの場所に死体が捨てられてから、まだ日が浅いからだって」

「はい？　赤堀先生は、死後二十日以上は経っていると推定したじゃないですか。残された微物から見ても間違いない」

「うん。それも虫が言ったことだから『死後経過日数』は間違えてない。つまり、バラバラ死体は、どこか別の場所から動かされたんだよ。そして、土の中の虫がじゅうぶん集まる前に発見されたの」

護は赤堀の言葉を吟味するようにじっと考え、ほどなくして思い切り首を傾げた。

「ええと、土のなかの生物が少ない根拠としてはありだと思います。でも、ほかはまったくクリアされていませんよ。なぜ腐敗段階が膨満期の初めなのに、虫から見た死亡推定は、死後二十日以上を指しているのか」

「マモル、あんたいい感じで成長したねえ。ここに入ってきたときなんて、弱々しくて吐いてばっかの少年だったのにさ。先生、嬉しくて踊っちゃいそうだよ」

「踊らないでください」

護はぴしゃりと言った。赤堀が作業台を介して右手を差し出すと、真面目な学生である彼はおそるおそる手を出して握ってきた。

「答えはビニール袋だよ」

「ビニール袋……」と護は握手を解いて繰り返した。

「バラバラ死体の腕は、どこか別の場所から動物によって運ばれた。ウジの繁殖に対して腐敗が軽いのは、ビニール袋か何かに密閉されて、そのうえ埋められてたからじゃないかな。外の環境とは遮断されていたから、昆虫活動が遅れて腐敗が進まなかったと考えれば無理がないよ」

「じゃあ、ハエの産卵が始まったのは現場とは別の場所？」

「そういうこと。犯人が遺体をバラバラにしてるとき、すでにいくつかの卵が産みつけられた。考えればあたりまえだよね。血の臭いを盛大に撒き散らしてたはずだから、ハエたちが嗅ぎつけないわけがない。袋に密閉されてほとんどは孵化できずに死んだだろうけど、組織の奥深くに潜《もぐ》って孵《かえ》れた子もいた。そして動物が掘り起こして現場まで運び、そこで羽化して飛び立った」

護はノートに断片を素早く書き留め、「そこでおよそ十七日の経過」と口に出した。

「遺体が本格的に腐敗を始めたのは、あの現場に運ばれてからなんだよ。だからウジの齢がまちまちだった。アメリカミズアブは、きっちり二十日を守って産卵したんだね。腐敗の見かけには騙されない、正確にインプットされた死後時計をもってる几帳《きちょう》面《めん》な子だわ。まったく、かっこよすぎるよ」

捜査陣は、遺体が発見された近辺を今も重点的に捜索しているけれども、おそらくそれでは見つからない。頭をがらりと切り替える必要があった。

「やっと納得できました。まずは、先生の仮説を数値で裏づけることが必要ですよね。でも、動物が掘り返して移動させたとなると、遺体の残りの部分を見つけるのは、なおさらたいへんですよ。範囲の特定ができないわけですし」

「そうでもないんだな。みんな、ちょっとずついろんなヒントを残してくれてるからさ」

あごを上げてにっと笑った。次へつながる新しい鍵も、赤堀はすでに手に入れていた。

5

村での訊き込みは一段落ついたものの、有力な情報はこれといって挙がらなかった。高速のインターやコンビニの防犯ビデオなどもしらみ潰しに当たってはいるけれども、怪しげな車両や人物が浮上しては、裏が取れて消えていくことを繰り返している。進展と呼べるものは未だに皆無。バラバラ死体のほかの部位が、すぐに見つかると捉えていた捜査陣の誤算も大きくのしかかっていた。が、捜査方針自体は変えずにこのまま進めるらしい。遺体の捜索と近辺の訊き込み、それにビデオ関連だ。もっとも、それ以外にやれることがない状況と言ったほうが正しかった。

「それにしても、支部長の奥さんが見たと言っていた品川ナンバーのタクシー。本当に見つかったのには驚きました」

岩楯の隣で牛久が出された麦茶に口をつけ、声の音量を落として早口で喋った。仙谷村からの道すがら、同じことをもう四、五回は聞いている。

「主任の鋭い洞察のたまものです」

「宇宙人と踊るばあさんを洞察はできなかったよ。あそこんちの嫁の目のつけどころがよかっただけだ」

「でも、それを素通りしなかった。自分は情報の発信元が認知症老婆だというだけで、完全にリストからは外していましたからね」

牛久は興奮気味に捲し立てた。まるで事件が解決したような騒ぎである。

「村にゲリラ豪雨が降って雷が落ちたのは、六月十九日でした。まさにその日、八王子インターと仙谷街道の交差点のカメラに、ばっちりと映ってましたよ。品川ナンバーのタクシーが！」

「まあ、落ち着け。まだ当たりと決まったわけじゃない。村に乗りつけたにしろ、このヤマとは無関係かもしれんからな」

岩楯も氷の入れられた麦茶に口をつけた。

タクシー会社によれば、六本木《ろっぽんぎ》界隈《かいわい》を流していた車が拾った客を乗せていたらしい。詳しく話を訊くために、二人の刑事は赤羽橋《あかばねばし》にあるタクシー営業所を訪ねていた。

腕時計に目を落とし、岩楯は手狭な応接室を見まわした。黒い革張りのソファと、透明のビニールクロス敷きの紫檀《したん》らしき重厚なテーブル。これらで空間のほぼすべてが埋まり、博多人形が飾られている窓辺には、がっくりとうなだれたヒマワリが青磁《せいじ》の花瓶《かびん》に活《い》けられていた。花は今すぐ水切りが必要だが、そこを気にする人間がこの会社にはいないらしい。なんともちぐはくで居心地が悪い空間だ。電話で話した上役らしき男とも、どこか嚙み合わなかったことを思い出した。

　隣で麦茶に口をつけた牛久は、チラチラと岩楯の様子を窺っている。何度かグラスを口に運んでいたが、ようやく頃合いを見つけたとでもいうように、大きく息を吸い込んでから口火を切った。

「赤堀先生がとんでもない仮説を出してきましたけど、主任はどう思われますか？」

　昆虫学者と懇意《こんい》の上司を気遣い、そこに触れていいものかどうかを、車中でずっと考えていたことは知っている。筋肉質の体がソファの上で動くたびに、なめし革がうめき声を上げるような音を立てた。

「よそに埋められていた遺体が動物によって掘り返され、現場のガードレール下まで運ばれた。袋で密閉されていたから腐敗が進んでおらず、それを検分した解剖医は死後十日と推定した。これが赤堀先生の説です」

「確かにとんでもない」

「地中の虫の数が少ないということが根拠としてありますが、どうなんでしょう」

「何が？」

「いえ、ええと、赤堀先生は初めから遺体は死後二十日前後と推定しています。そっちへ論点をもっていかざるを得ないような説だなと思いまして」

　相棒は言葉を選び、上司の顔色を見つつ疑問を口にした。

「イカれた昆虫学者は、自分の都合のいいように仮説をこねくりまわしている。そう言いたいわけかい？」

「そこまでは言いませんが……」と牛久は語尾をにごして目を泳がせた。

「まあ、おまえさんの意見は、伏見管理官やその仲間たちと同じだよ。常識的だし別に気に病むことはない。全員を納得させられる根拠がなけりゃ、赤堀の説はただの与《よ》太話《たばなし》と一緒だからな。ただし……」

岩楯は言葉を切って、麦茶をもうひと口飲んだ。

「バラバラ死体はまったく見つかる気配がない。本当なら、そろそろ胴体だのウジだらけの頭だのが見つかってもいいはずだろ？　犬が地面から引きずり出したりとか」

牛久はすぐその絵を想像したようで、固まって口をつぐんだ。

「連日、かなりの人員と警察犬まで投入してんのに、かすりもしないのは問題だ。赤堀のことはおいといても、そろそろ捜索場所を間違えてる可能性を考えたほうがいい時期だろうな。あまりにも村道沿いに固執しすぎてる」

そうは言っても、捜索範囲をただ広げればいいという単純な話ではない。西多摩の広大な山中から、ある程度にまで絞り込むための確実な指針がいる。岩楯は、赤堀にはそれができるだろうと踏んでいた。捜査陣は聞く耳をもたないことに決めたらしいが、おそらく、今だれよりも一歩前に出ているのは彼女だろう。

それにしても、やけに時間がかかっている。岩楯が腕時計に再び目を落としたとき、応接室のドアがぞんざいにノックされて、赤ら顔の中年男が小走りで入ってきた。電話の対応をした管理職だ。

「いやあ、お待たせしてすみませんでした。ドライバーがちょうど稼働中だったもので」

管理職の男の後ろから、紺色のベストを着た白髪混じりの男がついてくる。岩楯と牛久はローテーブルに膝をぶつけながら立ち上がり、会釈をして運転手と名刺を交換した。

「お仕事中にお呼び立てしてすみませんでした。急な話なんですが、六月十九日に乗せた客について詳しくお伺いしたいんですよ」

岩楯は腰かけるときにまた膝をぶつけ、向かい側にまわった管理職とドライバーも脚をぶつけてのしっていた。大仰な応接セットは社員にも評判が悪いらしい。

膝をさすっている運転手は、五十代の後半といったところだろう。肥立ちのよくない病人のように顔が土気色にくすみ、充血してにごった目が不安そうに動いている。燻《いぶ》された煙草の臭いが体に染みつき、テーブルを隔てた岩楯のほうまで漂ってくるほどだった。

そこへ事務職らしき若い女がやってきて、みなに新しい麦茶を給仕した。

「電話をいただいて本当に驚きましたよ。最近は毎日このニュースばかりでしょう？　仙谷村バラバラ殺人事件。まさにその捜査だとおっしゃるんだから」

管理職の中年男が、捜査のひと役を担ったとでもいうように、メガネの奥の目を興奮気味に輝かせている。

「まったくむごいことですねえ。バラバラにして山に捨てるなんて、異常者としか言いようがありませんね。なんなりとおっしゃってください。うちの車はGPS無線で管理されていますから、どの道を何時に通ったのかを即座に出せますので」

「ご協力ありがとうございます。それでは……」

すぐ先へ進めようとしたが、男はなかなか止まらなかった。事件の背景にあるのは異常性欲に違いないと顔をしかめ、ワイドショーから仕入れた知識で細々と解説をしはじめる。どうやら巷《ちまた》では、快楽殺人として認知されているらしい。テレビに出ている警察OBのコメントが的外れだと言いはじめたところで、岩楯はやんわりと話を遮った。

「彼らは、的外れだからコメンテーターに抜擢《ばってき》されたんですよ。ええと、それでですね。六月十九日の午後一時四十分なんですが、このナンバーのタクシーが八王子インターを通過しています」

牛久が準備していた防犯ビデオのプリントアウトを、岩楯は運転手に差し出した。

「これはおたくのタクシーで間違いないということですが」

「ええ、はい。わたしが運転している車です」

ドライバーは、いささか緊張しているような甲高い声で答えた。

「このときのお客さんのことなら覚えてますよ。二十年以上もタクシーに乗ってますけど、西多摩の仙谷村なんかへ行ったのは初めてですから」

「ちなみに車載カメラは？」

そう問うなり、ドライバーの隣に腰かけている管理職の男が、大げさに微笑んで頭をかいた。

「ちょうど車両につけはじめているところでして、まだ全部にはいきわたっていないんですよ。ここのところ、乗り逃げや強盗なんかが多発してますから、早急に設置しようとは思ってるんですけどね。なんせ、コレが莫大にかかるもので」

男は指で輪っかをつくって見せてくる。何かにつけて、ひと言もの申さなければ気が済まない性格が顔に出ていた。岩楯は儀礼的な笑みを浮かべつつ、そっけなく流した。

「では運転手さん、そのときのことを教えてください」

ドライバーは麦茶に口をつけてから息を吸い込んだ。

「その日は六本木から麻布《あざぶ》、新橋《しんばし》を中心に流していました。そのお客さんを乗せたのは、東京ミッドタウン前の交差点です」

「のちほど詳しい運行表をコピーしてお渡しします」と管理職の男が素早く口を挟んだ。

「乗せた客のことを詳しくお願いしますよ」

「はい。ええと、背が高い男性でした。たぶん、刑事さんぐらいあったんじゃないかな。背中の真ん中ぐらいまでありそうなまっすぐの長い髪でね」

「それは目立ちますね」

「そうなんです。長い髪をリボンでひとつに結んで、大きめのサングラスをかけていましてね。真っ黒いシャツを着て、ズボンは膝の破けたジーパンですよ。芸能人かと思ったからよく覚えています」

「歳のころは？」

「そうだなあ……。たぶん、四十は過ぎてるんじゃないかな。髪の毛にだいぶ白いものが混じってたからね。若作りはしてたけど、三十代には見えませんでした」

相棒は、運転手の言葉を箇条書きにして端的にまとめていった。

「持ち物なんかはどうですか？　鞄やリュック、そのほか買い物袋などを持っていなかったかどうか」

「ああ、ボストンバッグひとつだけでした。かなり大きい鞄ですよ」

「大きい？」そこに岩楯と牛久は思わず反応をした。「どのぐらいですか？」

「旅行鞄ですよ。わたしはブランドには詳しくないからわかりませんが、とても上等なものに見えました。茶色の革製で、大きさは、そうですねえ……」

ドライバーは腕を広げて大きさを目算している。そして「このぐらいかな」と言って顔を上げた。手で示しているのは幅が六十センチ以上で、高さが優に四十センチ以上はありそうなものだ。

バラバラにされた人間が入る寸法だろうか……。咄嗟《とっさ》にそれが頭をかすめたが、そんなわけはないだろう。牛久も同じことを考えたようで、不安げな面持ちを岩楯に向けてきた。

「かなり大きいボストンバッグですね」

「そうなんですよ。トランクに入れるだろうと思ったから後ろを開けたんですが、熱くなる場所には置けないって言うんです」

「熱くなる場所ですって？」

「ええ。すごく温度を気にしていて、エアコンをもうすこし強くしてくれって言うし、お客さんは鞄を持ったまま座席に乗り込みましたよ。大事なものが入ってるから運転は丁寧に、揺らさないでほしいなんて言われました。道中でも、ちょくちょく鞄の口を開けて中を確かめていたから、よっぽど大事なものなんだと思いますよ」

大事なもの……そこで岩楯はまた反応をした。

熱くなる場所には置きたくないだって？エアコンを強くしろ？車は揺らすなだと？　もはやひとつのことしか考えられなくなっていたが、麦茶に口をつけて気持ちを落ち着けた。いくらなんでも、バラバラ死体を抱えてタクシーで遺棄現場に乗りつけるような馬鹿はいまい。それはわかっている。しかし、行き先に仙谷村を指定し、赤堀が出した死後二十日前後という推定にも引っかかっているのが偶然とは思えなかった。いったい、その男の行動はなんなんだ？

岩楯は、剃《そ》り残したあごひげを触りながら慎重に質問をした。

「つかぬことをお伺いしますが、何か異臭を感じたということは？」

「刑事さん、やっぱりそうなんですか」

ドライバーはたちまち顔を強ばらせ、口の中で小さく舌打ちをした。

「あの男が殺人犯なんですね？　バラバラにされた気の毒な人を鞄に入れて村まで運んだんですね？」

「いえ、あくまでも参考ですから」

「やめてくださいよ。参考でそんなことまで聞くんですか？　こっちは毎日その車を使ってる当事者なんだ。本当のことを教えてくださいよ。刑事さん、あの男なんでしょう？」

運転手が身を乗り出したところで、管理職の男も口を挟んだ。

「まったく、警察から電話がかかってきたときから、なんとなくいやな予感はしたんです。縁起でもない。車はお祓《はら》いをしたほうがいいな」

ことさら深いため息を吐き出し、首を横に振って眉根を寄せている。運転手は怒りで顔を赤くし、何度も舌打ちを繰り返した。

「あの鬼畜《きちく》の人でなしめ。初めからどっかおかしいと思ってたんだよ。確かに胸が悪くなるような臭いがしてたんだ」

「ちょっと待った。胸が悪くなるような臭い？　それは間違いないですか？」

「ええ。乗り込んだ瞬間に、甘いような饐《す》えたような、なんともいえない臭いがしてましたよ。汗か体臭かと思ったけど、今考えれば違うな」

「たとえばどんな？」

「そうだな……」

ドライバーは手許を凝視し、ぽつぽつと考えを口にした。

「腐った弁当。そう、そんな感じだったと思います。少し前に、トランクに弁当を入れっぱなしにして腐らせたことがあったんですよ。うん、それに近い、ちょうどそんな感じだ。最後のほうは、もう我慢できなくて窓を開けたからね」

牛久が遺体発見時を思い出しているかのように、喉仏を何度も上下させているのがわかった。岩楯は、過剰に顔をゆがめている運転手をじっと見つめた。なんとか協力したいと思うあまりに、大げさな話ぶりになっているわけではなさそうだ。それに、彼の言葉には頷ける部分がある。

体液が空気に触れて腐敗を始めると、妙に甘ったるい臭気を発することは経験から知っていた。解剖の場面でいちばん苦しめられるのは、腐敗臭というよりこの系統の食べ物を連想させる臭いだろう。とにかく不快のひとことで、密閉された空間にいれば耐え難いほどになる。まさか本当にタクシーで死体を運んだのか？

運転手と管理職は二人そろって胸をさすり、バラバラ死体を運んだことの不遇を嘆き合っている。岩楯は、すでに決めつけに入っている彼らの話に割って入った。

「まあ、まあ。乗せた客が犯人と決まったわけではないですよ。その男とは何か話しましたか？」

「そりゃあ、行き先を言われて何回も聞き返しましたから。西多摩の仙谷村は、高速を使ってもここから一時間半ぐらいはかかります。赤羽橋営業所は他県への移動はお断りしているんですよ。仙谷はいちおう東京ですけど、遠いし乗り逃げなんてされたら困りますからね。料金は二万を超えるけどいいのかと念押しはしました」

「最初から行き先指定というわけですね。そのほかは？」

運転手は麦茶のグラスを見つめ、すぐに窓のほうへ目をやった。あちこちに視線を移して思い出そうと手を尽くし、さらにしばらく考え込んでから岩楯のところに戻ってきた。

「あとは……ずいぶん遠くまで行くんですね、というようなことをわたしが言いました。村に住んでるんですかとも聞いたかな。でも、男は曖昧な返事しかよこさなかったですよ。だから、ああ、話しかけられるのがいやなんだなと思いました。そういうお客さんも多いから」

「それからひと言も口を利かなかった？」

「いや、あとどのぐらいで着くのかっていうのは何回も聞かれました。だれかと待ち合わせしてるような感じだったし」

「村で？」

「そうだと思いますよ。道中でも何度か電話してましたからね。三時前には着けるようなことを喋ってました」

岩楯が牛久を見ると、解《げ》せないとでもいうように首をひねった。確かによくわからない状況だ。事件に関係があるとも言い切れず、かといって無関係と言うには不穏な影がありすぎる。村人への訊き込みはほとんど終わっているけれども、知人がタクシーで訪ねてきたなどという話は耳に届いていない。だいたい黒シャツにサングラス、そのうえ長髪で長身という相当目立つ風体《ふうてい》の男だ。本当に死体遺棄に絡む人間なら、そんな浮き立つような格好をするとは思えない。しかし、腐臭にも似た臭いとはいったい……。

「村には何時ごろ着いたんですか？」

岩楯は頭を巡らせながら質問を続けた。すかさず管理職の男が、ファイルに綴《と》じられた書類をばさばさとめくりながら声を出した。

「それについては、ええと……。ああ、これだ。料金をいただいたのが午後二時四十二分です。領収書も発行していますよ」

ドライバーはファイルを覗き込んで何度も頷いた。

「仙谷街道に入った辺りで空が暗くなりはじめて、急に雨が降り出したんですよ。どこで車を停めますかって聞いても、あの男はよくわからないみたいだった。たぶん、仙谷村は初めてだったんじゃないのかな。また電話して道を聞いたみたいだけど、とにかくものすごい雨でね」

「あの日の集中豪雨は、一時間に百ミリを超えたみたいですからね」

「そうでしょう？　とても細い私道になんて入れない状況だったんですよ。雷はすぐ近くに落ちてるみたいな音だったし、側溝からは水があふれるしで、一メートル先も見えないんです。とにかく、溝にタイヤがはまったらたいへんだって言ったら、男はあそこでいいって前のほうを指差したんですよ」

運転手は咳払いをして麦茶で喉を潤《うるお》した。

「十メートル以上もありそうな杉の木があって、そこから目的地は近いと言ってましたよ。そして、帰りも乗せてくれって言うんです。一時間ぐらいで戻るから、木の下にいてくれってね。

「まあ、進んで雷の餌食《えじき》になりたくないですからね。でも、わたしは木の下はいやだと言ったんですよ」

「そういうことです。でも、男はこの木は大丈夫らしいって、おかしなことを言うんですよ。昔から雷が落ちないたった一本の木なんだって」

昔から？　岩楯が牛久を見ると、相棒は即座に頷いた。

「あの木に雷が落ちないのは事実です。どういう理由かはわかりませんが、昔から『雷が鳴ったら一本杉に行け』と言われるほどでしたよ」

ならば、男が連絡を取り合っていたのは、それを知る村の人間ということになる。

運転手は話を続けた。

「そうは言ってもこわいですから、わたしは少し奥まったところに車を停めたんです。どしゃ降りのなか、男は大荷物を大事そうに抱えて出ていきました」

「方向は？」

「すみません、すぐ日報を書いたもので、よく見ていないんですよ」

「じゃあ、それから一時間待っていたわけですか」

「そうなんですけど、なかなか戻ってこないんですよ。うっかり電話番号も聞かなかったし、連絡の取りようもなかった。それで、二時間が過ぎたあたりで帰ることにしたんです。自分も欲を出しすぎましたよ」

運転手は、大きくまばたきをして話の終わりを伝えてきた。

やはり加害者とは考えづらい。岩楯は、右下がりの文字で要点をまとめている牛久を眺めながら思った。もしかして、被害者ではないのか……。

タクシーに乗った男は、解剖医の神宮が割り出した人物像にぴたりと当てはまっている。歳は三十五から四十五ぐらいの間。肥満でも痩せでもなく、身長は百八十ぐらいの大柄な男だ。が、異臭を放つ大きな鞄の中身とはなんだったのかが気にかかる。それに男が被害者なら、殺して遺棄した者は村のなかにいる可能性が高い。なにせ密に連絡を取り合っていたのだから。

岩楯の頭に、すぐ中丸聡のあばた顔が浮かんだ。バラバラ死体は、指が切り落とされて掌紋が執拗《しつよう》なほど削り取られていた。たとえば服役中に知り合った者が被害者だとすれば、当然、指紋は登録済みで身元はすぐに発覚する。そして、二人の関係性にまで行き着くのは時間の問題だと中丸は考えるだろう。筋は通る。

氷が溶けて薄くなった麦茶に口をつけ、岩楯は別の角度から質問をした。

「運転手さんから見て、乗せた男はどんな印象でしたか？　たとえば結婚してるとか仕事に関してだとか。なんでもかまいませんが」

「それはよくわからないですね。本当に行き先のやり取りしかしていないんですよ」

「でも、車内で何度もだれかと電話をしていたんですよね？」

「わたしはラジオを聴いてたから、会話の内容まではわからないですよ。ただ、何か問題が起きてるのかなとは思いました」

目配せで話の先を促すと、運転手は寝癖のついた髪を指で梳《す》きながら口を開いた。

「もう時間がない、急いでくれ、頼むよ。こんなような言葉が何回も出てきたのでね。何を急げと頼んでたかはわからないけど」

彼は水滴がついた麦茶に手を伸ばしかけたが、動きを止めて岩楯と目を合わせた。

「そういえば、言葉が訛ってたな。今思い出した。東京の人間ではないなと感じたんですよ。電話の会話が特にね」

「そのあたり、詳しくお願いしますよ」と岩楯はわずかに身を乗り出した。

「そうだなあ。鼻に抜けるような語尾を上げるような、そんなイントネーションだったと思います。出が東北のほうなのかもしれないな。同僚にも東北出身者がいるんですけど、ぼそぼそ一本調子で喋るから聞き取りづらいんですよ。無意識の方言も多いですしね」

またしても中丸の影……あの男は福島の郡山出身だ。どうも、やつばかりがちらついてしょうがないけれども、今は安易に結びつけるのをやめにした。中丸との間合いを詰められる情報が、もうあといくつかほしいところだ。

外苑《がいえん》インターを見逃して青山《あおやま》界隈を一周した牛久は、申し訳なさそうに料金所を通過した。

「すみません。車線を間違えました。それにしても東京の警官はすごいですね。この複雑な道を把握してるんですから。それにしても人が多い」

「おまえさんも東京のおまわりだろ」

岩楯は捜査ファイルに目を落としながら言った。牛久は田舎から出てきた修学旅行生のように目を輝かせ、建ち並ぶ高層マンション群を見てうなり声を漏らしている。そして、あの窓の数だけ人生があるんですね、などと背筋が寒くなるような発言をした。

「そういえば昨日、本庁のほうへ出頭した男がいると小耳に挟んだんですが」

「ああ。死体をバラして、仙谷村に捨てたと自供したじいさんが確かにいた」

牛久は目を見開き、岩楯を素早く二度見した。

「いったいどういうことですか?」

「派手な事件が起きると、ワイドショーとか新聞なんかを見て、やってもいない罪を告白してくる頭のおかしなやつが必ずいるんだよ。あとは占い師だか霊媒師《れいばいし》の類が、犯人の居所を次から次へと言霊《ことだま》に載せて通報してよこす。まったく、毎回似たようなメンツだ」

岩楯は鼻を鳴らし、ファイルを閉じて後部座席へ放った。

「それはそうと、今日も早朝から訓練をしてきたんだって？」

「訓練というより日課ですね。一日休むと、勘を取り戻すのに三日はかかる。そんなときに出動要請がきたら、隊全員の生存確率を下げることになります。どんなに過酷な状況でも救助して生きて帰るために、やれることはすべてやろうと思うわけです」

「危険を買う男か……」

きびきびと的確に車線を変更する牛久を岩楯は眺めた。

「救助活動で危ない目に遭ったことは？」

「正直、まだそこまで切羽詰《せっぱつ》まった救助にかかわったことはありません。しいて言えば、富山《とやま》県警山岳警備隊と雪山合同合宿をしたとき、あまりの寒さに二日間一睡もできなくて、翌日に失神して血尿《けつにょう》が出たぐらいですよ」

「失神も血尿も大事《おおごと》だろうよ」

「いえ、自分が話にならないほど軟弱なんですよ。恥《はじ》をかいてばかりです。それに、とにかくハエと血に弱いもので……」

牛久は、ついに自白でもするように声を潜めた。

「解剖に顔を出さなかったのもそういうわけか」

「すみませんでした。どうしても心に折り合いがつけられなくて、急に高熱が出てダウンしてしまいました」

牛久は、前を走るプリウスの尾灯を見つめながら苦しげに吐き出した。そして、何かを口に出そうとして迷った末にやめ、しかし、しばらくしてから結局は神妙な顔で喋りはじめた。

「三年前、三頭山へ救助に出動したことがあったんです。救助要請をしてきたのは遭難者の家族だったんですが、とにかく見つからなかった。十月の末でかなり寒かったし、最悪の事態を想定していたんです。そして捜索三日目、コースからとんでもなく外れた崖の下で見つけました」

中央高速に入りながら、相棒はごくりと喉を鳴らした。

「仲間と二人で、ロッククライミングをやっていたらしいんですよ。あの山は岩盤が多いので、立ち入り禁止区域に侵入する者が後を絶たない。ハーケンがすっぽ抜けて落ちたらしいんですが、ひとりは意識不明の重体で、救助の途中で死亡しました。もうひとりは両脚を複雑骨折していてまったく動けない。特に足首がひどくて、折れた骨が外に飛び出して血だらけでした。止血と固定をしなければと思って駆け寄ったら、山が揺れるような低い音がわんわんと鳴ってるんですよ。どこで鳴ってるのかわからないけど、超音波みたいでとてもいやな感じなんです」

「低い音？」

「はい……ハエです」

牛久は唇の端を微かに震わせた。

「黒い靴下を履いてるのかと思うほど、傷口にびっしりとたかって翅《はね》を動かしていました。遭難者は『助けて』とうわ言みたいに繰り返して、脚を切りたくないって泣くんです。自分の折れた脚を見ては悲鳴を上げて、すごく暴れるんですよ」

牛久は前を睨みつけていたが、そのときを思い出すように身震いして冷や汗をにじませた。

「ハ、ハエは、追っ払ってもぜんぜん逃げないんです。一心不乱に血を舐《な》めていて、指で摘《つま》んで放り投げられるまで人間が近づいてることすらわからない。その貪欲さが不気味で、遭難者の泣き声もこわくなって、体がすくんで動けなくなった。自分はこの仕事に向いてないんじゃないかと思いました。救助現場では、正気を保つことがいちばん難しい。このまま頭がおかしくなると思う瞬間が、何回も繰り返しやってくるんです」

牛久は情けない声を出したが、すぐに気合を入れ直すように息を細く吐き出した。

「自分は、八十キロ近い大柄な遭難者を背負って、ヘリが接近できるポイントまで移動しました。その間も遭難者は痛い痛いって泣き通しで、ハエはずっとついてきて、気がついたら足首はウジでいっぱいになっていた。がんばれ、絶対に大丈夫だからって彼を励《はげ》まし続けたけど、実際は自分を励ましていたんですよ。大怪我《けが》をしている男を気遣う余裕がないんです。なんというか、すべてにおいて弱い人間で……」

「弱さを自覚してる弱い人間を俺は知らんがね」

岩楯がそう言うと、牛久は素直な笑みを浮かべた。

この男には、内からにじみ出すような雅量《がりよう》がある。精神年齢の落差を感じることも多いけれども、それは猜疑心《さいぎしん》に凝り固まった岩楯自身の問題なのはわかっていた。人に安心感を与えられる人間というのは、それだけで貴重だ。

牛久は助手席の岩楯を一瞬だけ見て、今までよりもきっぱりとした声を出した。

「自分はハエとウジのすさまじい本能を見ているので、赤堀先生の言う『虫の声』というものが理解できないわけではないんです」

「だが、まだ信用するには材料が足りない。そんなとこか？」

「正直、そうです。ストレートには受け入れられない。それに、これだけはぜひ言わせてください。自分はスパイではありませんよ」

「知ってるよ」と即答すると、牛久は意外そうな顔をした。

「噂があるのを知っていたんですか？　赤堀先生と岩楯主任を監視して、お偉方に逐一報告しているスパイだという根も葉もないものですが」

岩楯は思わず噴き出して笑った。

「どんな諜報《ちょうほう》活動だよ。あの先生と俺を見張って報告したところで、いったい、だれになんの得があるんだか」

「でも、噂が出るというのは、失脚を狙う者がいるのかもしれません」

「赤堀の後釜を狙う同業者はゼロ。なんせ、法医昆虫学者は日本であの先生しかいないんだからな。目障りで追い出したいやつは署内外にもいるだろうが、何をやったところであの女には通じない。ことのほか味方も多いんだよ。口には出さないが、一課長も赤堀寄りだ。俺に関して言えば、まあ、どっかで恨みでも買ったんだろ」

牛久は、込み上げる笑いを噛み殺して顔を赤くしている。そして「誤解がなくて安心しました」と脱力したように言い、はっとして顔を上げた。なんというか、表情の豊かな男である。

「そういえば、報告が遅れていました。中丸と一緒に服役していた強盗致死の共犯者。現在の居所ですが調べがつきました」

「共犯は二人だったよな？」

「そうです」と牛久は大きく頷いた。「ひとりは恐喝と傷害で四年前に逮捕。現在服役中です」

「再犯か……」

「はい。もうひとりは二年前に死亡」

「死亡？」

岩楯はハンドルを握る牛久を見た。

「郡山市内でのことですが、無理心中のようですね。両親と祖母を刺し殺して、当人は首を吊って自殺しています」

指紋登録のある、中丸にいちばん近い筋はこれで消えた。岩楯は座席にもたれて腕組みをした。だらしがなく無法者でだれからも気味悪がられる現状が表の顔だが、果たしてそれだけなのかが窺い知れない人間だった。それとも単に、自分も村人からの印象に感化されているだけとも考えられる。要は、まったく人物像が摑めない。

「無理心中に不審な点は？」

「ないですね。外へ逃げ出した母親を、共犯だった息子が追いかけて刺しているところを複数に目撃されています」

「そうか」

岩楯は車の流れを目で追いながら声を出した。

事件発生時から感じていた収まりの悪さが、解消されるどころかますます膨らんでいる。まず、タクシーに乗った男は、なぜ村へ行く必要があったのか。六本木からタクシーを飛ばしてでも、その日にだれかと会わなければならない事情があったからだ。では、男が持っていた鞄の中身とはいったいなんなのだろう。温度や空調に気を使い、車の運転にも注文をつけるほど大切なもの。しかし、強烈な腐臭を漂わせているものだ。

岩楯はずっと鞄の中身を考えているけれども、見当もつけられなかった。まず、腐った臭いを撒き散らすようなものを、鞄に入れて持ち歩くという設定が浮かばない。しかも人目をはばかるわけでも恐縮するでもなく、堂々とタクシーに乗車している。当人だって耐え難いはずだろう。

そこまでを悶々《もんもん》と考え、岩楯は急に我に返った。いや、もしかして、運転手が勝手に腐臭と解釈していることも考えられる。あるいは、腐った弁当がまだトランクに残っていたという結末ではあるまいな……。

岩楯は背筋がぞくりとした。そんなところへ答えをもっていくなど、よくよく何もわからないということだった。少し頭を冷やしたほうがいい。顔を両手でごしごしとこすり上げ、時系列に再度目を通そうと、岩楯は後部座席から資料を取り上げた。

第三章　雨降る音は真実の声

1

セミの抜け殻を見つけて喜んでいられた昔が懐かしい。岩楯は、沿道に立ち並ぶ木々へ目を向けた。天に向かって這い上がるような格好で、おびただしいほどの抜け殻が幹《みき》にへばりついている。全身が粟立《あわだ》つほどひどい見た目だ。しかし、ここ数日で山を震わせる鳴き声すら無視できるようになったのだから、これもすぐ気にならなくなるに違いない。着実に体は山に順応を始めていた。

「赤堀先生、大学のホームページを拝見しました」

いつもの登山用ザックを背負った牛久は、セミを寄せつけないほど通る声を出した。

「あの特設ページはすごいですね。先生のグラビアみたいになってたじゃないですか。しかも二ページにわたってですよ」

　前を歩いていた赤堀がくるりと振り返り、恥ずかしそうにはにかんで見せた。が、格好はいつもの通りだ。村人にもらったという笠地蔵《かさじぞう》のような檜笠《ひがさ》をかぶり、馴染《なじ》みの地下足袋を履いて捕虫網を立てている。

「ついに見つけちゃった？」

「ついにも何も、あんたがホームページのアドレスをメールで送ってきたんだろうよ。見るまでしつこく何度も何度も」

　岩楯が即座に切り返すと、牛久は鷹揚に微笑んで見せた。

「でも、学部紹介であれだけ推されるのもすごいと思いました。警視庁と契約していることも書かれていましたね。かなり反響がありそうな感じです」

　赤堀は嬉しそうに笑った。

「女が輝ける場所とかなんとか、ものすごく大きなお世話だけど、大学も学生獲得に必死だからね。うちの科なんて学生が四人しかいないし、いつお取り潰しになってもおかしくはない。まあ、必死なんだよ」

「あの『時代はムシジョ！』っていうキャッチコピーも、赤堀先生が考えたんですか？　インパクトはありましたけど」

「ああ、あんなのはぜんぜん駄目だって。ありがちすぎて印象に残んないし、本来の焦点がぼやけるね」と赤堀は、歩きながらさも不満そうに口を尖《とが》らせた。「わたしは『ウジジョ』と『フラジョ』を推してたんだけど、即却下されてさ」

「ウジジョはわかるが、なんだよフラジョって」

「腐乱女子だよ」

岩楯は呆れ返って首を横に振った。

「広報の頭が固くてまいったよ。まあとにかく、少しでも法医昆虫学を知ってもらうとこから始めようってことになったわけ。今まで、ほとんど何も発信してこなかったからさ」

赤堀は目の前をかすめたトンボを素早く捕らえ、まじまじと観察してからまた野に放っている。

法医昆虫学を紹介するページはいいとして、そこに並んでいる赤堀の写真が問題だった。野山で虫を鷲掴みしているところ、教壇に立って講義しているところ、白衣を着て何かの実験をしているところ。よくある設定だがすべて過剰なカメラ目線で、しかもたじろぐぐらいの盛大な笑顔だ。カメラマンは駄目出しをしなかったのだろうかと思う。

そのとき、後ろから車の走る音が聞こえて三人は同時に振り返った。登山口から先は通行禁止のはずだが、蛇行する村道を上ってくる車両がある。杉の間からちらちらと見える影を目で追っていると、カーブを曲がって四日市署のパトカーが姿を現した。助手席には、紺色の作業着を着た細面の女が収まっている。

「これはこれは。伏見管理官のお出ましだよ」

岩楯はだれにともなくつぶやいた。パトカーは重そうに急勾配の坂道を登り、三人の脇でスピードを落とした。少し先で停止して、助手席から伏見が降りてくる。

「何かあったんですか？」

軽く敬礼をしながらパトカーのほうへ歩いていくと、彼女は珍しく薄い笑みを浮かべた。栗色の髪をひとつにまとめ、今日は赤い縁のメガネをかけている。街なかではそうでもなかったが、山で見ると浮き立つほどの濃い化粧に見えた。

「村の青年団の方々に挨拶をしにきたんです。今日から三日間、また捜索に加わっていただけるそうなので、戻る前に顔を出そうと思って」

「それはご苦労さまですね」

伏見は後ろから追いついた赤堀の全身に素早く目を走らせ、微かに眉根を寄せて唇を結んだ。まあ、その気持ちはよくわかる。

「岩楯警部補は、今日は捜索のほうに入られるんですよね」

「ええ。法医昆虫学的な捜索のほうですけどね。現場検証の結果を受けて、遺体の行方を追ってみようと思いまして」

「現場検証の結果って、まさか、あの土の中の虫が少ないというものですか？」

「そうですよ」

「待ってください。いったいそれで、何をどうやって捜索するんです？」

わりと本気で驚いたようで、まるで詰問《きつもん》をするように語尾を強めている。伏見はパトカーをまわり込んで、岩楯の前に立った。身長は平均値というところだろう。複数の現場を抱えているために多忙を極め、目の下には蒼黒いクマがくっきりと沈着している。管理官は一瞬だけ赤堀を見やり、苛々したように息を吐いた。

「今はとにかく、遺体のほかの部分を発見することに全力を挙げること。会議でもありましたが、これが捜査本部の最優先事項です」

「そうですね。ホトケもそれを待ち望んでるでしょうから」

「犯人は道路から遺体を投げ捨てたんです。状況から見ても間違いない。ならば、ほかの部分も、同じ通り沿いから捨てたと考えるのが筋でしょう。あなたともあろう人が、そうは思わないんですか？」

「状況は確かにそうだと思います」と岩楯は同意して頷いた。

「できるだけ人員を投入して斜面の捜索をすれば、発見はもう時間の問題というところまできている。これは一課長も同意見なので、本部の方針に従ってもらいます。今は個人行動を優先するときではない」

伏見はまっすぐに見据えながら容赦なく言った。すると赤堀が岩楯の背後からひょいと顔を出し、場違いなほどにこにこして口を挟んだ。

「いえ、いえ。道路沿いの捜索だけでは不十分だと思いますよ」

そう言いつつ、リュックの脇ポケットから小さくたたまれた紙を取り出している。ばさばさと振って広げると、それは西多摩地区の地図だった。赤いバツ印を中心にして正円がいくつか書き込まれているが、いったい何を意味しているのかはわからない。

赤堀はしゃがみ込んで、ひび割れだらけのアスファルトの上に地図を広げた。

「このばってん印が遺体が見つかった場所です。円は半径一キロの地点を示してる。こないだの現場検証で、土壌生物の数が極端に少ないことを突き止めました。これは、遺体が最近置かれたことを意味してるんですよ。まず間違いない」

「それはあくまでも仮説、あなた個人の考えです」

伏見はにべもなく返したけれども、赤堀はすっと立ち上がって笑顔を崩さなかった。

「この仮説を裏づけるものも見つかってるんですよ。現場の近くに動物のフンがありました。分析の結果、タヌキのものだとわかった。ああ、専門家の意見はもちろん仰いでいますから、ご心配なく」

「ちょっと待ってください。まさか、それを根拠に、今度はタヌキが遺体を運んだとでも言うつもりですか？」

伏見は赤堀の説を先読みし、信じられないと言わんばかりの面持ちをして、岩楯にも同意を求める目を向けてきた。

「論外です。こんな山なんだから、動物の排泄物《はいせつぶつ》なんかどこにでもあるでしょう？」

「そうですけど、タヌキはちょっと特殊なんですよ」

赤堀は拳を口に当てて咳払いをした。

「つがいのタヌキは決まった場所にフンをする。これは『ツカ』と呼ばれていて、縄張りのなかに十ヵ所ぐらい排泄する場所をつくるんです。タヌキの行動範囲は、だいたい半径一キロ。最初の現場検証でも出ていましたが、あのガードレールの下からは、いろんな木の実とか魚の骨なんかもたくさん出ましたよね。周囲に山桑の木が一本もないのに、実だけがたくさん落ちているのは不自然です。つまり、餌場なんですよ。雑食の彼らの生活の拠点です」

「てことは、縄張りのどこかにバラバラ死体が埋められていて、それをタヌキが掘り起こして運んだと？」

岩楯が口を挟むと、赤堀は「そういうこと」と親指を立ててきた。

伏見は手の甲で乱暴にメガネを押し上げ、もう我慢がならないとでもいうように身を震わせている。平静を保てない域にまで達してしまったらしく、薬指の爪をしきりに噛みはじめていた。無意識の癖《くせ》のようだが、見られていることに気づいてハッとしてすぐにやめた。

「仮説、仮説、仮説。あなたの言っていることは、ただの当て推量に聞こえます。土の中の虫が少なかったから、遺体がその場所に置かれてまだ日が浅いと結論づける。排泄物や木の実が見つかったから、掘り起こして運んだのはタヌキに違いないという持論を振りまわす。根拠はすべて虫や動物まかせで、あなたは後づけで理由を足しているだけじゃないですか」

「その通りです。虫や自然あってのわたしなんですよ。彼らの声がすべてですからね。真実はいつもそこにあるんです」

「もう科学というより何かの宗教ですね」

　伏見は苦々しい顔をして言い捨てた。

「法医昆虫学というもののプロモーションのために、事件を利用しているのと一緒です。とにかく、あなたの分野は捜査に組み込めるような段階にはない。今はっきりとそれがわかりました」

「法医昆虫学は宗教ではなく科学です。とりあえず、そこんとこだけは訂正しときますね」

伏見は湧き出そうとしている感情の一切を消して、赤堀と間近で目を合わせている。もはや昆虫学者への印象は最悪で、歩み寄りなど不可能なところまできてしまっていた。

赤堀の説はいつも突拍子もなく、周りを混乱させるし常人には理解が難しい。彼女がやってくる前は、事件捜査で虫が決定打になるようなことがあっても、それは遺体に付着していたことから犯人が割れるというような直接的な物証の意味合いがほとんどだった。しかし、赤堀がやろうとしているのは、生き物の生態や行動から真相を読み解いていくという間接的なものだ。もちろん、膨大な知識とデータを駆使しての推察なのだが、曖昧な主観にしか見えないという伏見の意見もわからないではなかった。

赤堀は伏見の威圧を受け流して微笑み、濁《にご》りのない強い目をまっすぐに合わせている。当然だが、一歩も譲る気はないらしい。牛久はさっきからおろおろし通しで、岩楯の後ろを右へ左へと揺れていた。互いになんの進展もない今の段階では、意見をぶつけ合ったところで、どこまでいっても平行線だろう。岩楯は、無表情と不敵な笑みという対照的な二人の間に割って入った。

「ともかく、今日は予定通りの捜査をします」

「変えないわけですね」と伏見がかぶせ気味に鋭く言った。

「ええ。なんせ、法医昆虫学については警視庁が契約更新をしているのでね。積極的に使わないと、良し悪《あ》しの判断もできないと思いますよ」

伏見はまったく目を合わせないことで納得していない旨を伝え、「わかりました」とそっけなく言って踵を返した。憤りが繭《まゆ》のように全身を覆っている。が、すでに眼中にはないと言わんばかりに、さっさとパトカーに乗り込んだ。

岩楯は遠ざかっていく車を目で追い、再び蒸し暑い山道を歩きはじめた。

2

「しかし、あんたもよくよく敵に囲まれてるな」

岩楯は汗をぬぐいながら言った。

「ただ囲んで見てるだけなら別にかまわないよ。護衛みたいじゃん。調査を禁止されてるわけじゃないから実害はないし」

軽口を叩いてはいるが、今回はかなり気を配っているのを知っている。赤堀が提出している資料はいつもの倍ほどもあり、できる限り物言いがつかないように根拠の数値化に努めていた。あらゆる統計も添えられてはいるけれども、はなから否定的な者にとっては特別意味のあるものではない。結局、結果を突きつけるしかないという図式は以前となんら変わっていなかった。

岩楯は、横を歩く赤堀を見下ろした。目立った焦りは見えないものの、さっきからやけに神妙だ。

「まさかとは思うが、俺と牛久に迷惑がかかるなんて気に病んでるんじゃないだろうな。そのうえ、結論を急いで方向性を見失ってるとか」

塞いだ様子の赤堀に言うと、すぐ睨みつけるような強い視線を投げてきた。

「わたしを甘く見ないでよ。確信がなきゃこんなとこにいない」

「そりゃいい。じゃあ、今日は確実に現場までつれてってもらうぞ」

岩楯があごを上げると、赤堀も同じようにあごを上げて、ふてぶてしいむくれ顔をつくった。余計な気をまわしていないならそれでいい。

「ところで、どこへ向かってんのか教えてくれるか？　いや、この山んなかから、どの範囲を捜索するつもりなんだよ」

いつまでも岩楯を睨んでいる赤堀は、気を取り直すように何回も深呼吸を繰り返した。

「まず、タヌキ目線で考えようと思うんだよ。車がいつくるかもわからない道路を渡ってガードレール越えて、しかも急な斜面を降りたところに餌場をつくるかどうか」

「タヌキなら余裕だろう」

「身体能力ならなんとかね。でも、道の右側は植林された急勾配の杉山。地拵《じごしら》えとか間伐《かんばつ》されて雑草も雑木もない状態だし、徹底的に人の手が入ってるから食料が見込めない。そう考えると、動物たちは水場もある混交林《こんこうりん》を生活拠点にするはずなんだよ。山桑の実も魚もそっちにしかない」

赤堀は遠くに見えてきた谷のほうを指差した。

「さっきの地図にいくつか生活圏を予想して書き込んだけど、おそらく、川を挟んだ西側。タヌキの縄張りは、ウシさんが毎日トレーニングしてるハイキングコースのほうじゃないかと思う」

「でも、小動物があの川を渡れますか？　かなりの急流ですよ」

牛久が指摘をすると赤堀は小走りして少し先へいき、木々の間から見える谷へ目を細めた。すぐに向き直る。

「このへんの山は、間伐した木をそのまま放置してるでしょ」

「はい、そうです。昔は割り箸《ばし》や燃料に加工していましたけど、今は手間にくらべて儲けはほとんどないですから……」

そう言って相棒は言葉を切り、何かに気づいたように何度も頷いた。

「わかりました、納得です。そういえば、間伐で放置された木がいくつも川に架かってますよね。丸木橋みたいな格好で」

赤堀は、まさにそれ、と言って手をぽんと叩いた。

「朽ちた木を使って動物が川を渡る。放置された木がいろんな虫や生き物を呼び寄せるし、土にかえって森を豊かにしていくんだよ。ウシさん、仙谷村は本当にいいところだね。林業をやりながら山を守って共存してる」

牛久は自分のことを褒められたようにぱっと笑顔を輝かせ、頬を上気させた。

「そういうことだから岩楯刑事、捜索範囲をハイキングコース周辺に限定する」

「また見事に本部が除外してる範囲だよ。まあ、今日は先生に付き合う日だし、筋が通せるなら問題はないが」

「よし、そうと決まれば話は早い。ぐずぐずしてないで行くよ」

赤堀は鼻息荒く歩きはじめたが、牛久の不安がまた首をもたげているようだった。

「あの、赤堀先生。捜索するに当たって、何か目標になるようなものはあるんでしょうか。ハイキングコースとは言っても、その周りは手つかずの森ですし、やみくもに歩いては危険です。滑落も多発していますから」

「まずね、オリエンテーリングみたいにツカを見落とさないことだよ。ひとつ見つけられれば、次のツカは百メートル圏内にあるはず。それを繰り返していくことで、タヌキ道が浮かび上がってくるんだよ。あとは雨に注意する」

「雨？　今日は降水確率ゼロですが」

牛久は歩きながらハイキングコースへ続く脇道へ手を向けた。

「ゼロでも問題なし。とにかくちょっとでも雨の音がしたらわたしに教えて。そうすれば答えが降ってくるからね」

あいかわらず意味不明だ。しかし、赤堀には進む道がはっきりと見えているようだった。

それから三人は整備されたハイキングコースに入った。がっちりとコンクリートで固められた山道は味気ない限りだが、気軽にこの場所を訪れた観光客にとってはありがたいだろう。駐車場からもつながっており、道なりに進めば滝や洞窟などの人気スポットにも危険なくたどり着ける便利な道だ。しかし、犯人がこの道を通ったのかどうかは疑問だった。岩楯は、硬い地面を踏みしめながら周囲に目を走らせた。登山口にある駐車場には防犯ビデオが設置されており、今のところ、不審な人間も車両も挙がってきていない。

「このハイキングコースは一本道なのか？」

岩楯が作業着の袖で額の汗をぬぐいながら問うと、少し前を歩いていた牛久が振り返って歩調を緩めた。

「コースとして地図に載せているのは一本です。でも、横から入ってくるハイカーもいるんですよ」

「森を突っ切って？」

「そうなんですよ。遺体が発見された脇の村道を上がって橋を渡ったところに、一ヵ所だけ待避所があるんです。そこに車を置いて森へ入るんですよ。四十メートルぐらいでコースに突き当たるので危険ではないですが、そういう連中は山を舐めてますからね。遭難者予備軍と見ていますから」

　牛久は渋い顔をして断言した。そのルートを知っていれば、わざわざリスクのある駐車場に車は入れないかもしれない。しかもバラバラにした死体を担いで山に入ったのなら、それほど奥へはいけないだろう。赤堀の言う動物の行動範囲とかぶる可能性はじゅうぶんに考えられた。

　牛久の指示に従いながら、三人はコース外にある森に足を踏み入れた。整備された道からほんの少し逸れただけで、杉山にはない神木《しんぼく》のような巨大な広葉樹が枝葉を広げている。日中なのにひどく薄暗く、どこか不穏な影を落としていた。

　それにしても、人の入らない場所というのは、これほど自然が幅を利かせているものなのかと驚く。岩楯は周囲を見まわし、圧倒されたまま上を見上げた。あらゆる植物が幾重にも重なり合って、陽の光をわずかしか通さない。そのせいで、木々は陽を求めて上へ上へと伸びているようだった。すぐそこがハイキングコースのはずだが、もはや前後左右がわからずに遭難したような気分になっている。牛久がさかんに危険だという意味が、ここにきてようやくわかってきた。

地図とGPSを確認しながら慎重に進んでいるとき、さっきからじっと何かを考えていた相棒が口を開いた。

「遺棄するために山へ入ったのは、もちろん夜のはずです。ハイキングコースには外灯が点《つ》きますが、柵を越えて森には入れないはずですよ。数センチ先も見えないほどの闇《やみ》になるし、自分でもおそろしくて無理ですから」

「俺は今ですら無理だよ」と牛久の意見に岩楯は同調した。

「こちら側に遺棄したとすれば、それほど奥には入っていないはずですね。せいぜい、コースから数十メートルではないかと」

この意見にもほぼ同意だった。

「だが、あの屈強な巫女は入ってるんだろう？　中丸もそうだが、信じられんな」

「ちづるさんが植物を採集しているのは、コースのすぐ脇ですから森には入りませんよ。それに、いつも役場の人間が同行してますからね。村興しの商品開発の一環なんです。中丸はちょっと感覚的におかしい……ああ、赤堀先生！　そっちは崖があるのでひとりで進まないでください！　危険です！」

牛久がいきなり太い声を張り上げると、木々で羽を休めていた鳥が一斉に飛び立った。赤堀は中腰になりながら野生動物のようにジグザグと移動し、チョークらしきもので木の幹に矢印をつけている。そしていきなりがばっと上体を起こして、口が裂けそうなほどの笑顔を向けてきた。

「第一ツカ発見！　なかなかいい滑り出しだよ」

昆虫学者から託されていた地図に、牛久は慌てて発見場所の印を入れている。それを境に第二第三と順調に発見し、タヌキが通る道を地図上に可視化していった。牛久が危険だと騒いだ崖側に沿って南側へと続いているが、樹皮が剝けた巨木を境にぱったりとなくなっている。葉の縁がノコギリ状になったミズナラだった。

岩楯はさらに周囲を捜索してまたミズナラまで戻り、ペットボトルを出して水分を補給した。雑木林は風通しが悪く、熱と湿気がどんよりと停滞している。

「ここで打ち止めか……」

岩楯があまりの暑さにあえぎながら口を開くと、ミズナラよりずっと先のほうを探っていた赤堀が足早に引き返してきた。

「こっから先はクマが出入りしてたみたいだから、おそらくタヌキは入らないね。木にマーキングの痕がある」

「勘弁してくれよ。ここにクマがいんのか？」

周りを素早く見まわす岩楯に向けて、牛久が憎らしいほど落ち着いた様子で微笑んだ。

「仙谷村でもクマ警戒情報は発信していますからね。四月の終わりに、ビジターセンター付近でツキノワグマの成獣が目撃されていますよ」

「それを先に言え。何も武器を持ってきてないだろうが」

「強力なクマ避《よ》けスプレーと登山ナイフを常備していますので、逃げるだけの時間は稼げると思いますよ。それに、複数の人間の声がするところには、ほとんど近づいてきませんので大丈夫です」

「ほら、岩楯刑事。クマなんかほっといて逆側も調べるよ」

後ろから赤堀が、急き立てるようにずかずかと歩いてきた。生死がかかっているのに、放っておけるわけがないだろう。猟友会に入っている村の年寄りを連れてくるべきだったと本気で後悔し、岩楯は小柄な昆虫学者の背中にぴたりと張りついた。過剰に辺りを警戒しながら、暑苦しい森のなかを進んでいく。

第一のツカ発見現場まで戻ってからは、崖に沿って反対側の捜索をおこなった。しかし北側にはツカがひとつも見当たらず、また最初の場所に戻る羽目になっている。赤堀によればツカは等間隔を保ってつくられるらしく、一ヵ所だけ急に離れることは稀《まれ》らしい。

「ツカ自体がこれで全部ってことは？」

「ないね。数が少なすぎる。見落としはないんだよ。うん、ない。だけどツカもない。なんで？」

赤堀はぶつぶつとつぶやきながら、腕組みして歩きまわっている。岩楯はすでに汗みずくで、紺色の作業着がべったりと体に貼りついていた。水を頭にかけて集中力を取り戻そうとしているとき、牛久の野太い声が響いてペットボトルを地面に落とした。

「赤堀先生、そっちは駄目です！」

相棒は赤堀のリュックを咄嗟に摑んで大騒ぎをしている。昆虫学者はすんでのところで留まっており、崖っぷちで体が斜めになっていた。

「ああ、危なかった。まだ地面があると思ってたよ」

牛久は赤堀を引き戻し、尻もちをついている女を仁王立ちして見下ろした。角刈りの頭から流れる汗をタオルでぬぐっている。

「葛《くず》が絡まって庇《ひさし》みたいに飛び出しているから、慣れた者でも踏み抜いて崖から落ちやすいポイントなんですよ。木と緑しかない場所では、目が麻痺してしまって段差を認識しなくなるんです。とにかく、自分が端を歩きますから、それより外側へは行かないこと。いいですね？」

「了解。ウシさん、ありがとう……」

赤堀はそう言いつつも、崖の下が気になっているようだった。雑木が繁る一点をじっと見つめ、耳をそばだてるように息を殺している。岩楯も注意して崖側へ近づき、彼女が見ている先へ視線を向けた。環境は今いる場所とほとんど同じで、背の高い木々がどこまでも続いている緑豊かな森だ。

崖から離れてもといた場所へ戻ろうとしたとき、耳が微かな違和感を捕らえて岩楯は振り返った。

「今、水が落ちる音がしなかったか？」

岩楯は極限まで耳に神経を集中させた。遠くのほうで、雨粒が葉を叩くような音が聞こえたような気がした。赤堀も前を見たままその気配を探ろうとしている。しかし、いかんせん、セミの鳴き声がやかましくてほかの音が打ち消されてしまう。

「雨は降っていませんよ。見事な快晴です。特別、水の音もしませんが」

一緒に耳を傾けていた牛久が言うと、身じろぎもしなかった赤堀がよし、と声を出して前を指差した。

「降りよう」

「いや、待てって。下まで五メートル以上はあるんだぞ。雨の音は確実じゃない。たぶん空耳だ」

「うん。だけど、無駄足でも行ってみる価値はある。それに、こっちには強力な助っ人がついてるじゃない。ウシさん、いける？」

牛久は崖下を覗き込んで何かを目算し、無言のままおもむろに背負っていたザックを下ろした。ロープの束を引き出して、頑丈そうな二本のクヌギを選んで素早くかけていく。カラビナでつないで支点にじゅうぶんな強度があることを踏んで確認し、再び崖下へ目を落としてから、安全ベルトらしきものを差し出してきた。

「降下器を使って降りましょう。自分が補助しますから大丈夫です」

「大丈夫なわけあるか。ほぼ垂直に近いんだぞ？」

「装備の着け方さえ間違えなければ、操作はほとんどいりません。遭難者でも、無傷であれば自分で崖を降りますよ。六十過ぎの女性でもできることです」

拒否できないような言葉をさらりと混ぜやがって。

岩楯は往生際悪く毒づき、両手で顔をこすり上げた。こんなに体を張った状況がしょっちゅう訪れるなど、通常の事件捜査ではあり得ない。野山の捜索ならまだしも、クライミングまでやらされるとは……。久しぶりに自分の立ち位置を嘆きたい気分だったが、山で遺体の捜索をおこなうとはこういうことだろう。いや、赤堀が現れてからというもの、たとえ街なかでも自然の脅威に晒《さら》されてばかりだった。

牛久は昆虫学者に安全ベルトを装着させて、大ぶりのカラビナに降下器らしい細長い器具を取りつけた。体を固定する紐のかけ方が複雑を極めているけれども、確かに山岳救助のプロがいれば問題はないかもしれない。まずは二人が先陣を切ることになったが、こわいもの知らずな赤堀は、断崖を駆け下りるように小刻みに足を動かし、あっという間に下へたどり着いていた。

「山猿かよ……」

そうつぶやいている間にも、牛久が崖を登って舞い戻ってくる。すぐ岩楯に安全ベルトを着けさせ、「レバーから手を離せば止まります」と不安になるほど短い説明をして、行きましょうと手を前に向けてきた。

まず頼りなく見えるロープに体重を預けることが恐怖であり、背中を崖に投げ出すのにも勇気がいる。しかし、そこさえクリアしてしまえば、相棒の言葉通りほとんど操作はいらなかった。垂直に切り立つ崖に一歩一歩足をつけ、さほど時間をかけずに下へ到着する。ベルトを外して流れる汗を袖でぬぐったとき、「おーい」という声が聞こえて顔を上げた。少し先の木立の間で、赤堀が手招きをしている。

「ツカがあったよ。やっぱり当たりだね」

牛久が地図を持って小走りし、ＧＰＳで場所を特定して即座に印を入れた。なかなか気の合ったペアになっている。岩楯は水を飲んでから雑草をなぎ払い、二人の後を追った。

「このまま北側へ続いてるみたいだね。ちょうど、ハイキングコースと並行してる。ここでも倒れた木がタヌキ道になってるんだよ」

赤堀が指差した方向には、崖にもたれかかるような格好で倒木が朽ちていた。上には枯葉や枝が降り積もり、体《てい》のいい獣道になっている。

「タヌキ道があることはわかった。だが、この辺りに死体を埋めたのが本当だとして、ホシはどうやって降りてきたんだ？　ホトケを崖から落としたにしても、手間がかかりすぎるだろ」

「クライミングのスキルがなければ、おそらく、階段を使ったんでしょうね」

「おい、ちょっと待て。牛久、階段があるなら初めからそう言え。SAT《サット》の真似事をする必要はなかっただろうが」

岩楯がこめかみを押しながら不満をぶちまけると、相棒は首を横に振った。

「このまま北へ進むと、廃墟になったログハウスふうの喫茶店があるんですよ。ハイキングコースのすぐ脇です。よそからやってきた人間が喫茶店をつくったはいいが、まったく流行《はや》らずに夜逃げした。役場が勝手に壊すこともできないし、もう十年以上も放置されたままなんです。倒壊の危険があるので立ち入り禁止のロープが張られていますが、そこに崖下へ降りられる階段があることはあるんですよ。木が腐っているので、いつ崩れてもおかしくはないものですが」

危険を冒しても崖下に埋めれば、発見はされないと踏んだのだろうか。いや、朽ちていることを知らずに使ったとも考えられる。

岩楯が周囲を見まわしながら考え込んでいるとき、また雨粒が枝葉を叩くような音が聞こえて反射的に顔を撥ね上げた。空は雲ひとつない晴天で、雨が降っている様子はない。しかし少し先では、明らかに葉が揺れて雨が降り注いでいるように見えた。するとツカを検分していた赤堀が急に勢いよく立ち上がった。

「やっぱり岩楯刑事が正解！　行くよ！」

そう言うよりも早く走り出し、岩楯と牛久は後を追った。さっきからやけに雨にこだわっているが、局地的にでも降っているような天候ではない。横に広がって自生するクヌギの間を抜けたとき、パタパタと葉を叩くような音がすぐ近くから聞こえて、いささかスピードを緩めた。

「水でも湧いてるのか？」

「いえ、このへんに水源はないはずですが」

昆虫学者の後を追っているうちに音は大きくなり、しまいには本降りの雨が落ちているような激しさに変わった。

「なんだよこれは。大雨の音じゃないか。どっから聞こえてるんだ」

岩楯が警戒して周りを窺っていると、前を走る赤堀が振り返って声を上げた。

「二人とも、急いでほっかむりして！」

「は？　なんでだよ」

「ひどい目に遭いたくなかったら早くしな！」

「意味がわからん」

駆けながらタオルを首から外したとき、頭にぽつんと雨粒が落ちてきて岩楯は上を向いた。とたんに、バラバラと大量に降り注いでくる。その刹那、後ろから牛久の悲鳴のような声が上がって驚きながら振り返った。相棒は地団駄を踏むように足を動かし、大声を張り上げて騒いでいる。そのさまを見て、岩楯は驚愕した。

ウジだった。しかも丸々と肥《こ》え太ったウジ虫だ。牛久は全身白いウジまみれになり、タオルを振りまわしてなんとか払おうともがいている。岩楯は、自分の髪や肩に落ちてくるウジを見て盛大に舌打ちをした。

「なんでウジどもが空から降ってくるんだよ！」

タオルをかぶろうとしたけれどもすでに遅く、髪の毛の間でウジが蠢いているのがはっきりとわかる。襟許からも次々と侵入を始め、背筋を伝う感触に全身が総毛立った。

「なんだよこれは！ 先生！ いったいこの場所はどうなってんだ！」

半ば叫びに近い声を張り上げた。赤堀は檜笠でウジを防御しながら憎らしいほど軽やかに進み、落ち葉の積もった地面に這いつくばって何かを探しはじめている。そして、そのままの体勢で声を出した。

「ウジの三齢後摂餌《せつじ》期、つまり徘徊期だよ」

　赤堀は落ちてきたウジを素早く採取した。

「この子たちは蛹になるために、エサから離れて大移動を始めてる。敵がいない安全な乾いた場所を探してね。でも、この土地は湿度が異常に高くて、乾燥した場所なんてない。結局、この子たちは木に登るしかなくなって、枝の先までいってはまた落ちることを繰り返してるわけ。こういう湿潤タイプの森ではよく起こることなんだよ」

「よく起こるだって？　聞いたこともない！　何千匹もいるんだぞ！　くそっ！　なんでもっと早く言わないいんだよ！」

「先入観をなくすため。雨音の情報しかなかったから、集中した岩楯刑事がいち早く気がついた。これを見つけられるのは、いつも何も知らない人なんだよ。ごめんね。あとで必ず埋め合わせはするから」

　この野郎と思う。初めから炭鉱のカナリア役だったというわけか。ひっきりなしに降り注ぐウジの雨のなかで、岩楯は思いつく限りの悪態をつきまくった。牛久はプロペラのようにタオルをまわし、なんとかウジの侵入を防ごうとしている。

　そのとき、赤堀が立ち上がって勢いよく振り返った。見たこともないほど険しい面持ちで、前方を指差している。

「岩楯刑事！　やっぱりここだった！　あそこ！」

積もった枯葉の間から、白いビニール袋がわずかに覗いているのが見える。岩楯は、ひと呼吸の間もなく走り出した。顔や体にウジが当たるのもかまわず、ビニールが飛び出している場所に片膝をついた。軍手をはめて慎重に引き出すと、ハエどもがうなりながら一斉に舞い上がる。岩楯は舌打ちして追い払い、あたらめてビニール袋の中身を凝視した。

おびただしいほどのウジと赤黒い塊……。ほぼ骨だけにされているが、指のない人間の左手首の残骸だった。

とたんに腐敗臭が鼻を衝き、岩楯は込み上げる吐き気をなんとか堪えて立ち上がった。ウジが降り注いでハエが乱舞し、切断された人間の手首が転がっている……この世の終わりのような風景だ。少し先には、土の色が黒っぽく変わった窪みが見えている。穴を掘って埋めた痕跡だろう。

岩楯は振り返らずに声を上げた。

「牛久、遺体を発見した。本部に連絡を入れてくれ」

「し、信じられない。本当に見つかった、本当に……」

「牛久！」

ウジを浴びて惚けている牛久を一喝すると、「り、了解です！」と我に返って慌てて踵を返した。そして崖下まで戻り、荷物のなかから無線機を引っ張り出した。

3

翌日から、ハイキングコース付近にある雑木林の捜索が始まった。半ば白骨化した左手首はただちに神宮のもとへ送られ、同じ被害者のものかどうかの特定がおこなわれている。が、もう間違いはない。赤堀の仮説通り、第一発見現場まではタヌキによって運ばれてきたことが証明されたも同然だった。となれば、死亡推定月日も見直されることは必至。鑑識によって残りのツカが捜索され、今度こそ残りの部位の発見は時間の問題というところまでたどり着いていた。

「自分は赤堀先生に謝らなければなりません。遺体が発見される直前まで、あの作業は無駄足《むだあし》になるだろうと思っていました」

牛久はステアリングを切りながら、ひどく悔やむような声を出した。

「虫とタヌキの排泄物。たったこれだけのものから、遺棄現場までたどり着けると思いますか？　この広大な山中から、ピンポイントに場所を割り出せるものですか？」

まるで舞台俳優のように抑揚をつけ、牛久は片手でえらの張った顔をこすり上げた。

「ショックです。自分の視野の狭さには呆れ返りました。自然に囲まれて生きてきたのに、その自然そのものにまったく目を向けなかったんですよ。しかも、赤堀先生は見当違いだと決めつけていた。情けない」

「まあ、落ち着け。あんなもんは見つけられるほうが異常なんだよ。普通はありったけの人員でローラー作戦をやって、運がよければ見つかるレベルだ。ウジとハエと、土の中に棲む目に見えもしない虫。そこにタヌキまで組み合わせて、筋を通そうと真面目に考える人間はいない。あの女以外には」

「これが法医昆虫学なんですね。本当に衝撃でした」

「あれだけのウジを浴びる経験は、やろうと思ったってできないんだよ。あの先生との行動は、地獄巡りと同じだからな」

感心しきりの牛久と同じように、ほかの捜査員たちも驚きを隠せていない。使えない学者だと見下して笑っていたのに、初めからブレずに本質へ目をつけていたのは赤堀だけだったのだから。まあ、あからさまに態度を変えることはないだろうが、彼女の言葉には密《ひそ》かに着目するようになるはずだ。

「それにしても、肝心の頭と胴体がまだ出てきませんよ。あの場所に穴を掘って埋めたのは間違いないということですが」

「掘られた穴は、体全部が入るぐらいのサイズがあったらしいな。ただ、深くはなかったようだから、これも動物が引きずり出してるんだろう。降ってきたウジの量から考えても、あの場所に遺体があったはずだと赤堀も言ってるんだ。今度こそ近場で見つかるよ」

梅雨だというのに今日も蒼穹《そうきゅう》が広がり、一筆描きされたような細長い雲が尾根に沿ってにじんでいる。今はあらためて村への訊き込みがおこなわれており、加えて防犯ビデオは六月の半ばまで遡《さかのぼ》って再検証されていた。赤堀が出した死亡推定月日を加味してのことだろう。集落内では捜査車両と頻繁にすれ違い、岩楯はそのたびに軽く手を挙げて互いを労った。

車の窓を細く開けると、湿った風がぶつかりながら入り込んでくる。蛇行する村道のずっと先にあるのが、東の目印だという一本杉だ。閉じた傘《かさ》のような格好で葉を繁らせ、まっすぐ天へと伸びている。

「例のタクシーが駐まってたのはあそこだな」

岩楯があごをしゃくると、牛久は頷いた。

「昔は、あの杉を目印に仕入業者が村に入ってきたようです。道の突き当たりには、村でいちばん大きい貯木場があるので、今も車の出入りは頻繁ですよ」

「中丸の家もそっちの方角だ」

牛久はちらりと意味ありげな視線を助手席に向け、はいと返答をした。

「一本杉に雷が落ちないという言い伝えは、村のホームページやＰＲ誌にも積極的に載せています。村人以外も知ることのできる情報ですよ」

村の住人は事件とは無関係だと言わんばかりだが、そうは問屋が卸《おろ》さない。ただ聞きかじった程度の情報を、わざわざ電話で知らせるわけがなかった。

六本木からタクシーを走らせた男は、連絡を取りながら確実に村の東側を目指したことになる。高速から道なりに走れば必然的に西の集落へ入るのだから、電話の相手から指定されたのは間違いないだろう。が、果たして芸能人のような見かけの男と、岩楯が目をつけている中丸には接点があるだろうか。いや、そもそもタクシーの男が事件に関係あるのかどうかすらも不明だった。ここのところ、四六時中、この疑問ばかりが頭に浮かんでいる。

両側を森で囲まれた村道を上り切ったとき、ようやく一本杉の全貌が見えてきた。優に二十メートルはあろうかという桁外れの高木で、今まで雷の餌食にならなかったのが不思議としか言いようがない。そんな木の脇には、一台の車が駐められている。シルバーのワンボックスで運転席は無人。車体に目を細めると、八王子の「わ」ナンバーだった。

「レンタカーだぞ」

岩楯の言葉を受けて、牛久も身を乗り出してワンボックスを確認した。

「マスコミじゃないでしょうかね。四日市の駅からここまでの足がないので、記者が乗り合いみたいに何人かで借りていると村の人間から聞きましたが」

「村人はなんでもよく知ってんな」

取材を申し込むなり、逆に質問攻めにされている記者の様子が目に浮かぶ。通りすぎざまにレンタカーを見まわしたが、だれも乗っていないようだった。岩楯はひとまずナンバーを書き留め、道の周囲に気を配った。

貯木場の周りには木材加工場のプレハブが並び、巨大な門扉のようなクレーンが丸太を吊り上げてベルトコンベアへと運んでいる。今日は工場が稼働しているらしい。耳をつんざくような甲高いチェーンソーの騒音が山々に跳ね返り、こだまとなって音をめいっぱい増幅させている。

この前に来たときにはわからなかったけれども、近辺に民家が少ない理由はこれらしかった。東側は村の工場地帯といったところで、ひとたび機材のスイッチが入れば騒音で生活もままならない。中丸家は、ただ同然の値で家を借りているのだろうことに察しがついた。

牛久は大まわりで貯木場の細い脇道へ入り、そのまま裏手にある中丸宅の前に車を停めた。崩れかけたブロック塀《べい》や、古い型の軽自動車の上には何枚もの布団が載せられて干され、庭にある物干し竿にも大量の洗濯物が下げられている。

岩楯は車を降りて生活感のあふれる家へ向かったが、途中で足を止めていささか身を低くした。

「どうかされましたか？」

後ろから声をかけてきた牛久に、人差し指を立てて静かにするように伝えた。風にはためいているシーツの隙間から、一瞬だが人影が見えた。見覚えのない風貌《ふうぼう》の男で、岩楯を見てすぐに隠れたのは見間違いではない。

家の右側から裏手にまわり込むよう牛久に身振りで指示し、岩楯は慎重な足取りで門扉から家の敷地内に入った。玄関先には新聞紙が広げられ、並べられたザルの上では黄色い梅の実が大量に天日干《てんぴぼ》しされている。岩楯はシーツの隙間から家の脇を覗き込み、ゆっくりと足を進めた。

裏手には山が迫っている地形で、そこへ入らない限りは左右にしか行き場がないはずだ。そっと雑草を踏みしめながら歩を進めているとき、奥から牛久のくぐもった声が聞こえて岩楯はがばっと顔を撥ね上げた。

同時に、黒いキャップを目深にかぶった男が、ものすごい勢いで飛び出してきた。その後ろにもうひとり。腰を曲げるように体を前へ倒し、ベージュの帽子を手で押さえて走り出している。しかも、二人は迷わず岩楯のほうへ一直線に突っ込んできて目を剝いた。

「待て！　なんだおまえら！　警察だ！　止まれ！」

言うよりも早く正面から思い切り体当たりされ、岩栖はシーツを引っ掴んだまま、もんどりうって倒れ込んだ。物干し竿が落ちて洗濯物まみれになりながらも、腕を伸ばして不審者の足首に手をかけた。しかし一瞬だけだった。すぐにすっぽ抜けて走り去る足音が聞こえてくる。

「くそ！」

岩栖はまとわりつくシーツをなぎ払って立ち上がり、「牛久！」と声を張り上げた。すぐに返された「無事です！」の声を耳に入れ、そのまま道路に躍り出る。家から中丸の父親が顔を出したのがわかったけれども、振り返らずに不審者の背中へ視線を固定した。貯木場の脇へ入ったのが見え、そのまま全力で走り出す。

「主任！」

後ろから牛久の声が飛んできたが、「車をまわせ！」と怒鳴ってそのまま走り続けた。二人は何者だ。こんな真昼間から民家に忍び込み、警察の正面を切って逃亡を企てるなど普通ではない。

二人の男は岩栖の三十メートルほど前を走っているけれども、ベージュの帽子をかぶっているほうは少しずつ遅れはじめていた。若くはない。いや、老人か？　先頭を走る黒いキャップのひょろりと背の高い男は、重そうなリュックを背負って必死に走り、時折り苦しそうに脇腹へ手をやっている。体力はないようだ。岩栖は乱暴にネクタイを緩めて第一ボタンをはずし、全力で一気に加速した。

不審者二人は木材加工場に入って広い敷地内を突っ切り、そのまま村道へ飛び出している。二手に分かれて追手をまこうともせず、ただひたすら一列になって走っている姿を見て無性に腹が立った。いったいなんなのだ！　岩楯はぜいぜいと息を上げて血の味のする唾《つば》を吐き出し、距離を詰めにかかった。

そのとき、一本杉の脇に駐められていたシルバーのワンボックスが、ハザードを何度か点滅させたのが見えた。不審者がリモコンキーを使って鍵を開けている。あのレンタカーが連中の足か……。

サイレンの音が聞こえて後ろを振り返ると、牛久の運転するアコードが道を曲がってスピードを上げているところだった。岩楯は前方のワンボックスを指差して先に行けと伝え、とにかく走りに走った。

心拍数が急激に上がって咳が込み上げ、むせ返って息ができなくなりそうだ。不審者たちはレンタカーに乗り込んで、つんのめるように急発進をさせている。が、私道から顔を出した自転車と鉢合わせし、ワンボックスは避けようと大きくハンドルを切った。きしむようなブレーキ音を響かせながら、道路脇の雑草のなかへ突っ込んだ。後ろにつけていた牛久が、すかさず進路を塞ぐような格好でアコードを急停止させる。岩楯は、ひっくり返っている自転車のほうへ直行した。

「だ、大丈夫ですか？」

腰をさすりながら顔を上げたのは、繊細な美少年である俊太郎だった。

「き、きみか。け、怪我はないか？」

岩楯は究極まで息が上がり、まともに言葉を出すことすら満足にできないありさまだ。体を二つ折りにして咳き込んでいると、上から涼しげな声が落ちてきた。

「そっちこそ大丈夫ですか？」

汗が滴る前髪の隙間からちらりと見やると、俊太郎が立ち上がって体についた土を払っているところだった。岩楯は「そ、そこで待っててくれ」と言ってワンボックスへ走っていき、呆然《ぼうぜん》とハンドルを握っている男を確認してからドアを開けた。エンジンオイルの焼ける臭いが鼻を突く。男たちは、完全に戦意を喪失《そうしつ》しているように見えた。

「お、降りろ。このうだるような炎天下に何やってんだよ、いったい」

牛久は助手席のドアを開け、肩で息をして蒼ざめている男を引き降ろしている。運転していたのは四十前後ぐらいの男で、助手席にいたのは七十を越えていそうな老人だ。後部座席を覗き込むと、先ほどは見えなかった小柄な老婆がちんまりと座っていた。白い髪をまとめてとても品がよく見えるが、岩楯はあるものが目に入って素早く二度見した。

老婆の膝の上には、銀糸を織り込んだカバーのかかった骨壺《こつつぼ》が載せられている。そして反対側の座席に、若い女の遺影がシートベルトで固定されていた。

「ちょっと待った。いったいこれはなんの集団だ？」

ジョギングでもやるような格好の二人へ目を向け、牛久とも目を合わせた。すると相棒がなんともいえない情けない顔をして、車をまわり込みながら小走りにやってくる。その慌てようから、岩楯はある程度のことを理解した。

「もしかして遺族か？」

車に背を向け、やってきた相棒に岩楯は声を潜めた。

「はい。あの遺影ですが、二十一年前、中丸が起こした事件で犠牲になった女性です。先日も調べ直して、写真を見たので間違いありません」

岩楯は後ろを振り返り、所在なげにたたずんでいる男たちへ目をやった。二人ともぼんやりと遠くを見つめ、さっきの逃亡で見せた激しさは、うそのように消え失せている。

「またたいへんなもんが舞い込んだな……」

岩楯は口の中でつぶやき、とりあえず二人をワンボックスに戻すことにした。すると、後ろで小声がして振り返った。

「もう行ってもいいですか？」

Tシャツにジーンズ姿の俊太郎が突っ立っている。岩楯は細長い少年の全身に目を走らせた。肘を擦《す》り剝いているようだが、ほかに目立った外傷はないようだった。

「あとで警官をまわらせるから、家にいてもらえると助かるよ。怪我は大丈夫か？」

「はい」

「ところで学校は？　まだ夏休みじゃないはずだが」

「試験休み」

あいかわらず覇気のない顔をしているものの、それが一種の魅力になっているのも間違いない。岩楯は自転車で走り去る俊太郎を見送ってから、ワンボックスのドアを横にスライドさせた。

いちばん後ろのシートと二列目が向き合うようにセットし直し、遺骨を抱えている老婆の隣に岩楯が収まった。向かい側には帽子を脱がない年老いた父親が腰かけ、その脇には白髪混じりの短髪をした息子が座る。牛久は運転席に乗り込んでエアコンを点け、メモ帳を開いて緊張した面持ちをした。彼らは名前や住所などを、聞かれるがままに拍子抜けするほど素直に答えていた。

「さて、芝浦《しばうら》さん。まずはあの家で何をやっていたのか教えてもらえますかね」

岩楯が止まらない汗をぬぐいながら尋ねると、頰がこけている痩せぎすの息子がうつむいたままずばりと言った。

「人殺しの見張りです」

「なるほど、人殺しの見張り」と岩楯は繰り返した。

「お父さんはどうです？　真昼間から、住居侵入を犯して見張っていたんですか？　そこらじゅうに警官がいるリスクを踏んでまでも」

「我々がやつを見張らなきゃ、だれがそれをやるっていうんです？　警察に言ったって、何もしやしないだろ」

特徴のある東北訛りだった。

「張り込みの鉄則は、距離を取ってターゲットに勘づかれないことなんですがね。あなた方がいたのは家のすぐ脇ですよ？　接近戦というわけですか」

二人は何も答えずに黙り込んでいる。岩楯はようやく汗が引きはじめ、ひと息ついてから質問を変えた。

「ついでになんですが、息子さんのほうは六本木からタクシーでこの村に来たりしませんでしたかね。六月の話なんですが」

芝浦親子はちらりと視線を交わして、首を横に振っている。

「では、四十ぐらいの髪の長い男を知っていますか？　東北訛りのある芸能人のような派手な見た目の男です」

これにも反応はない。言葉を待つように時間を置いたけれども、何かを隠して黙っているようには見えなかった。今回ちょくちょく登場する東北訛りに関する情報を、偶然の一致として片付けたくはない。が、ひとまず頭のなかにしまい込んだ。

岩楯は二人の様子を窺いながら、おもむろに父親の足許にある黒いリュックサックへ手を伸ばした。親子は目に見えるほど体を震わせたけれども、唇を引き結んで手出しはしなかった。

「ちょっと中身を確認させてもらいますよ」

かなりの重さがあるリュックだ。ファスナーを開けるなり、まず目に飛び込んできたのは風船のように膨らんだビニール袋だった。これはなんだ？　岩楯は慎重にそれを取り出し、まじまじと中身を確認する。また厄介なものが出てきたものだ。

「ええとですね。これはなんですか。袋の中に大量の虫がいるようですが」

向かい側に座る二人は一瞬だけ顔を見合わせたけれども、父親が咳払いをしてかすれた声を出した。

「蚊《か》ぁですよ」

「そうですよね、千匹ぐらいはいますか」

岩楯が振り返って袋を牛久に渡すと、相棒は口をぽかんと開けてしばらく中身を見つめた。袋の中ではシマカが一斉に飛びまわり、まるでうなりを上げる黒いボールと化している。岩楯は警戒しながらリュックを覗き込み、次に二リットルのペットボトルを三本、取り出した。中身はすべて緑色ににごった水で、五ミリぐらいの何かがうじゃうじゃと動いているのが見える。

「こっちは水の生き物。まさかとは思いますが、大量のボウフラですかね？」

老人は帽子のつばをしきりに触り、落ち着きのなさで肯定を示している。さらにリュックの奥から、ずっしりと重いコンビニの袋が覗いていた。岩楯は、おそるおそる結び目を解《ほど》いて中身を確認した。一瞬クモかと思ってたじろいだけれども、よく見ればおびただしいほどの綿毛だった。

「これは？」

「植物のタネです」

「なんの？」

「……セイタカアワダチソウっていうののタネですよ」

いったい、どうしたものだろうか。岩楯は目頭を指で押して、無言のまま座っている隣の母親を盗み見た。

この親子は中丸が越す先々を突き止めては通い、徹底的に嫌がらせをしているのだろう。庭を雑草だらけにして蚊を放ち、どこかの水場にボウフラを流し込む。ほかにも考えられないようなことをやっているに違いない。しかし、それにしてはやり方がせせこましすぎやしないか。復讐というなら、方法は限りなくあるだろうに……。

そう思ったとき、助手席から牛久が神妙な面持ちで紙の束を差し出してきた。それは「中丸聡は殺人者！　この家には人殺しが住んでいる！」などと朱色の毛筆で書き殴られている中傷ビラだ。やり方がちぐはぐすぎるけれども、未だに娘の死を受け入れられない哀れな遺族の末路だった。

「芝浦さん、こんなことはやめましょう」

岩楯が感情を見せずに言うやいなや、父親が声を裏返して食ってかかった。

「なんでやめんだ？　なんで被害者だけが苦しむ？　人ひとりを殺しておいて、のうのうと暮らしていける世の中が間違ってるだろう！」

「妹にはなんの落ち度もない。悪党どもが車から鞄を引ったくった。体が引っかかって抜けなくて、三百二十メートルも引きずられたんだ！　わかっか？　三百二十メートルだぞ！　運転してたのは中丸だ！　妹が引きずられてるのを知りながら、振り落とそうとしてガードレールにこすりつけたり、電柱にぶっつけたりして残酷に殺したんだよ！」

「あんたにはわかるまいよ。上っ面しか見ないくせに何が警察だ！　何が捜査だよ！　ただの役所仕事とおんなじじゃないか！　あんたらには人の心がないんだよ！　所詮は他人事《ひとごと》だ！」

父親は興奮のあまりむせ返り、治まらないうちにまた声を荒らげた。

「ご、強盗致死ってなんだ？　え？　こんなもんは殺人だべよ！　娘は二十一ヵ所も骨折してたんだぞ！　顔もわかんなくなるほど傷がついて、まだ十九年しか生きてなかったのに、あいつらに殺されたんだ！」

父親と息子は止まらなかった。代わる代わるに罵倒《ばとう》を口にし、中丸や共犯者、そして警察と司法関係者を殺すような勢いでののしっている。岩楯は、黙って二人の言葉に耳を傾けた。

二十年以上納骨《のうこつ》もせず、娘や妹を失った悲しみに囚われながら、今はそれを原動力に生きている。郡山からこんなことをするためだけに通っているのかと思うと、無性にやるせない気持ちになった。わざわざレンタカーまで借りて、足がつかない工作をした気になっているのがなお切ない。げっそりと痩せこけている息子は、青春や人生のすべてを捨てて、敵の出所の時を待ち構えていたのだろう。これをどこまで続ける気なのかはわからないが、憎悪を糧《かて》にする危険な生き方だった。

二人ははあはあと息を上げ、顔を真っ赤にして正面から睨みつけてくる。岩楯は慰めや同情の言葉を一切かけずに、またさっきと同じことを口にした。この家族は、娘の死と決別しなければならない。

「芝浦さん、こんなことはやめましょう」

すると横で、ずっと無反応だった母親がくすくすと笑いはじめた。愛おしむように遺骨を撫でて、優しげな細い声を出した。

「あとふたあり。あとふたあり……待っててねえ。もう少し」

あと二人？　その声は岩楯の脳裏をざらざらとこするようで、思わず奥歯を嚙み締めた。母親はあからさまに壊れているが、父と子も内側は同じかもしれない。もう戻れないところまできてしまっている。

「娘さんの事件にかかわった三人のうちのひとりが、二年前に死亡していますね。一家心中している」

岩楯は父親の血走った目を見つめた。

「だからなんだ？」

「あなた方はこれと同じようなことをやった」

「さあな。死ぬのは向こうの勝手だ。罪の重さに耐えられなけりゃあ、死んで逃げるしかあんまいよ。知ってっか？　ビラには効果なんてねえんだぞ。暴力にも効果はねえ。俺らにはそれがよっくわかってる。やり方ってもんがあるんだ。追い詰める方法だよ。中丸はまだ足りん。連中にはまだまだ苦しみが必要だ」

岩楯は牛久に目配せし、署から応援を呼ぶように伝えた。おそらく、加害者が無理心中をするまで追い込んだのは芝浦一家だ。このまま放っておくわけにはいかなかった。

「ところで刑事さん、この村で殺人事件が起きたみたいだね。犯人は捕まったのかい？」

牛久はドアを開きかけたところで動きを止め、岩楯は「捜査中です」とひと言で終わらせた。そこにかぶせるように息子がふんっと鼻を鳴らし、吐き捨てるような声を出す。

「まったく、居着いた先々で問題を起こす外道《げどう》だ。これっぽっちも反省なんてしちゃいない。殺ったのは中丸だよ。俺らはよ、やつが死体が入った袋を担いでんのを見てるんだ」

「なんだって？」

岩楯はすぐさま息子の目を射抜くように見た。背後では牛久が息を飲んでいる。

「いつの話だ？」

「六月十九日。午前さまになろうってときに、サンタクロースみたいな頭陀袋《ずだぶくろ》を持って、家の裏手を歩いてたよ。黒く汚れたでかい袋だ。あの男も泥まみれ。嵐みたいな大雨が降った日だから、よっく覚えてる。そのときは何やってんだと思ったが、あとになってニュースで知ったんだ。きっとあれは死体だな。やつは、また人殺しを始めたんだべよ。今度こそ、地獄さ落とす必要がある」

かっと目を見開いて喋る男から、岩楯はひと時も視線を離さなかった。中丸憎さで陥れようとしているのか。それとも本当に何かを見たのだろうか。どうにか言葉の真偽を見極めようとしたが、あまりにも狂気が先走っていてよくわからない。

しかし、六月十九日という日にちは、赤堀が弾き出した死亡推定と重なっているうえに、六本木からタクシーで男が乗りつけた日でもある。マスコミの報道は警察関係者のリークにより、七月の初めに殺されたことを示唆するものがほとんどだった。なのにこの男は、表に出ていない本質的な部分に触れている。

「ほかに見たものは？」

岩楯が続けざまに質問をすると、息子はにやりと歪《ゆが》んだ口角を上げた。身震いが起きそうなほどぞっとするような笑みだった。

「ないですよ。俺らも生活のために働かなきゃならんし、毎日寝ずに見張ることもできないからね。でも俺にはわかる。あれはバラバラにされた死体だ。やつがやりやがった。だけど、まだまだ警察には渡さんよ」

尖ったあごをぐっと引き、男はおかしな光り方をする目を岩楯から離さなかった。

4

四日市署のパトカーに乗せられて去っていく三人に、これといった表情はなかった。父親はしきりに岩楯のほうを気にしていたけれども、最後まで、自分たちのしていることは正しいと疑わない目をしていた。二十年以上も復讐の炎を燃やし続けてきた親子に、それが間違いだと伝える術《すべ》があるのかどうかもわからない。

悶々《もんもん》としながらアコードに乗り込むと、すぐ運転席に戻ってきた牛久が何度か深く息を吸い込んだ。遺族のありようを見てのショックが隠せず、しかし現実を受け入れなければと腐心しているようだった。

「彼らの気持ちは痛いほどわかります。なんの罪もない娘が理不尽な死に方をしたのに、加害者は生きている。刑期をまっとうすればすべてがチャラになって、人生の再スタートが切れるんですから」

「本気でそう思ってんのか？」

岩楯は捜査資料をめくりながら低い声を出した。牛久は、もう一度深呼吸をしてから苦しげにかぶりを振った。

「いいえ。中丸の両親を見れば、加害者側もどれだけ苦しんできたかがわかる。彼らは転居を繰り返しています。遺族の嫌がらせでいられなくなったのもあるとは思いますが、とにかく常にこわいんですよ。息子の過去がいつバレるのかとびくびくして、近所付き合いもできないし、人と親しくすることもない。できるだけ目立たないように、神経をすり減らして暮らしている。そ、そんなのは、生きていると言えるでしょうか」

牛久は洟《はな》をすすり上げ、感極まって涙がにじんできた目許をごしごしとこすった。

「なんというか、悔しいですね。ものすごく悔しい……。全員が不幸です。犯罪者を裁いたところで、だれも元の生活には戻れない。遺族は気がふれるほど苦しんでも、その果てがまったく見えないでいる」

「それが人を殺すってことだろう」

岩楯はファイルを閉じた。

過去に起きた事件の遺族、そして、加害者の家族が次々と頭に浮かんできた。それぞれに深すぎる苦悩を抱え、波打つような感情を持て余しながら必死に生きているのは同じだ。そこに取り込まれて翻弄《ほんろう》されないよう、自分は常に一歩引いてものを見る癖がついている。事務的、冷淡、非情……。今まで、この手の言葉を何度浴びせられたかわからなかった。

ポケットからハンカチを出して、涙と鼻水をぬぐっている牛久を眺めた。

「おまえさんは心あるおまわりだな。だから、自分は自分で守る必要がある。村には依存しないほうがいい。精神的に距離を置くことだ」

そう言い切ったとき、胸ポケットで携帯電話がむずかるように震えた。モニターを見ると、課長の名前が点滅している。

「今日は厄日か？　いったい今度はなんだよ……」

岩楯は通話ボタンを押して電話を耳にもっていった。ざわついているなかで、一課長の低い抑揚のない声が聞こえてくる。そして次の言葉を聞いた瞬間、岩楯は思わず声を張り上げた。

「なんですって？」

電話を首に挟み、手帳を引っ張り出して読めないような乱れた文字で言葉を書き取っていく。上司は要点だけを簡潔に口にし、そういうことだからと締めくくって電話を切った。岩楯はしばらく電話を首に挟んだまま、自分のメモを何度も読み返した。

「何かあったんですか？」

ただごとではない様子に、牛久が体ごと岩楯のほうへ向けてくる。泣き止《や》んだ子どものように瞼《まぶた》と鼻先だけが赤くなっていた。岩楯は電話をポケットに戻しながら言った。

「国分寺《こくぶんじ》でバラバラ死体が見つかった」

「はい？」

相棒は素っ頓狂な声を上げている。岩楯はドアポケットから地図を引き出し、手荒にばさばさとめくって国分寺のページを開いた。指でたどり、今さっき聞いた公園でぴたりと止める。国分寺と府中《ふちゅう》のちょうど境目にある、そこそこ大きな公園だ。

「場所は窪西《くぼにし》公園。池が二つある緑地公園だな。そこのゴミ箱から、右脚が見つかったそうだ。足首、脛、太股の三つに切断されてるらしい」

「ちょ、ちょっと待ってください。村で見つかった遺体と関係あるんですか？」

「まだわからん。ＤＮＡの結果は、最速でも明後日の朝ぐらいになるだろうから。だが、血液型はＡプラスでガイ者と同じ。腐り果ててるみたいだが、男の脚らしい。もう神宮医師のところへ運ばれてる」

「だって、遺体はあの場所に埋められていたんじゃないんですか。ウジが降ってくるほど大量に湧いて、穴が掘られていたあの場所に……」

　牛久は早口で捲し立ててむせ返った。

「巷でバラバラが流行ってなけりゃ、おそらく村の死体と同一だろう。そこらにいる異常者だって暇《ひま》じゃない。こんなすぐに模倣《もほう》はしないだろ」

　岩楯は舌打ちした。しかし、考えれば考えるほどわからない。山に埋めて証拠隠滅《いんめつ》を謀ったのなら、なぜほかの部位を目立つ街なかに捨てる必要がある？　バラバラにして四方八方に遺棄するつもりであれば、わざわざ手間暇をかけて山中に埋める必要などなかったはずだろう。岩楯は地図をドアポケットに突っ込んで、愕然《がくぜん》としている牛久に言った。

「ちょっとスマホで、窪西公園のゴミ収集日を調べてくれ」

了解、と言って牛久は慌ててスマートフォンを取り出し、指を滑らせながら検索していった。すぐに顔を上げる。

「公園のゴミは毎日収集されています。夕方までに公園内全部のゴミが集められて、翌日の朝に収集車がもっていく。ただ、今日は祝日なので収集はありません。公園内のゴミの保管場所に集められているだけですね。プレハブ小屋のようなところです」

「見つかったのはそこじゃない。池の脇にある、みんなが使うゴミ箱だよ」

そうなると、収集が終わった昨日の夕方から今日、発見されるまでの間に捨てられたことになる。そして、問題なのは死体の扱いだった。

「赤堀が出した死亡推定は、六月の三週目だぞ。今日は七月二十日だ。ホシは、ほぼ一ヵ月もバラバラにした脚を手許に置いていたことになる」

「信じられない……頭がおかしい。いや、初めからそうじゃないかと思ったんです」

「死体をバラバラにするのはいかにも異常者の仕業に見えるが、実際は小さく目立たなくして捨てるためがほとんどだ。しかも、女がやる場合も多いんだよ。だが、このやり口を見る限りは違うな。一ヵ月も保管したり、三等分しただけの脚を公園のゴミ箱に捨てるなんてのは、おまえさんの言う通り、どう考えても頭のおかしいやつの仕業だ」

そうは言っても、端々に引っかかりがあることには変わりはなかった。山に穴を掘って死体を埋めるというのは、ある種真っ当な遺棄のやり方だ。しかし今起きていることは、あまりにもそこからの乖離《かいり》がありすぎる。

「まさかとは思うが、腕の動脈付近を切ったのも、神宮医師の考える通りイカれた意味があるんじゃないだろうな……」

曖昧な情報だけに重要視していなかったけれども、今起きていることとの親和性があるような気がした。牛久は顔をしかめて腕組みをしている。

「管理官も言っていましたが、バラバラに腕を切断すれば、おのずと血管だって切れるんです。わざわざ血管だけを狙う意味がわかりませんよ。しかもあの傷は死後のものですし」

「死後の血は固まらない流動血だ。解剖に立ち会えばわかるが、動脈を切れば心臓が止まっていても相当な血が出るんだよ」

「まさか、し、死後の血を死体から抜き取ったと？　なんのために？」

牛久は声を裏返した。

「わからん。だが、頭がおかしいやつってのは、人が考えつかないようなことを思いつくもんだ」

だからといって、犯人は異常者だと決めつけるのも危険だとは思っていた。岩楯はさらに考えを掘り下げようとしたが、苛つきながら首を横に振った。

「ＤＮＡが出てからしか動きようがない。とりあえず、中丸の家へやってくれ。さっきは話を聞きそびれたからな」

それから中丸宅へ向かい、玄関先に出てきた母親に、まずは庭先をめちゃくちゃにしたことを詫びた。洗濯はやり直されてきれいに干され、蹴散らされた植木鉢は元の位置に重ねられている。軒先《のきさき》に天日干しされている梅の実を見て、岩楯は母親にやんわりと忠告することにした。

「外に出したものを、口には入れないほうがいいかもしれません。何かよくないものがついていてもおかしくないと思うので」

母親は、不思議なことを言う刑事だとばかりに、まじまじと顔を見つめてくる。

岩楯は、狭い敷地のあちこちに目を走らせた。葛やらセイタカアワダチソウ、イネ科のよくわからない雑草がはびこっているのは、被害者遺族の芝浦家が仕込んだ結果なのだろう。食べ物に毒を盛るというような感性ではないと思うが、勢いで何をやっていてもおかしくはない。

今日も小火《ぼや》ほどの勢いで蚊取り線香が焚かれているにもかかわらず、それをものともしない蚊が血を求めて一斉に集まってくる。岩楯は手で払って眉根を寄せた。さっきは手ぬるい嫌がらせだと思ったけれども、まったくそうではない。精神が少しずつ蝕《むしば》まれていくような、ひどい生活環境としか言いようがなかった。蚊の羽音が耳に入るたびに苛つき、おそらく熟睡することもままならないはずだ。そして、どれだけ手を打とうとも一向に減ることはないのだから疲弊する。

気を取り直して家の中で話したい旨を伝えると、母親は不安そうにしながらも快く招き入れてくれた。

「息子さんはお仕事ですか？」

出された麦茶に礼を述べて口をつけ、岩楯は手狭な居間を興味深く見まわした。最低限の家財道具しかないがきれいに整頓され、使い勝手も居心地もよさそうな空間だった。天井付近の壁には、二代前までの先祖の写真がかけられている。みな額縁に収まって、いかめしい顔で部屋を見下ろしていた。どこか懐かしさを感じる風通しのいい家だ。このむせ返るような、蚊取り線香の煙が漂っていなければ申し分ないのだが。

「息子は派遣の仕事で出てるんです。登山口の駐車場にある電線に、木の枝が伸びてかかっているみたいで。定期的に枝打ちする仕事をもらってるんです」

「そうですか。旦那さんは？　さっきはおられたようですが」

「町まで買い物に行ってもらってますよ。あの、あたしは車ができないから、いっつもみんな頼んじゃって……」

彼女は、すべてにおいて申し開きをしなければならないとでも言うように、ちらちらと二人の刑事を盗み見ている。灰色の髪は櫛目も通らないままひっつめられ、色の白い小さな顔はシワだらけだ。この気の毒な母親をこれ以上苦しめたくはないけれども、聞かなければならなかった。

「今日伺ったのは、息子さんの様子を教えていただきたいからなんです」

「だから、こないだ言ったみたいに、なんにも知らないんです」

母親は以前と同じように過剰反応をした。

「ひ、人を殺してバラバラにするなんて、そんなおそろしいことできないですよ。うちのが、ぜ、前科者だから疑ってるんですか？」

「そうじゃありません。ですが、息子さんの行動には明らかにおかしなところがある。それはお母さんもご存じですよね？」

「う、うちのは情緒不安定なんですよ。人と喋んのが苦手で、友達だっていない。夜中に出歩くのも、工事現場の夜勤で昼間と夜が逆転しちまうからなんだ。わ、わざわざ夜を狙って外さ出てんじゃないんだよ」

年老いた母親はうろたえながら感情的になったが、すぐしまったというような顔をして、より一層小さく背中を丸めている。その様子をしばらく見つめていたけれども、事件について何かを隠しているようではなかった。おそらく、息子を心の底では信じ切れず、かばい通すことができないというのが彼女を苦しめている最大の要因なのだろう。もしかして……という気持ちを捨てられないでいる。

岩楯は、もうもうと立ちこめる蚊取り線香の煙をふいに吸い込み、ひとしきり咳き込んでから話を先に進めた。

「実はですね、今さっき、おたくの裏庭に入り込んでいる者を捕まえたんですよ。芝浦さんという方なんですが」

「え！」

そう言ったきり母親はしばらく固まり、やがて半開きの口を小刻みに震わせた。もともと白い顔が見る間に蒼ざめて、唇の色もなくなっていく。そして岩楯と牛久を交互に見つめ、おろおろと身じろぎを繰り返した。

「な、なんでここがわかった？　なんでだ？　と、父ちゃんに知らせないと。今すぐ知らせないと、村のみんなにバレちゃったらここにはいらんねえよ……」

母親は古びたTシャツの裾をぎゅっと握りしめてから、立ち上がろうとテーブルに手をついている。岩楯は、両手を上げてそれを制止した。

「中丸さん、どうか落ち着いてください。彼らは署のほうへ連行して話を聞いています。もうこんなことはしないように、なんとか説得できればと思っているんですよ」

「説得なんてできるわけないよ。だって向こうは悪くない。うちがみんな悪いんだもん、どうしょもねえよ。し、芝浦さんとこの娘さんを殺したのは、うちのやつなんだから。し、死ぬまで恨まれんのはしょうがねえ。それしか自分らにやれることはねえもの……」

彼女は涙を盛り上がらせ、近くにあったティッシュを引き抜いて目頭に押し当てた。牛久はまた感情の波に飲まれて、調書をとるペン先を震わせている。本当に気の毒で見ていられないほどだが、この不幸な関係性を変えられそうにはないと岩楯は思った。芝浦一家は正気を失いかけており、中丸夫婦はそれを知りつつ完全に受け入れてしまっている。共依存の関係だ。今まで、何をされても見逃してきたのだと悟った。

それにしても、両親の苦悩を間近で見ているはずの息子に、収拾をつけるつもりがないのが腹立たしい。遺族からの賠償請求にも親が応え、生活は完全に破綻《はたん》しているではないか。四十四にもなって勝手気ままに生きているようにしか見えず、どこまでも不信感が募る男だった。

岩楯はすすり泣く老婆が落ち着くまでしばらく見守り、彼女が「すいません」とか細い声を出したところで質問を再開した。

「昨日、息子さんは同じ現場で仕事でしたか？」

「はい。今月いっぱいはやるように言われてるみたいだから」

「夜は家に？」

　母親ははい、と即答したけれども、少しだけ考えて首を横に振った。

「昨日は車で出かけてった。たぶん、街のパチンコ屋だと思うけど、よくわかんないな……」

「息子さんの様子が急に変わったりとか、おかしなことを言ったりというのはなかったですかね。だれかと揉めているとか」

　その問いに対し、母親は情けない笑みを浮かべた。

「うちのはいっつもおかしいから、よくわかんないよ。でも、だれかと揉めるようなことはないと思います。とにかく気が小さいし、昔っから、なんかあったらすぐ謝って逃げるような子なんだ。かっとなることもない。未だに父ちゃんに叱られてめそめそ泣くようなやつだよ。でも懲《こ》りない。どうしょもねえな」

「友達はいないとおっしゃいましたが、家にだれかが訪ねてくるようなこともないですか？　電話がかかってきたり」

「ないねえ」

　ため息とともに吐き出し、老婆は水滴の伝う麦茶のグラスをじっと見つめた。パソコンも携帯電話もないようで、外との接点は仕事かパチンコのみ。唯一、村で声をかけてくれるのが巫女であるちづるということだった。

「綿貫ちづるさんにひどい虫刺されの手当てをしてもらったとか」

そう言ったとたん、母親は少しだけ顔を明るくした。

「ちづるちゃんには、本当にお世話になってるんですよ。あたしにもできる簡単な内職をいっぱいまわしてくれて、しかもお給料を上乗せしてくれたこともあんだ。うちのは『馴れ馴れしい』なんて悪態ついてたけど、心では嬉しかったんだと思うんだよ。内職を届けにちづるちゃんがくっと、用もないのに座敷さ顔出したりすっから」

「そうですか。ちなみに、この少し先に住んでいる一之瀬さんをご存じですか？　高校生の息子と父親の二人暮らしの」

「ああ、はい……」

母親の顔色がまた急激に曇った。もう問われる前に言ってしまおうと思ったらしく、老婆は声を裏返して告白をした。

「うちのが、一之瀬さんの自転車を盗んだって。すぐ見つかって返したんだけど、すごい剣幕でうちにきて、警察を呼ぶって言われたんです。とにかく謝って、息子にも土下座させて許してもらったことがあります。前にも一之瀬さんの畑から、スイカとかカボチャを盗ったことがあったから、もう次はないぞって」

そして一之瀬は中丸に不信感を持ち、ネットで過去を調べ上げたというわけだ。何度注意を受けても水源で泳ぐことを繰り返しているあたり、中丸はルールを守るという認識に重大な欠陥がある。それは軽犯罪についてだけだろうか。

「ところで六月十九日のことなんですが、嵐みたいな雷と雨で道路が冠水《かんすい》した日です。その日の夜、息子さんはどこかへ出かけませんでしたかね」

その質問への反応は激しいものだった。びくりと肩を震わせて目を泳がせ、もじもじと指先を動かしている。そしてテーブルに両手をついて、いきなり頭を下げてきた。

「す、すいません。父ちゃんもうんと怒ったんだけど、どうしても癖が直んなくて」

「癖？　何があったんです？」

「あ、あの、山さ入ってキノコを採ってきちまって」

「キノコ？　まさか、トキイロヒラタケですか？」

いきなり牛久が隣で口を挟んだ。

「トキイロ？　なんだそれは」

「仙谷村で名産にしようとしている桃色の珍しいキノコです。広葉樹の倒木に生えるので、森の一ヵ所に栽培する場所をつくったんですよ。それが、六月の末に全部なくなって騒ぎになりまして」

「すいません。よく言って聞かせますから。ホ、ホントにすいません」

老婆はテーブルに額をこすりつけて謝っている。

「もしかして、去年、マツタケも盗りませんでしたか？」

牛久の声がどんどん硬質になっていく。どうやら、中丸には病的な盗癖があるようだが、両親が毅然《きぜん》とした態度を取れないのも問題なのだろう。ということは、芝浦一家が目撃した頭陀袋の中身は、キノコということになるが……。きれいにつながりはするけれども、どことなく腑に落ちない感じもする。すべてにおいて怪しいのに決定打には欠け、どうにも行動パターンが浮かび上がってこない男だ。

岩楯は老婆の目をまっすぐに見て言った。

「中丸さん、息子さんの部屋を見せてもらえませんか？」

母親は強硬に拒むだろうと思ったけれども、もう気を揉むのに疲れてしまったらしかった。ややあってからテーブルや戸棚に手をかけながらのろのろと立ち上がり、こっちです、とレースののれんのほうを指差している。

腰の曲がった小さな老婆のあとについて、岩楯と牛久は煙幕が張られたような薄暗い廊下を進んだ。梅やくだものを漬けるのが趣味らしく、廊下にはさまざまな色をした漬物がガラス瓶に詰められて並んでいる。ぎしぎしと派手なきしみを上げる廊下のいちばん奥、洗面所の隣にあるのが中丸の部屋らしかった。

母親は一瞬だけ躊躇したものの、強ばった顔で息子の部屋の襖《ふすま》を一気に開けた。

ハエも尻込みするようなひどいありさまを想像していたのだが、驚くぐらい整頓された六畳間に二人の刑事は目をみはった。布団は畳まれて黄土色の土壁に押しつけられ、小さな文机《ふづくえ》がその脇に置かれている。カラーボックスにも、大きさ別に分けられた雑誌が整然と収まっていた。縦横の直線が過剰にそろえられたこの部屋は、ある意味、刑務所そのものだ。十四年間の服役で染みついた習慣なのだろう。

たたみ敷きの部屋に入ると、みしりと床が音を立てた。岩楯は部屋の中央に立って全体を見まわしてみる。柱には隙間もないほど煙草の銘柄のステッカーが貼られているが、これも定規《じょうぎ》で計ったように均等だ。それ以外に、部屋を装飾するようなものはない。

次に文机の脇にある小さな物入れを開けた。ボールペンや鉛筆などが仕切りにきっちりと並べられ、キャラクターの絵が描かれたメモ帳が何冊かある。帳面をぱらぱらとめくってみた。何も書かれていない新品だ。下の引き出しには木を削り出した手作りの器が入れられ、その中に車の形をした小さな消しゴムが山ほど入っていた。

戸口へ目をやると、不安げな面持ちをしていた母親の姿が消えている。岩楯は、牛久に彼女の様子を見ているように指示し、引き続き小さなテレビが置かれている床の間を調べた。アクリルのケースには、ポルノとパチンコ関連のＤＶＤだけ。カラーボックスの雑誌類も、だいたい同じような内容だった。

押し入れを開ける。工事現場の三角カラーコーンや飲み屋の看板、さまざまな苗字《みょうじ》の表札や自転車のベルなど、どこかからくすねてきたと思われるがらくたが整然と詰め込まれていた。しかし、奥に押し込められているものを見て、岩楯の心臓がひときわ大きな音を立てた。

半透明のゴミ袋に、黒い物体が入れられている。透けているのが絡まった長い髪の毛なのは、ひと目見てわかった。

岩楯は手を伸ばして慎重に袋の口を開け、おそるおそる中を覗き込む。そしてひと呼吸を置いてから意を決して手を突っ込み、ゴワついた髪の毛を鷲摑みにした。

カツラだ。岩楯はほっとして息を吐き出した。いくつものカツラが薄気味悪くもつれ合い、何か別の生き物のようにひと塊になっている。これも盗んだ戦利品なのだろうが、見境がないとしか言いようがなかった。

果たして、この部屋の主に人殺しや死体損壊ができるだろうか。ましてや猟奇性を匂わせ、異常とも思える工作を端々に織り交ぜる感性をもっているのかどうかが摑めない。岩楯は押し入れの天袋まで確認し、戸を閉めて六畳間の隅に立ち尽くした。知性を感じるものがない。調香師のちづるが中丸を六歳児と称したけれども、まさにその通りの暮らしぶりだった。

岩楯は両手で顔をこすり上げた。個人的な空間からは手癖の悪さぐらいしか読み取れず、中丸という男がますますわからなくなっていた。

5

「ここが赤堀先生のオフィスですか」

牛久がほったて小屋を前にして目を輝かせた。

巨大な樫《かし》の枝葉に飲み込まれるような格好で、にわか造りの小屋が建っている。建物を取り囲むように篠竹が何本も地面に突き刺さり、その先には地下足袋やガラス瓶、よくわからないプラスチックの道具などが洗って干されていた。その重さによって篠竹がしなり、まるでバネのようにひっきりなしに弾んでいる。

おびただしい数の風車や、卒塔婆《そとば》が供えられた墓場を連想するのは自分だけではないはずだ。しかもちょっと見ないうちに小屋は蔦に完全寄生され、天然の迷彩柄になって周りの草木に擬態している。

「よくこれを見てオフィスなんて言えるな」

岩楯は、半ば感心しながら声を出した。池《いけ》ノ上《うえ》の大学にある最果ての地では、夏の陽射しがより一層強くなったように感じられる。うなじをじりじりと灼いて痛いほどだった。

「今思えば、最初に見たときがいちばんまともだったよ。ただの小屋だった」

「いい雰囲気じゃないですか。都会の真ん中にいながらにして、大自然の息吹を感じることができる。さすがですよね」

「廃材の息吹しか感じないが」

錆《さ》びついた蝶番《ちょうつがい》で固定された外木戸を開け、岩楯は「法医昆虫学教室分室」と書かれた敷地に足を踏み入れる。小屋のなかはうだるような暑さなのだろうと辟易してドアを開けると、意外にもひんやりとした風が流れてきた。

「ああ、二人とも遠いとこお疲れさま。捜査会議、出られなくてごめんね」

桃色のTシャツ姿の赤堀が、戸口に向けて手を振ってくる。半袖を肩口までまくり上げ、それほど長さのない髪を高い位置でむりやり束ねていた。後れ毛が線香花火のように四方へ飛び出している。

「小屋が涼しくなったのは気のせいか？」

岩楯は物であふれ返った室内に入った。もちろんエアコンはなく、天窓と壁の蛇腹《じゃばら》窓が開けられているだけだ。

「緑のカーテン効果だよ。ゴーヤを植えようかと思ったんだけど、いっそのこと丸ごと蔦にしたらどうかと思ってさ。外より二度低いと、人はすごく涼しく感じるからね」

「カフェのようですね」

やけに褒《ほ》めながら、牛久は小屋のなかを興味深げに見まわしている。あいかわらず壁には隙間もないほど付箋やメモが貼りつけられ、風によって不気味にざわめいていた。

赤堀は作業台の下から丸椅子を二脚出して並べ、どうぞと手を向けてきた。

「外に刺さってる篠竹は？」

「あれは、カラスがあんまりにも悪さをするから懲らしめてんの。しなって上下に動くものがこわいみたいだよ。さっきもわざわざ偵察しにきて騒いでた」

「カラスじゃなくてもこわい」

岩楯は湯飲みに注がれた麦茶を気の済むまで検分し、虫入りではないと納得してから口をつけた。赤堀は向かい側に腰かけたとたんに、にこやかだった顔からすっと笑みを消している。

「ついにDNAが出たね。国分寺から見つかったヒトの右脚は、仙谷村の被害者のものだった」

「そうだな。ついでに昨日の夕方、山ん中からようやっと胴体の一部も見つかったぞ。腹から上の部位だよ。ウジが降ってた現場から目と鼻の先だったが、まあ、ひどいありさまだった」

「うん。今朝、こっちにも現場の虫が届いてる」

「赤堀先生が発見したあの場所を掘り返して、また別の場所に埋め直した形跡がありますからね。何を考えているのかわからない異常者です」

牛久は憤りを隠さないで吐き捨てるように言った。

遺体発見現場はすさまじい状況だった。ビニールにくるまれて薄く土がかけられていたが、細菌による自家融解が始まっていたせいで液化が進み、検分どころか手のつけようがなかったと言っていい。そのうえ、ウジの雨が止めどなく降り注ぐ高温多湿の空間だ。捜査員の何人かは卒倒したし、みな代わる代わる嘔吐に走るという地獄絵図だった。緊急捜査会議がおこなわれ、国分寺の管轄である小金井《こがねい》署との合同捜査が決定している。

「現場写真を見たけど、すごくおかしな感じがした」

赤堀が腕組みをして難しい面持ちをした。

「あばら骨を切って胴体を二つにするなんて、いったいなんなんだろう」

「まあ確かに、ウエストあたりを切断するのが普通かもな。背骨しかないわけだし」

「運ぶためにバラバラにしたなら、もっと細かくしようと思うよね？　でも、それもしない。あんな位置で真っ二つでは意味がないような……」

赤堀は首をひねり、牛久は現場を思い出したようで喉仏を上下に動かした。現場を見た岩楯も微かなおかしさは感じたけれども、犯行の手際の悪さというところに落ち着いていた。斧の扱いに慣れず、手許が狂ったとも考えられるからだ。

「ひとまず死体はおいといて。先生が突き止めたことを教えてくれ。報告書が出る前に把握しておきたいんでな」

「了解」

赤堀は出されていた双眼の顕微鏡を脇に避け、それで撮影したらしい写真を作業台の上に並べはじめた。おなじみのウジと蛹、それに雑多な虫の盛り合わせのような状態だ。

「国分寺の公園で見つかったものだけど、なんせ種類が多くて選り分けるのが大変だったよ。発見場所がゴミ箱だからね。不衛生な場所にいる虫のほとんどが、遺体にくっついてたと言っていい」

赤堀は写真のいくつかを指でぽんと叩いた。何種類もの害虫が見るに堪《た》えないほど大写しになっているが、ここまでのものを採取して送りつけてきた鑑識もすごいと思う。

「今まで、こんなに送られてきたことがあったか？」

「ないよ」と赤堀は微笑んだ。「神宮先生も、解剖のときにひとつ残らず採取したって言ってたからね。助手と一緒に、何時間もかけて外表検査をしたみたい。ほかの虫に捕食された残骸《ざんがい》まできっちり届けてくれたんだよ。きっと、髪型を褒められたことが嬉しかったんだと思う」

「間違ってもあの先生の前で言うなよ」と岩楯はすかさず念押しをした。

「しかし、すごい量ですね……全部で百種類以上はいますよ」

牛久は、すっかりハエに対する嫌悪感がなくなっている。むしろ、目を輝かせてウジの齢を赤堀に問うまでになっていた。

いつもはゴミ同然で捨てられていた虫がこれだけ集まったのは、上のほうからのお達しが出たせいだろうと岩楯は睨んでいた。仙谷村で赤堀が遺棄場所を正確に割り出したことで、法医昆虫学はあなどれないという空気が流れはじめている。

赤堀は写真を何枚か選んで、ずっと前に差し出した。

「まずウジだけど、齢としてはすべてが混じった状態だね。国分寺と仙谷村のバラバラ死体が同一人物と確定したから、ここはもう調べる必要なし。基準はいちばん最初に採取したものになる」

そう言って赤堀は、三分の一ぐらいあったウジ関連の写真を右側にざっと流した。

そして、小型の冷蔵庫の隣にある、似た大きさの機械へ目を向ける。

「ちなみに、あそこにある恒温器で育てたウジが、最初に固定標本にしたウジと同じ齢になったよ。で、人工飼育した時間を、遺体発見状況に適合するように補正した。村の湿潤環境とか、ビニールに入れられて地中にあったこと、それに発見時の気象だね。そこにアメリカミズアブの初齢幼虫の成長も加味してＡＤＨを組んだの」

「時間に摂氏温度をかけて、積算時度に変換するって公式な」

岩楯は生真面目な顔でメモを取っている牛久に言った。ここ最近になって、ようやくこの計算の意味を理解できるようになっている。

「報告書に細かい計算式も入れたから、そっちのがわかりやすいと思う。そこから出したバラバラ死体の死亡推定時刻は、六月十九日の午後五時から六時の間だよ」

「そ、そんなにピンポイントに出せるんですか！　場所だけではなく時間までも！」

と牛久が驚きの声を上げた。

「法医学のなかで、ここまで絞れるのは昆虫学だけだとわたしは思ってる。この推定は間違いないよ」

赤堀は自信をにじませてにやりと笑った。

この「六月十九日」という日にちが、あちこちで顔を出しているのは確かだろう。謎の男が六本木から村へタクシーで乗りつけた日、それに、中丸が大袋を担いで深夜に徘徊しているのが目撃された日だ。赤堀の死亡推定時刻からすれば、東北訛りの男がタクシーに持ち込んだ大荷物は、少なくともバラバラにされた死体ではないということになる。しかし岩楯は、今回の事件にかかわる別の何かだろうと確信していた。

「国分寺のウジはばっさり切り捨てるけど、同じくこの子たちも戦力外。ダニとかノミの種類ね。これは齧歯類《げっしるい》から移ったと考えられる。ネズミが死体を見つけて近寄って、そこからの移動だよ」

そう説明しながら、赤堀は写真の大半を右側に押しやった。すると、写真は端の一列ぶんしかなくなった。

「もう数えるほどしかないんだが」

「いやいや、こっからだよ。神宮先生が本当にナイスな採取をしてくれた。この子こそ、時の虫にふさわしいニューフェイスだからね」

赤堀はキャスターつきの椅子をくるりと回転させ、書籍やファイルが積み上げられている机からシャーレを二つ取り上げた。そのひとつを二人の前に滑らせる。敷かれた綿の上に載せられているのは、五、六ミリほどの赤茶色をした丸みのある虫の死骸だった。見るからに干からびて脚の一部がなくなり、腹が完全に潰れている。

「カメムシか？」

「違う違う。なんと、トコジラミのメスなんだよ」

「トコジラミ？　確か南京虫《なんきんむし》のことだよな？」

赤堀は大きく頷いて、拡大写真を差し出してくる。すると熱心に赤堀の言葉を書き取っていた牛久が、興奮気味に帳面から顔を上げた。

「ちょっと待ってください。南京虫って言ったら、戦中戦後に大発生して日本から消えた虫ですよね？　最近では聞きませんが、もしかしてかなり特殊なのでは？」

犯人へ直結する手がかりになる。角ばった顔にはそう書いてあったけれども、赤堀はあっさりと首を横に振った。

「残念だけど特殊ではない。トコジラミは二〇〇〇年に入ってから、また急激に増えはじめてる厄介な害虫なんだよ。とにかく、一度繁殖しはじめると爆発的に増える。なんせ飢餓《きが》に強い。飲まず食わずで何ヵ月も生きられる子がいるぐらいだから、持久戦にもち込まれてホント手に負えないわけ」

「そうなんですか……」と牛久は、当てがはずれて少々がっかりしたようだった。

「この子に咬《か》まれると、唾液腺物質が体内に入ってアレルギー反応を起こす。内出血みたいになったり腫《は》れ上がったり、とにかく日が経つにつれて猛烈に痒《かゆ》くなるの。で、慌てて皮膚科に駆け込んでも、十中八九、原因はダニだって言われるね。ステロイド系の痒み止めを処方されて終わり」

「まあ、医者だってまさか南京虫だとは思わんだろう」

「その見落としが、トコジラミの拡大につながってるんだよ。しかも、自力ではまず駆除できない。専門業者じゃないと根絶やしにするのが難しいっていうめんどくささもある。ちなみに、大吉昆虫コンサルが軌道に乗れたのは、トコジラミ発生のおかげなんだよ。うまい具合にこの子が現れたわけ」

「それにしても、そんな厄介な南京虫が出まわってるなら、もっと報道したほうがいいだろうに。あまりにも情報がなさすぎるぞ」

岩楯がしみじみ言うと、赤堀ははははっと大口を開けて笑った。

「この業界、病気を媒介したり、毒をもってない子は後まわしだよ。それよりも、ここを見て」と拡大写真のトコジラミの腹部を、鉛筆の先で指し示した。「第五環節《かんせつ》と第六環節の間ね。盛り上がった傷みたいのがあるでしょ」

「傷……ですか。ええと、二ヵ所。いや、三ヵ所ぐらい、傷に見えるようなところがあるような気もしますけど」

「ウシさん、なかなか鋭い観察眼。この子は三ヵ所に傷をもっている。トコジラミは『外傷的媒精《ばいせい》』をする生き物なの。つまり、交尾するとき、オスはメスのお腹に鉤《かぎ》バサミみたいな鋭い器官を突き刺すんだよ、体壁を切り裂いてぶすっと」

赤堀は鉛筆で突き刺すような真似をした。

「メスのバーレス器官まで深く刺すんだけど、傷はすぐに癒えて見えなくなる。でもまあ、この子がいくら隠そうとも、わたしには全部お見通しなんだけどね。三つの傷は、三回浮気しちゃったってことだから」

「気色悪い解釈すんなよ」

岩楯が思い切り眉間にシワを寄せ、隣では牛久が顔を引きつらせた。

「ともかく、この子は成虫になるまでだいたい五、六週間。環境が合えばもっと早い。三ヵ所の外傷は、生育環境が整った屋内にいたことの証明になるね。遺体が切断された場所にいたか、または遺棄した人間についていた可能性が高い。トコジラミは外で繁殖できないし、翅がないから長い距離を移動できない種なんだよ」

岩楯の脳裏に、中丸一家の顔が浮かんできた。四六時中、蚊取り線香を焚き、みなひどい虫刺され痕を残していた。被害者遺族の芝浦家による蚊の被害なのは間違いないが、まさかこの虫も潜んでいるのではあるまいな……。岩楯の横では牛久も同じことを考えているようで、干からびた標本をじっと凝視している。中丸を正面から問いただすより、まずは虫刺され痕を診《み》た綿貫ちづるに話を聞いたほうがいいかもしれない。

「そしてビッグニュースがひとつ。トコジラミの体内に吸血した血液が少しでも残っているなら、そこからＤＮＡが採取できる」

「そりゃすごい。直接的なブツだな」

「その通り。たぶん採れるよ。それが犯人の血液かどうかはわからないけど、やる価値はあるね」

画期的な試みだ。牛久は岩楯と目を合わせて頷き、メモ帳に記した部分に何度も波線を入れた。

「よし。南京虫のことはわかった。で、もう一個のこれは？」

岩楯は、一方のシャーレに目を向けた。これも底に綿が敷かれ、丸みを帯びた黄色っぽい縞《しま》模様の何かが載せられている。ミツバチの一部だろうかとじっと目を凝らしたけれども、それにしては少し小さいように見えた。五ミリにも満たない。赤堀はシャーレの蓋を開け、先細のピンセットで慎重に摘み上げた。

「これも神宮先生から送られてきた微物のひとつね。遺体の足首についていた。虫の腹部と腿節《たいせつ》の一部で、胸部から上は欠損してない」

「模様はハチのようですね」と牛久は身を乗り出しながら言った。

「ハチの一種かもしれないけど、この子はおそらく屍肉食種の昆虫じゃないの。別の虫に捕食された欠片《かけら》で、直接事件には関係ない通りすがりかもしれない。でも、すごく気になるんだよね」

赤堀は寄り目になりながら近くでじっくりと検分し、またシャーレにそっと戻した。

「なんのグループにも属さないフリーなのに、先生はそれほど引っかかると。理由は？」

「わたしが見ても、種がまったくわからないから。ハチなのかハエなのか、それとも別の何かなのかすらも不明。きっと、初めて見る子だと思う」

「それはすごいな。あんたでも見当がつかないとは」

「そうなんだよ。とりあえず解剖してみて、ほかの専門家にも聞いてみようと思ってる。あとは公園の調査だね。この種が公園で繁殖してるかもしれないから」

　赤堀の仮説に耳を傾けているとき、牛久のスマートフォンが忍びやかな呼び鈴を鳴らした。すみませんと言って小屋の外へ出ていき、ほどなくして戻ってくる。手帳に目を落として顔を上気させ、急《せ》くように椅子に腰かける。

「や、やりました！」

　牛久はごくりと喉を鳴らして、岩楯と目を合わせた。

「防犯ビデオ関連を調べてた連中が、すごいものを見つけてきましたよ！」

　相棒はまた喉を鳴らして、手帳に書かれたものを読み上げた。

「高速の八王子インターを夜の九時過ぎに通過したレクサスが、村へ向かう街道沿いにあるコンビニのビデオにも映っているそうです。そして、一時間後にまたコンビニのビデオに映っている。山から引き返してきたんですよ。日にちは六月十九日！」

「また六月十九日か」

　岩楯は情報を吟味《ぎんみ》する態勢に入った。

「それだけじゃありません。七月二十日の早朝、国分寺の窪西公園の駐車場に同じナンバーのレクサスが駐められていた。これはバラバラの脚が見つかった日ですよ。とどめは、車の所有者が六本木界隈に住んでいる！　謎の男がタクシーに乗った場所です！　今、署内は大騒ぎですよ！」

牛久は手帳からがばっと顔を上げ、いまいち食いつきの悪い上司に同意を求めてきた。

「すべて一致ですよ！　さすがにこれは当たりじゃないでしょうか！」

「まあ、いろいろとできすぎだが、ここまでそろってりゃ素通りはできないわな。車の持ち主は？」

「まだ所在が摑めないそうです」

「よし、とりあえず村に戻るぞ。南京虫の件も引っかかるしな。先生は謎の虫の正体を突き止めてくれ」

岩楯が千切《ちぎ》れた虫の欠片に目をやると、赤堀は「了解」と敬礼してよこした。

6

仙谷村で巫女と称されるちづるは、つばの広い麦わら帽子をかぶり、腰を曲げて雑草の生垣《いけがき》の手入れをしていた。もっとも刈り込んで形を整えているふうではなく、たびたび立ち上がっては周囲へ目を走らせ、たった一本のエノコログサをハサミで切ったりしている。顔はこわいぐらいに真剣そのものだ。私道を歩いてくる刑事二人を見つけると、彼女はしばらくじっと目で追ってから手を上げた。

「毎日忙しそうだね」

「ええ。虫除け草の手入れですか？」

岩楯と牛久は、腰よりも高い雑草の隙間道へ入っていった。あいかわらず荒れ地にしか見えないが、これが計算し尽くされている配置なのだというから驚く。ちづるは小脇に抱えた網代《あじろ》編みのザルに収穫物を載せ、雑草の海をかきわけながら二人に合流した。

「ちょっと調合の最後のアクセントになる素材を探しててね。なんだかどれもしっくりとこなくて悩んでるんだよ」

「調合って、ネコジャラシの香水でも作るんですか？　もしかして動物用とか」

岩楯がザルに載せられた雑草を見ながら問うと、ちづるは空いた前歯を見せてようやく笑った。先日とは違い、ぴりぴりとした緊張を漂わせている。

「男性用香水には、木の根っことかイネ科の植物の香りを混ぜることが多いんだよ。シンプルかつ直線的なイメージで、わかりやすいものが好まれる。逆に女性は複雑で奥行きのある香りが好きだよね。自分とは違う人間を装いたい欲求が強いから」

「木の根っこの匂いですか。香水とは無縁の生き方をしているもので、そのあたりはさっぱりわかりませんね」

「香水とは無縁でも、この世に匂いのないものはないよ。岩楯さんって言ったっけ。あなたはきっとベチバー系を使いこなせる。クローブとヒマラヤ杉も混ぜたいよ。荒々しく見えて繊細な人だと思うからね。最初に会ってそう感じた」

「繊細なんて、生まれて初めて言われましたよ」

香水の匂いをぷんぷんさせて張り込んでいる姿を思い浮かべ、我ながら気持ちが悪くて苦笑する。三人は秘密の花園のような庭へ入った。

「ということは、雑草のなかで瞑想して、男性用の香水を考案していたわけですか」

「男性も女性もないよ。完全なる中性を目指してる。今、蘭から精油を採ってるとこ」

彼女は家の脇にあるコンテナへ目を向けた。銀色の蒸留装置が、稼働ランプを点してうなりを上げている。確かに先日とは比較にならないほど花の濃密な匂いが立ちこめ、うっかり深呼吸などしようものならむせ返るほどだった。自分には強すぎるし、凝縮されたものは決してよい匂いとは言えない。

するとちづるは、また難しい顔に戻って庭先で急に立ち止まった。

「そう、陶酔、幻想、嗜虐《しぎゃく》だ。よどんだ血の奥には、鋭くて冷たいつららみたいな美しさがある。無色透明、濁りのない澄み切った地底湖。でもそれは、一切の生き物を拒絶する毒……」

眉間にすっと一本シワを寄せて、何やら早口でぶつぶつとつぶやきはじめた。

「余計なものを極限まで削ぎ落とす。切り捨てる。そこへ行き来できる扉は、果たして何が適しているのか……」

ちづるは持っていたザルを縁側に置き、まるで空気に何かを描くように手を動かして見えない形をたどっている。鬼気迫るほど自分のなかに入り込み、訪ねてきた刑事たちはすでに眼中にはないようだった。

「ええと、綿貫さん？」

岩楯は横から声をかけたけれども、ちづるは腕組みしたりかぶりを振ったりしながら自分の世界からなかなか戻らない。よくあることなんです、と首をすくめる牛久を見やり、岩楯は咳払いをしてむりやり彼女と目を合わせた。

「綿貫さん、お忙しいところ申し訳ないんですが、ちょっとお話を訊かせていただけませんかね」

するとちづるは顔色を変えて飛びすさり、関節のごつごつとした大きな手を胸に当てた。

「ああ、びっくりした。どうしたの？　何事？」

「あのですね、少しだけお時間をいただきたいんです」

「ああ、うん。いいよ、もちろん」

ちづるはモザイクタイルのあしらわれた椅子を庭の奥から出してきて、二人の刑事の前に置く。そして緋《ひ》色のロングスカートの裾をさばき、麦わら帽子を脱いで縁側にすっと腰かけた。大柄で骨太の体軀だが、一連の所作には流れるような優雅さがある。

「なんというか、作詩というか作曲というか、香水の調合を考えているとは思えない風景でしたよ。言葉も抽象的だし」

岩楯が腰を下ろしながら言うと、ちづるは恥ずかしそうに手をひと振りした。

「へんなとこを見られたね。わたしは、香りを言葉として捉えてるんだ。香水は匂いを重ねて調合するんじゃなくて、形を与えていくんだよ。香りと香りの間に言葉の関係性をもたせて、世界を立体的な物語として組み立てる。たったひとつでも関係性に傷があると、香水はひどい悪臭に変わるからね」

「もう文学とか芸術の域ですね」

「ちづるさんはパリジェンヌですから」

牛久が急に意味不明な結論を述べて満足げに頷いている。ちづるはまた手をひと振りし、開け放たれた障子《しょうじ》の奥の座敷を指差した。

「岩楯さん、あれがなんだかわかるでしょう？」

指された場所には古めかしい緑色に塗られた棚があり、その上に小ぶりな金庫が置かれている。いや、似ているがまったく別のものだった。

「ガスクロマトグラフィーですか」

「当たり」

ちづるはにやりとした。

「警察ではお馴染みの分析計だよ」

「しかし、香水作りにはこんなものまで必要なんですか？」

「うん、必要。十九世紀じゃないんだから、香水は芸術的で天然素材百パーセントなんてあり得ない。元の香り《かおりのもと》になるコンサントレを調合したら、それを数値化して合成化学物質に置き換えていくんだよ。で、市場原理主義者の要求に応える安い三流品につくり替える。莫大なお金をかけて宣伝して、世界じゅうに偽物をばらまくわけ。今はどの業界もペテン師だらけで、まともな人間は生きていけない」

ちづるの瞳は常に硬質だ。その力強さは見る者を圧倒するし、存在感に否応なく引き込まれてしまう。過去と決別するためにこの村にいるのは間違いない。岩楯はなんの根拠もなくそう考えた。意志の強さばかりが際立っているけれども、奥底に脆さも見える女だった。その不安定さから目が離せない。

「それで、聞きたいことって何？　悪かったね、つい香水にのめりこんじゃって」

「いえ、とても興味深いお話でしたよ。実は中丸聡さんについてなんですが」

ちづるは硬そうなショートカットの髪を指で梳き、小首を傾げて話の先を促した。

「綿貫さんは、中丸さんの虫刺され傷を診たとおっしゃいましたが、何に刺されたのか当人は言っていましたか？」

「枝打ちの仕事でしょっちゅう山に入ってるから、そこで刺されたのかもしれないとは言ってたね。なんの虫かはわからないみたいだったけど」

「わたしも実際に会って傷痕を見たんですけど、蚊にしてはちょっとひどいような気がしたんですよ」

「ああ、ほとんど蚊ではないからね」

ちづるは頷きながら即答した。

「ダニだよ。咬まれたところが真っ赤に腫れて、内出血してる箇所もあった。何日経っても痒みが治らないみたいだったから」

岩楯の頭の隅で警鐘が鳴った。赤堀が語っていたトコジラミの症状と似ている。

「あの状態で、病院には行かなかったんですかね。メディカルアロマというものを否定する気はありませんが、原因は明確にするべきだと思いますよ」

「うん、もちろんそうしてる。同じ症状の人が皮膚科の診察を受けてたから、ダニで間違いないんだ。みんなして、お決まりのステロイド軟膏《なんこう》を処方されてるからね」

「同じ症状の人？」

岩楯と牛久は同時に言葉を発した。

「ちょっと待った。まさか、村であの症状がほかにも出てるんですか？」

「そうなんだよ、けっこう出てる。ほら、砂原《すなはら》商店のおじいちゃんとおばあちゃん、あと下の河合《かわい》さんとこの息子夫婦、あとは和田《わだ》さんと……」

ちづるは次から次へと村人の名前を挙げ、牛久はそれをすべて書き留めていった。彼女が把握しているだけでも十世帯ほどある。しかも、赤堀が予測した皮膚科医の動きもまるでそのままではないか。

「村の東側に偏《かたよ》ってるな……」

牛久が村人の名前を確認してつぶやいた。

「いつごろから出はじめたかわかりますかね」

「そうだねえ」

そう言ってちづるは座ったまま伸び上がり、縁側の隅に置かれていた木箱を引き寄せた。中身はカルテのようなものらしく、ひとりぶんずつクリアファイルでまとめられている。そこから一枚を抜き出して目を走らせた。

「痒みを訴えてうちに初めて人がきたのが七月の二日だよ」

医者の受診が先なのだから、虫の繁殖はもっと前ということになる。

脚が捨てられていた国分寺の公園近辺で、トコジラミの発生例がないかどうかを赤堀が調べている最中だ。ゴミの収集をした職員や公園関係者にも聞き取りをすると語っていたが、仙谷村で集中的に発生しているとすれば、やはり村の人間が絡んでいると考えるのが筋だった。

しかし、一方ではバラバラ死体の遺棄ルートを、狙い澄《す》ましたように巡《めぐ》っていたレクサスもいる。そして深夜に頭陀袋を担いで徘徊する中丸と、村までタクシーで乗りつけ、腐臭の漂う荷物を運んだ男……。怪しげな事実が散見しているわりに、ただだすべてが宙に浮いている状態なのが気に入らない。

岩楯は腕組みしながら考え、顔を上げて陽に灼けたちづるを見た。

「先日、綿貫さんは、六月にハイキングコースに入ったとき、菊の匂いを嗅いだとおっしゃいましたよね。あとで採りにいこうと思っていたと」

「菊じゃなくて菊科の花ね」

「そうでした。その日にちですが、いつだったか思い出せませんか」

ちづるは怪訝な面持ちをして岩楯をじっと見つめ、土で汚れた長靴を脱いで家に上がり込んだ。ガスクロの置かれている棚の引き出しから手帳を取り出し、ぱらぱらとめくりはじめたがやけに手間取っている。刑事たちに背を向けて長いこと確認していた彼女は、手帳をしまって振り返った。

「メモしてなかったから、正確な日にちはわからないな」

「ちなみにその日、夕方に雨が降っていませんでしたか？　雨というより道路が冠水するほどの集中豪雨です」

ちづるは大仰に縁側に腰かけ、ふうっと細く息を吐いて岩楯と目を合わせた。

「確かにそうだった。わりとすぐにあがったけど、記録的だったみたいだもんね」

岩楯は牛久をちらりと見やった。ちづるがハイキングコースを歩いたのも、おそらく六月十九日。ということは、彼女が反対側の村道で見かけたヘッドライトというのは、件のレクサスの可能性が高かった。六月十九日に、四方八方で何かが動き出している。

するど、腰かけていた縁側から立ち上がったちづるが、穏やかながら有無を言わせない口調で言った。

「悪いんだけど、もういいかな。ひとりで集中したいんだ。雑念とか常識とか倫理とか、その手のものを全部遮断しないと、わたしの世界はつくれない」

そう言っている間にも、どんどん自分のなかへ入っていくのがわかる。岩楯は仕事の手を止めてしまったことを詫《わ》び、香りに支配されている屋敷をあとにした。

第四章　オニヤンマの復讐

1

成田空港にほど近いこの一帯は、送迎つきの駐車場がやたらと多い。交差点には無数の看板が折り重なるようにして設置され、安さやサービス内容がこぞって書き立てられていた。実に雑然とした街である。

「そこです」

左へウィンカーを出した牛久は、通りの少し先にあるひときわ大きな看板を指差した。ユニホームらしき赤いポロシャツを着た男が出入り口に陣取り、いらっしゃいませと連呼しながらチェッカーフラッグを振りまわしている。

岩楯は徐行するアコードの窓から、駐車場内へ目を走らせた。間口の狭い敷地はかなりの奥行きがあり、おびただしいほどの車が整然と並べられている。ブロックごとに背の高いポールが立てられ、その先端には四方へ向けて防犯ビデオがつけられていた。

牛久は到着を知らせるやかましいナビを切り、宣伝文句だらけの事務所脇にアコードを横づけした。車を降りて凝り固まった背中を伸ばしていると、赤いユニホームを着た長身の男が一目散に駆けてくるのが見えた。笑顔の接客を徹底教育されているようで、不自然なほど口角を引き上げている。

「スターパーキングへようこそ！　ご予約のお客さまでしょうか！」

まるでレジャー施設のようだ。しかし、岩楯が警察手帳を提示したとたんに笑顔をかき消し、男はひどく落ち着きなくきょときょとと目を動かした。

「管理者の方は事務所ですよね？」

二十歳そこそこぐらいに見える男は、なぜか後ずさりしながら小刻みに頷いている。岩楯は牛久に目配せして、プレハブ造りの建物の扉を開けた。

すぐ目の前にあるカウンターのなかには男がひとり。あまりにも太っていて年齢は読めないが、四十は過ぎていると推測した。

「警視庁の者です。ここの経営者の方ですか？」

端的に名乗って手帳を見せると、太った男はメガネを押し上げて身分証をじっと凝視した。そこに貼られている写真と岩楯を不必要なほど見くらべる。

「経営者はわたしです。あの、警察がどんなご用件でしょうか」

「おたくに預けられていたレクサスのことでちょっと」

そう言ったとたん、男は目に見えるほどぶるっと巨体を震わせた。

「なんだかすごくいやな予感がするな。ちょっとした用事で、警察は警部補なんてよこさないでしょう？　しかもあなたは警視庁勤務ときてる」

「警部補はどこへでも遣わされるんですよ。ちょっと込み入った話なんです。向こうでいいですか？」

了承を得ないうちに二人の刑事は窓際の椅子に腰かけ、経営者の男はノートパソコンを持って追いかけるように向かい側に座る。そして牛久が、タイミングよく用意していた紙をテーブルに滑らせた。

「早速ですが、六月十三日から二十一日までの九日間。あとは七月十九日から二十四日の期間もですが、このレクサスがおたくの駐車場に預けられていたと思うんですよ」

紙には車のナンバーと正確な車種、そして所有者の名前が書かれている。経営者はノートパソコンを開いてデータを打ち込み、覆いかぶさるようにしてモニターを見つめた。

「確かにその期間、どちらもうちでお預かりしていますね。黒のレクサスクーペで間違いありません」

「車の持ち主とは午前中に話したんですけどね。彼は仕事でアメリカへ行っていたそうで、おたくの駐車場を二回連続で利用した。二十四時間防犯ビデオで監視されていて、いろんなサービスが充実している。とても気に入られていましたよ。帰りは空港まで車を届けてくれるとか」

「ええ、確かに……」と男は額の汗をハンドタオルでぬぐい、目に見える警戒心をにじませている。

「我々が訪ねてきたのは、このレクサスがとんでもないところで防犯ビデオに映っていたからなんですよ。持ち主がアメリカにいるさなかに、なぜかあちこちに現れているものでね」

経営者の男は目を見開き、丸い鼻先にまでメガネをずり落としている。赤いポロシャツの胸には、見る間に汗染みが広がっていった。

岩楯は言葉をなくしてうろたえる経営者を気の済むまで検分し、ファイルから不鮮明な画像がプリントされたものを何枚か取り出した。高速の八王子インターで撮られたものと、仙谷街道沿いのコンビニで捕らえられた写真だ。特にインターのほうは、ナンバーが確実に読み取れるほど鮮明だった。

経営者の男は微かに震える指先でプリントアウトを取り上げ、一枚一枚をじっくりと確認していった。しばらくしてから下膨れの顔を上げ、まるで助けを求めるような目を岩楯に向けた。

「と、とんでもないことです。お預かりしているお客さまの車が持ち出されたなんて、いったいどうしたらいいやら。とにかく、防犯ビデオを確認して事態を把握しなければ」

テーブルに手をついて立ち上がりかけた男を岩楯は止めた。

「ざっと見た限り、この敷地内にはかなりの数のビデオが設置されていますね。全部ダミーではないようで」

「その通りです。うちは第一と第二駐車場とで一万台を収容できる規模がある。お客さまの車に何かあったらたいへんですからね」

「でも、何かが起きてしまった」

岩楯の容赦のない言葉に、男は口ごもった。

「おそらく、これが初めてではないと思いますよ。外部からの侵入者が車を拝借するなんていうのは、まず無理でしょう。キーは事務所で厳重に管理されている。もし盗めたとして、盗人は律儀に車を返しますかね」

「……と言いますと？」と男は、すでにじゅうぶん理解していることをあえて問うてきた。

「内部の者の仕業です。この期間に勤務していた従業員を調べていただきたい」

経営者の大きな顔は見る間に白くなり、脂汗がにじみ出してくる。レクサスの不鮮明な写真に目が釘づけにされていたかと思うと、急にガタリと椅子を動かして短く息を吸い込んだ。

「いや、ちょ、ちょっと待ってくださいよ。このコンビニは仙谷街道店だって？　こっちは八王子インター？」

男は素早く紙を引き寄せ、隅に写り込んでいる看板を指差した。

「うそでしょう！　まさか、これはあれですか！　バ、バラバラの捜査ですか！」

「よくおわかりで」

「あたりまえでしょう！　毎日そのニュースばっかりなんだから！　とんでもない数の警官が出張って、都内では検問までやってるじゃないですか！」

流れてきた額の汗を乱暴にぬぐい、経営者の男は椅子を撥ね飛ばすような勢いで立ち上がった。

「こんな大事にうちが絡むなんて信じられない！　なんでうちなんだよ！　あり得ない！」

巨体を揺するように歩いて外へ出ていき、大声を張り上げて従業員を呼び寄せている。すぐ走ってこいと腕をぐるぐるまわして怒号を上げ、大丈夫かと思うほど今度は顔を真っ赤に染めていた。

気の毒な経営者だった。岩楯は、焦りと憤りに支配されている男を見守った。まさか従業員が客の車を乗りまわしていたなど、思いもよらなかったことだろう。しかも殺人の関与まで疑われるとなれば、信用は地に堕《お》ちて商売どころではなくなる。

メガネを汗で曇らせた男は、不安な様子の従業員を連れて事務所へ引き返してきた。

「今いるのは八人です。うちは朝の四時からの営業なので、早番の三人はもう帰っていないんですよ。とにかく、勤務表をもってきます」

積極的な協力を示そうとしている経営者が踵を返したとき、赤いポロシャツ集団のなかから、ひとりがおそるおそる一歩前に出た。うつむいてキャップを外し、脱色された髪を揺《ゆ》らしながら深々と頭を下げている。最初に岩楯たちの応対をした長身の男だった。

「あ、あの、すみませんでした。自分です。ええと、警察が来たのって、お客さんの車のことで合ってますよね？　勝手に乗ったたっていうやつ」

その言葉を耳に入れた経営者は太った体で素早く移動し、持っていたハンドタオルで金髪男の頭をひっぱたいた。

「ちょっと！　おまえなの！　え？　すみませんじゃないでしょ！　何とんでもない

ことしでかしてんの！　うちを潰す気かよ！」

「す、すみません。息抜きのつもりでちょっとだけ……」

「い、い、息抜き！」

経営者は過呼吸になりそうなほど声を詰まらせ、目を剝いて顔をさらに紅潮させている。泡を吹いてぶっ倒れそうなほどの激昂を見て、岩楯は止めに入った。

「まあ、落ち着いてください。ともかく、ほかの方は関係ないようなので、お仕事に戻っていただいて結構ですよ。すみませんね、忙しいとこ」

経営者は怒りのもっていき場がないまま、真っ当な従業員をののしって追い立てている。金髪男を椅子に座らせ、頭を摑んで下げさせた。

「うちのバカが本当にすみませんでした。車の持ち主の方には、必ずお詫びに上がりますので」

「わたしに謝らないでください。持ち主の方は、とりあえず訴えるつもりはないとおっしゃっていましたよ。それに、問題はそこではないんでね」

増永《ますなが》と名乗った男は、目鼻立ちの整った軽薄そうな顔をしていた。細面で眉が切れ上がり、両耳にはピアス穴がいくつも開けられている。岩楯が見つめている間にもみるみる顔は蒼ざめ、唇の端を微かに震わせていた。まるでいたずらが見つかった子どもだ。ことの重大さに今初めて気づき、恐怖ですくみ上がっているというところだろう。そんな反応を見せるこの男に、人殺しができるだろうか。ましてやバラバラに切り刻んで山中に埋め、また笑顔で接客をするような異常性があるようには見えなかった。

岩楯はことさら時間をかけて男を観察し、無言の圧力をかけてからプリントアウトを前へ押しやった。

「これはきみに間違いないか？　日にちはここに書かれている通りだが」

増永は眉尻を下げて写真に見入り、素直にこっくりと頷いている。

「じゃあ、六月十九日。この日のことを順を追って話してくれ」

男は脱色して白茶けた髪に手をやり、怒れる経営者を気にしながらかすれた声を出した。

「車を借りたのは前の日なんです。夜の十一時半の送迎が最後なので、仕事が捌《は》けてから乗って帰りました」

「もちろん、そのときの仕事仲間もグルだよな」

岩楯が確定事項のように言うと、増永は聞こえないぐらいの小さな声ではいと答えた。経営者は即座にだれだといきり立ち、共犯者二人の名前をノートに書き殴って震える息を吐き出している。岩楯は金髪男に先を促した。

「ええと、防犯ビデオに細工して、車の出入り画像を削除しました。次の日から二日間は休みだったので、あの、レクサスを使わせてもらったというか、なんというか……」

増永は怯えながら、乾いた唇をたびたび舐めた。

「きみら三人の従業員は共謀して、日々客の車で遊んでいた。もちろん、このレクサスが初めてではないよな」

「……すみません。とにかくみんなストレス溜まってて、こっそり借りて戻せばバレないからいいかってことになってたんです。うちは超ブラックだし……」

「は？　何言ってんのおまえ！　超ブラックって何！　この界隈でいちばんいい給料出してんのはうちなんだけど！　自分らのやったこと棚に上げて、何被害者ぶってんの！」

経営者はまた憤慨し、タオルで増永の頭をひっぱたいている。いい加減、彼の鼻にかかるような声色《こわいろ》にも辟易しはじめている。気持ちはわからないでもないが、いちいち口を挟まれては話が進まなかった。

「社長さん、申し訳ありませんが、席を外していただけませんかね。事情はあとからお伝えしますので」

岩楯の言葉に経営者は何かを言いかけたけれども、結局は口を噤《つぐ》んで席を立った。隣の男を憎々しげに睨みつけながら、カウンターのなかへ引っ込んでいる。

「さて。きみは六月十八日の夜に、客のレクサスで家路についた。それから？」

「それから、次の日は昼まで寝て午後から出かけました」

「どこへ？」とすぐ切り返すと、増永は踏ん切りが悪そうにもごもごと口を動かした。

「その、ええと、ナンパです……」

岩楯の隣に陣取っている牛久は、眉間に深々とシワを寄せて言葉を書き留めている。

「なるほど。一万台のなかから、好きな車を選び放題だもんな。ナンパするにはうってつけの仕事だよ」

場違いなほど愛想のいい笑みを浮かべて、岩楯は増永を見まわした。

「で、ナンパ相手と西多摩までドライブしたわけだ。かなりの遠出だが、なんでそんな場所へ行った？」

「ええと、ノリですよ。パワースポットの話になって、その子がテレビで仙谷村を観たって言うもんだから。そういうのに凝ってる子なんですよ。水晶のブレスレットしたり、いろんな開運グッズをもってるんです。で、村で夜に滝を見ると、運気が上がるって言うんですよ。次の日も休みだったし、まあこの際、遠いほうがいいかなと思って」

「なんで？」

「いや、ほら、だって。夜遅くなったらラブホに連れ込みやすいでしょ？」

増永は一瞬だけにやついた顔をしたが、牛久の微かな舌打ちが耳に入ってすぐに引っ込めた。

「で、なんかのパワーは授かったのかい？」

その質問が終わらないうちに、男は目を輝かせて激しく首を縦に振った。

「パワーどころじゃないですよ！　なんせ幽霊《ゆうれい》に出くわしたんですから！　あれはどう見ても人間じゃなかった！　妖怪《ようかい》かもしれない！　血だらけで道に浮いてたんです！　人魂《ひとだま》が周りを囲んでた。一緒にいた子は泣き出しちゃって、大騒ぎでたいへんだったんですよ！」

増永はテーブルに手をついて身を乗り出した。

「とにかく、猛スピードで山道を逃げるしかなかった。でも、ナビでは通り抜けできる道になってるのに、途中で行き止まりなんですよ！　立ち入り禁止のバリケードがあって、その先は真っ暗い旧トンネル。上から草がぼさぼさ垂れ下がってて……ああ、マジでヤバすぎる！」

男は喋りながら気分を高ぶらせて、両腕をこすり上げた。

「あんなとこにはとてもじゃないけど入れない。でも、道が狭くてUターンもできないんですよ！　超最悪！　まるでトラップなんですから！」

話に聞いていた通りの道らしい。結局増永は、バックのまま蛇行した山道を降りるにいたっている。

「あとでネットで調べたら、有名な心霊スポットだっていうのがわかったんです。知ってたら絶対に行きませんでしたよ」

岩楯が西多摩の詳しい地図を渡すと、無邪気に興奮しながら幽霊がいたという場所に印を入れた。初めに遺体が発見された急カーブよりさらに上のほうだ。牛久はそれを見て、「ハイキングコースへの抜け道付近です」と耳打ちをしてきた。

それにしてもこの男は、社会の情報を何も入れずに生活しているらしい。岩楯は半ば呆れながら、はしゃいだ様子の男を見つめた。他人の車を失敬してドライブしたことを、なぜ警察がこれほどしつこく訊くのかと疑問に思うこともない。信じられない限りだが、巷を騒がせるバラバラ事件を知らないのだろう。ただただ幽霊に出くわしたと子どものように語り、一瞬でも殺人容疑がかけられていたことなど、知るよしもなくこの先も生きていく。

この男は無関係だ。岩楯は断定した。遺棄を手伝った可能性を視野に入れていたが、増永が演技派の大うそつきでもない限り、まるっきり何にもかかわっていないようだった。成田くんだりまでやってきて、こんな与太話を聞かせられる羽目になるとは……。

岩楯は盛大にため息を吐き出した。

「もう一回聞くぞ。血まみれの妖怪が道に浮いてたってのは本当か？　人魂とか」

「本当です！」

力いっぱい即答したが、不機嫌を隠さない岩楯を気にしてすぐに訂正した。

「いや、ああ、それは、その、ちょっと盛《も》ってるけどそんな感じに見えたんですよ。なんせ真っ暗で俺も焦《あせ》ってたもんで」

増永はへらへらと笑って最初の罪悪感を完全に消している。今こそ経営者が飛んできて、力いっぱいひっぱたいてくれないかと思う。岩楯は苛々を隠そうともしなかったが、男は刑事の顔色を窺うわけでもなく嬉々《きき》として先を続けた。

「血まみれはマジですよ。白っぽい服着て、そこに血みたいなシミがべったりとついてた。サンタみたいなデカい袋を持ってて、そこにもどす黒いものが染みてたしね」

「サンタみたいなデカい袋？」

「そうですよ。いかにも死体が入ったような袋を担いで、森のなかにすうっと消えたから」

「ちょっと待て。それは何時ごろだった？」

男はあごに手を当てて考え、十一時は完全にまわってたと思う、と答えた。被害者遺族の芝浦が目撃したのも黒く汚れた頭陀袋。あのときの言葉にうそはないということだ。増永が見た血まみれの幽霊とは中丸らしい。

「顔は見なかったか？」

岩楯は矢継ぎ早に質問したけれども、増永はこわくて見られなかったと首を横に振っている。牛久に目を向けると、難しい顔をして声を潜めた。

「幽霊目撃場所の近くが、例の珍しいキノコの栽培地です。中丸だとすれば、そのときに盗んだとも考えられますが、血のようなシミとは……」

袋の中身は、村をあげて栽培しているキノコか、それともバラバラ死体なのか。

先日、キノコ盗難の名目で任意同行を求め、中丸を複数の捜査員が聴取している。話や態度に破綻がないかどうかをじゅうぶんすぎるほど探ったけれども、ただただキノコを盗んだことを平謝りするだけだった。あの男の近辺からこれほど怪しげな事実が湧き出してくるのに、当人から窺い知れることがないのはどういうわけなのかがわからない。単なる挙動不審者と見ている捜査員が半数というところだが、岩楯は中丸が無関係とは思わなかった。必ず何かがあるはずだ。

「国分寺の公園へは何しに行ったんだ？　同じ客のレクサスをまた使ったみたいだが」

岩楯は、すでに許されたような顔をしている増永に問うた。

「ナンパした子のアパートがあの近くなもんで、公園に車を入れておいたんですよ。あそこは駐車場がタダですからね。なんと、もうひと押しで彼女になってくれそうなんです。『読《どく》モ』やってるかわいい子なんですよ……」

そう言って増永はふいに口をつぐみ、何かを思い出したような顔をして、またにやにや笑いを浮かべた。

「公園でも彼女が泣いちゃってたいへんだったんですよ。仙谷村の幽霊がここまでついてきてるって。取り憑《つ》かれたんだってこわがってね」

「どういうことだ？」

「ホームレスのじいさんを見て、幽霊と勘違いしただけなんですけどね。村で見た化け物と同じだって怯えちゃってんの。そういう素直でかわいい子なんですよ。まあ、刑事さん。俺がやったことは悪かったけど、レクサスがあの子と会わせてくれた。これも運命なんだって思うことにしますよ。恋にルールはないみたいな。それはそうと刑事さん、なんかあったんすか？　一昨日、吉祥寺《きちじょうじ》のほうへ遊びに出たら、やたらめったらおまわりが出てたんですけど」

清々しく笑う男を横目に経営者を呼びつけ、岩楯は増永がやらかしたことの一部始終を語って聞かせた。客の車で日々ナンパに勤《いそ》しみ、読者モデルとラブホテルに入り、それが運命だと語ったくだりに入るやいなや、社長は引きつった声を上げながら増永を思い切りひっぱたく。牛久はまだ足りないと催促するように、二人をじっと見据えていた。

2

「それでは、今から結果を発表しますよ。いいですか？」

目の醒めるような黄色いつなぎを着た辻岡《つじおか》大吉が、十一世帯の村人の前で両手を大きく上げた。小太りのずんぐりした体型は以前と変わらないものの、このところの暑さのせいでいささか痩せたようだった。

赤堀の大学時代の後輩は、独立して荒波に揉まれたせいか凛々《りり》しさが増したような気がした。一件も仕事が入らない時期が長く続き、ほかの業者からの圧力で締め出しをくらったこともある。けれども粘《ねば》り強く営業を続けたことで、独特の駆除法が少しずつ認められつつあるのが何よりも嬉しかった。無害なキャラクターに似合わず、意外に野心家なところも赤堀は気に入っている。

ファイルからリストを抜いて大吉に渡すと、花柄の帽子をかぶった老婆がしゃがれ声を上げた。

「ねえ、あなた。害虫駆除の仕事はアメリカで教わったのかい？」

小さな老婆は、大吉の彫りの深いくどい顔を興味深げに見まわしている。

「角谷《かどたに》のばあちゃん、アメリカ人じゃねえって。顔見りゃわかんだろ？　ブラジルの人だよ」

「ブラジル？　日系か？」

「だろうな。なんせ日本語がペラペラだ」

角谷家の庭に集められた村の東側の住人が、また新たな雑談に興じようとしている。大吉は手を二回ほど叩き、彼らの話を再び中断させた。

「僕はウズベキスタン人の母親をもつハーフの日本人です。アメリカでもブラジルでもないですよ」

「ウズベキってどこの国だ？」

「中央アジアです。ちなみに、国をふたつも越えないと海にたどり着けない内陸なんですよ。あとで地図でも見てください。では、今度こそ生息調査の結果発表でーす」

大吉は声を張り上げて村人に注目させ、メモに目を落とした。

「まず一軒目、この敷地である角谷さん宅。それにお隣の河合さん。向かいの和田さん、市道沿いの砂原さん……」

名前が読み上げられるたび、村人からはうめき声が上がっている。

「なんで俺んとこに南京虫が出たんだよ。不潔になんかしてねえのに」

「まったくなあ。どうりで眠れないほど痒いと思ったんだよ」

「ちづるちゃんとこで湿布《しっぷ》をやっと、たちまち痒さは治るんだけどな。まあ、医者の薬はさっぱり効《き》かねえから駄目だ。何がダニだよ、ヤブで話にならん」

彼らは口々についてないと嘆き、また話を脱線させていく。大吉はさらに声を上げて残りの家を発表した。

「南《みなみ》さんと、最後は中丸さんの家ですよ。以上、六世帯。きっちり駆除させていただきますんで、よろしくお願いします」

「駆除って、これからデーデーテーをやるのかい？」

角谷の老婆が不安そうな声を出す。

「あの粉を吸い込むと、ものすごく頭と喉が痛くなるんだよ。戦争のあとは、シラミも南京虫も多かったからね。何回もやったんだ」

「ああ、ＤＤＴは使いませんよ。というか現在の日本では使用禁止です。安全で確実な方法で根絶やしにしますので、ご安心ください。ひと晩置いた粘着トラップに、一匹でも南京虫がかかったお宅は駆除が必要です。連中は陽の当たらない場所に潜んで、人が寝静まってから動き出しますからね」

「あと、もう一個！　もし今日パスした家でもおかしいと思ったらすぐに言ってね！自分では絶対に駆除できないから、プロの技が必要なんだよ！」

赤堀が、引き揚げようとしている村人に向けて念を押した。

「よし、始めよう。六世帯だから二日でいけるね」

「そうですね。涼子先輩、仙谷村を紹介してくれてありがとうございました。役場にコネができると、また新しい広がりが期待できますからね。ところで岩楯刑事は？　久しぶりなのでご挨拶をと思ってたんですけど」

「なんか、国分寺で防犯ビデオを観てるらしいよ。捜査員のほとんどが、そっちにまわってるみたいだね。コンビニとかマンションとか、片っ端から潰して不審者のリストアップだって」

するると大吉が、濃厚な顔をしかめて首を横に振った。

「僕には絶対に勤まらない仕事ですよ。じっと座って集中ってのがもう無理です。それにしてもたいへんな事件ですよね。毎日、ニュースはバラバラ事件ばっかりですよ。街なかの警官が異常に多いのもこれのせいでしょう？　涼子先輩は、こんなとこで南京虫退治なんかやっててていいんですか？」

「うん。ちょっと大吉に手伝ってもらいたいことがあってさ」

大吉昆虫コンサルタントの社名が書かれたワゴン車から道具を出しているとき、ぽんと肩を叩かれて赤堀は振り返った。

「あの、うちは大丈夫でしたよね。一之瀬ですが」

見るからに高価そうなロードバイクにまたがり、かなり背の高い男が赤堀のすぐ後ろにつけていた。翡翠色の瞳をもつ少年、俊太郎の父親だろう。息子とはまったく系統が違うけれども、彼も見入ってしまうほど端整な顔立ちをしていた。

赤堀はリストに目を通してにこりと笑った。

「一之瀬さんはセーフですよ」

「ああ、よかった」と彼は安堵のため息をついた。「息子がひどいアレルギー体質なもので、これ以上、余計な苦労を増やしたくないのでね」

「息子さんは、綿貫さんのメディカルアロマに通われているとか」

そう言ったとたん、一之瀬は儀礼的な笑顔を完膚《かんぷ》なきまでに消し去った。

「どこでそれを？」

「あれ、ええと、どこだっけかな。聞いた人は忘れちゃいました」

うっかり口を滑らせた赤堀は笑ってごまかした。

「まったく、この村では隠し事ができない。年がら年じゅう人の詮索やら噂話やら、いい加減、うんざりしてるんですよ」

一之瀬は腹立たしげに言って舌打ちまでしたけれども、赤堀を無遠慮に見まわしてとりあえず害はないと踏んだようだった。

「まあ、綿貫さんには本当に感謝してますがね。息子の症状も、見違えるほど落ち着いてるんです。今まで、金も時間もかけたのに全部無駄だった」

「息子さんに合っていたんでしょうね。アレルギーには個人差があるし、治療法を見つけられたのは幸運ですよ」

「もっと早く出会いたかったけどね」

一之瀬は情のない言い方をして、すぐ話題を変えた。

「ところで、なんで南京虫が急に発生したんです？」

「そうですねえ。詳しく調査しないとなんとも言えませんが、この虫は自然には発生しないんですよ。つい最近もニューヨークの国連ビルで大発生したんですけど、原因は不明。旅行客が持ち込んだか、戦争から復員した軍関係者から広がったかだと思いますけどね。おそらく、発生源は国外です」

「国外か……」

「この虫の卵は、とにかく粘着力が強くてどこにでも貼りつく。旅行鞄とか靴の裏の溝とか、ぴったりくっついて運ばれていくんですよ。で、室内に落ちてたちまち孵化すると」

一之瀬は自転車のハンドルに肘をつくような格好で考え込み、切れ長の鋭い目を合わせてきた。

「ちなみに、中丸さんの家では出ましたか？」

「ええ、結構いましたね」

「あの家が発生源ということは？」

過剰に声を潜める一之瀬を見て、赤堀は首を傾げた。話題にすることすら汚らわしいとでもいうように、異常な早口になっている。

「行けばわかるでしょうけど、とにかくあそこは何がいるかわからない最悪の環境です。蚊だらけですよ。南京虫が村の東側でだけ繁殖するなんて、きっと原因はあの家だな」

中丸聡が過去に事件を起こしたことで、被害者遺族から嫌がらせを受けていることは岩楯から聞いて知っていた。状況を見ないとなんとも言えないが、一之瀬の警戒もあながち的外れではないかもしれない。

赤堀は当たり障りのない笑みを浮かべた。

「蚊とトコジラミは生息環境がまったく違うので、今回のこととは分けて考えるべきですよ。もちろん、これから調べますけどね」

一之瀬は終始不満そうな顔を崩さず、じゃあ、と目を合わせて去っていく。きちんと調査しろよと言わんばかりだった。俊太郎と同じく、自分の周りに高い柵を張り巡らせている。唯一、信用しているように見えるちづるに対してでさえ、何かあれば攻撃に転じるだろうと思わせた。

赤堀は私道の角を曲がるまで彼の後ろ姿を目で追い、せっせと準備している大吉に合流した。

「で、何で攻撃すんの？」

「ここで発生してる連中は、ピレスロイド系の殺虫剤に強いですよ。さっきテストしましたけど、どうも抵抗性発達してるみたいですね」

「スーパー南京虫ってわけだ」

大吉は掃除機を室内に運び入れながら頷いた。

「まずは高温スチームで始末します。そのあと、連中の通り道になってる場所に薬を噴射。隠れてたやつらが這い出た瞬間、薬に触って逝ってもらいますよ。なおかつ、畳の下には粉剤を置いて繁殖をさせませんので」

「段階的なトラップで、確実に数を減らしてとどめを刺す戦法か。家じゅうに殺虫剤を撒き散らす、よその業者とは大違いだよ。いつものことだけど」

「殺虫剤の大量散布の効果は一時的ですからね。またすぐに出ます」

大吉は粉塵用のマスクを赤堀に差し出してきた。スニーカーの上からビニールのカバーをかける。互いに河童のような見た目になりながら、まずは寸刻みに掃除機をかけ、吸い取ったトコジラミを紙パックごとビニール袋に密閉した。そしてカーテンレールの上やエアコンの裏、畳の隙間などに高温スチームを噴射し、また掃除機をかけることを何度も繰り返していく。

息が詰まりそうなほど蒸し暑く、汗が噴き出してのぼせ上がってくる。赤堀はマスクをずらしてあえいだが、とたんに薬剤と埃を吸い込んで咳き込み、またすぐに口を塞いだ。吹き抜ける風もなく、これをやるには最悪の環境としか言いようがない。

「熱中症に気をつけてくださいよ」

たびたび汗をぬぐって手を止める赤堀を見ながら、大吉がくぐもった声をかけてきた。この道のプロは、夏の現場で何がいちばん危険かをよく知っている。赤堀は一旦外に出て水分を補給して顔を洗い、また舞い戻って作業を再開した。

「それで、さっき言ってた僕に手伝ってもらいたいことってなんですか？」

頭にタオルを巻きつけ、大吉は赤堀に目を向けてくる。

「誘引トラップをつくってほしいの。主成分はメチルオイゲノール。これを染み込ませたテックス板ね」

「メチルオイゲノール？　香辛成分の？」

「その通り」と赤堀は頷いた。

「いや、でも。それをつくってどうするんですか？　だいたい、その罠に引っかかるのはミバエ類のオスが中心ですよ。しかも害虫のミカンコミバエとか」

「うん、それでいい」

「あのですね。もう知ってると思いますけど、二〇〇〇年の初めには日本からほぼ消えてますって。南国フルーツに壊滅的被害を与える大害虫ですから」

「知ってるよ。なんせ、国はこの虫の撲滅に何十年もかけたからね」

「今でも検疫はすさまじく厳しいですよ。まあ、沖縄とか小笠原では常にテックス板を仕掛けてますけどね。目を光らせる意味で」

大吉はスチームの湯気でむせ返りながら説明する。赤堀は、せっせと手を動かして先を続けた。

「日本から徹底追放されてるその種が、東京のど真ん中で見つかったって言ったらどうする？　しかもバラバラ死体にくっついて」

「はい？　くっついてた？」

大吉は素っ頓狂な声を上げた。

「というより、ミカンコミバエとかチチュウカイミバエとか、日本の農業を壊滅させるような最悪の種じゃない。死体についてたのは虫の腹部と腿節の一部だったんだけど、別のミバエの一種じゃないかと思うんだよ」

「根拠は？」

「解剖したら、直腸分泌腺《ぶんぴつせん》からバニリルアセトンが見つかったの」

大吉は眉根を寄せて首を傾げた。

「バニリルアセトン？　ええと、確かショウガの成分でしたよね」

「そう、そう。わたしが知ってるミバエ類は、こんなフェロモンを体内にもってないんだよ。というか、ショウガをもってるミバエなんて聞いたこともないって」

「それはないですね。まあ、バニリルはオイゲノールに似てるっちゃ似てますけど……」

そう言いながら、大吉ははたと動きを止めた。

「いや、待てよ。まさか……。ヤバイ害虫が変異したんじゃないだろうな。涼子先輩、防疫所《ぼうえきじょ》に問い合わせましたか？」

「電話したけど、国内での被害は一件も報告されてないね。今はドミニカでチチュウカイミバエが発生して、くだものの輸入が止められてるよ。ショウガのほうは、さっぱりわかんないってさ」

「そのわかんないもんが、バラバラ死体についていたと……」

大吉は止めていた手を動かしながら、ぶつぶつとつぶやいている。

赤堀は、このミバエの一種が遺体についていたことが、最重要だと直観的に思っていた。昆虫は、フェロモンなどの生成のためにさまざまな物質を体内に蓄積するが、ミバエがもっていた「バニリルアセトン」がもともと何からもたらされたのかがわかれば、なんらかの糸口になる。事件につながるかもしれなかった。ほかの昆虫学者や植物学者にも意見を仰いだけれども、今のところ予測の範疇《はんちゅう》にある答えしか得られていない。

「まあ、ショウガを食べたから分泌腺にショウガが残ってたとか、そんな単純なことではないからね。何かから変質させてるはずなんだよ、これは間違いない」

「だから誘引トラップですか」

「うん。日本に生息するミバエ類は最低でも百七十種。国分寺の公園と、村のあちこちに仕掛けてショウガミバエが本当にいるのかどうかを調べたい」

「そういうことなら、まかせてください」

大吉は大きく頷き、それから二人はトコジラミの駆除に没頭した。一軒を終わらせたあとに昼食を摂り、続けて次の家へ移動する。

みな田舎特有の広い家なのだが、幸いにもトコジラミは全体に広がってはいなかった。長い時間を人が過ごす居間と寝室にほぼ集中している。しかもまだ発生の初期段階というのが不幸中の幸いだ。このまま見過ごされれば、瞬く間に仙谷村全体の問題になっていたのは間違いない。

そして二人は二軒目を終え、汗みずくになって今日最後の家を訪問した。

中丸家は裏手に山が迫る薄暗い敷地で、崩れたブロック塀や屋根に載せられた無数の古タイヤなど、見るものすべてが気を滅入らせてくる場所だった。傾いた陽が辺りを茜色《あかね》に染めているのも、ひどく物悲しい演出になっている。庭の雑草はきれいに刈られて隅で干からびているけれども、赤堀が敷地に足を踏み入れたとたんに、どこからともなく蚊が湧き上がってきた。なかなか素早い反応だ。

赤堀は大吉にぶつかりながら飛びすさり、腕にとまった蚊をバシンと叩いた。

「ヒトスジシマカ。たぶん、ここにいるほとんどがそうだよ」

「つうか、いったいなんて量ですか！　信じられない！　沼地にだってこんなにいないでしょうよ！」

大吉は腰に着けた工具バッグから殺虫剤を取り出し、ののしりながら噴射した。が、敵は次から次へとひっきりなしに現れ、予測もできない動きで二人から確実に血液を吸い取っていく。大吉は舌打ちして殺虫剤をしまい、踊るように蚊を叩きまくっている赤堀の腕を引っ張った。

「これじゃあ、きりがない。ともかく、なかを先にやっちゃいましょう。こいつらには、あとからたっぷりと思い知らせてやりますよ」

駆除業者のプライドに火が点いたようだった。騒ぎを聞いて暗い玄関から顔を出した中丸夫妻は、何度も頭を下げてしきりに蚊の多さを詫びている。大吉は恐縮する二人ににこやかに挨拶し、早速家のなかへ道具を運び込んだ。

「ああ、生活道具はそのままにしてください。座布団も座椅子もそのままに。移動すると、やつらも一緒に動いてしまいますからね」

片付けようとしている夫婦に言うと、また深々と頭を下げている。気の毒になるほど人の顔色を窺い、所在なさげにうろうろしていた。赤堀はこの二人の息子が事件に絡んでいないことを願ったけれども、そこらじゅうに痕跡を残していることも知っている。

手際よく準備を進めているとき、大吉がスチームをセットしながら振り返った。

「中丸さん、この焚かれている蚊取り線香は、天然素材のものですか？」

屋内には靄のように煙が立ちこめ、すべてをどんよりとくすませている。

「はい、そうです。街の薬局で薦められたんですよ。年中焚いてるんなら、強い薬が入ってないやつが安全だよって」

「確かにそうですよね。わかりました」

大吉は微笑んで作業を続行する。赤堀がそばへ近づくと、後輩は鋭さのある視線を送ってきた。

「トコジラミが、ピレスロイド系の殺虫剤に強かったのはこれのせいですよ。この蚊取り線香の成分は、除虫菊《じょちゅうぎく》のピレトリン。この勢いで焚いてたら、虫はすぐ抵抗性発達をするでしょうね。もう、南京虫にも蚊にも効かないただの煙です」

「てことは、村にはびこるスーパー南京虫の出どころはここか……」

「そのようですね」

この場所から急に村へ広がったのなら、だれかが家に持ち込んだことになる。

「中丸さん、ここ最近、旅行へは行かれました？　国内でも海外でも」

赤堀は振り返って尋ねた。

「いやあ、どこへも行ってないよ」

「じゃあ、よその県からの荷物を受け取ったことは？　宅配便とか」

「それもないねえ」

「村の住人以外が訪ねてきたことは？」

これもないようで、夫婦は顔を見合わせて首を横に振っていた。

大吉が調べたトコジラミの発生駆除状況を見る限り、ここ一年、関東圏ではひとつも報告が入っていない。発生は大阪に限定されるが、その場所との接点はないようだ。

赤堀は頭を巡らせながら、掃除機で吸い取ったゴミを次々と密閉していった。被害者遺族が彼らに嫌がらせをしているにしても、トコジラミをそう簡単に入手できるとは思えない。しかも虫の齢から考えて、発生は六月の中旬から後半にかけてだろう。ごく最近のことだった。死亡推定月日にかかっているのは、ただの偶然ではないと赤堀は思っている。

二人は黙々と作業を続け、害虫を一掃するべく電気コードの一本一本まで確認をした。ここはとても清潔な家で、作業の妨げになるような物の移動がほとんどない。こまめに水分を補給しながら休まずに続け、ついに残す部屋はひとつだけとなった。

腰の曲がった父親は暗い廊下を進み、襖の向こうへ声をかける。

「聡、害虫駆除の人がきなさったど。あとはおまえんとこだけだ」

空気の漏れるような言葉が終わらないうちに、襖がガラリと開けられる。襟首の伸びたTシャツに短パン姿の中年男だった。

これが中丸聡か……。赤堀は笑顔をつくって会釈をした。小太りでずんぐりした体型は大吉と似ているけれども、まるっきり覇気がない。あごを前に突き出して背中を丸め、虫に刺された腕をボリボリと掻いていた。顔にも掻き壊したようなひどい痕が残っている。

確かに、これを見れば、ちづるのように治療をしたいと思うかもしれない。いささか不気味ではあるけれども、無視して素通りはできないような気持ちにさせられる。彼の年老いた両親と接したせいだった。

「この広さなら、一時間もかからないと思いますよ。さっさとやりますんで」

大吉は返事も聞かずにずかずかと部屋に入り、早速、六畳間の隅に沿ってペンライトを当てている。当然というべきか、中丸家はほかのどの家よりも害虫の数が多かった。大量の蚊に囲まれているうえに、トコジラミまで巣食っているという最悪の生活環境……。

中丸は落ち着きなく廊下をうろうろして部屋を覗き込み、赤堀と目が合うと慌てて引っ込むことを繰り返している。そして畳を上げて薬を撒き終わったと同時に、赤堀と大吉はがっちりと握手を交わした。

「お疲れ！　今日は一年ぶんぐらい働いたよね。いやあ、清々しい！」

「せいぜい一週間ぶんですよ。明日も残ってるし」

大吉はマスクを外して伸び上がり、頭のタオルを取って大きな顔をぬぐった。道具一式を抱えて玄関へ移動すると、中丸聡がはにかんだように「どうも」と頭を下げてくる。殺人を犯してバラバラにできる異常性も、また、それはできないと思わせるような内面も見えてはこない。摑みどころがないけれども怪しいという、岩楯らしからぬ曖昧な言葉の意味がよくわかった気がした。

大吉は駆除した場所と今後の注意点、それから料金表の書かれた紙を父親に手渡した。見積もりよりもだいぶ安く上がっている。

「中丸さん、息子さんの部屋にあった枕と居間の座布団は、こちらで持って帰って焼却処分します。これは奥まで卵が入っているので、完全に駆除はできないんですよ。あと、蚊取り線香は今の半分以下の量でも大丈夫です。焚けば焚くほど虫が死ぬというわけではないのでね。夏が終わるまでには、蚊が十分の一以下になるように細工していきますんでご安心を」

ぽかんとしている夫婦に挨拶して家を出た大吉は、敷地内や裏手の山を軽く調べて、放置されたごく小さな溜め池の前で立ち止まった。抹茶色に水が濁り、びっくりするほど大量のボウフラが動きまわっている。

「ここが発生源だな。というより、土地の所有者に言ってこの溜め池は埋めてもらうべきですね。使われてる形跡がないですよ。柵もないから危険だし、デング熱を媒介するかもしれないし」

大吉は、顆粒タイプの薬剤をおもむろに水へ入れた。

「幼若剤《ようじゃくざい》？」

赤堀が問うと、後輩は乱れたマッシュルームカットを揺らして頷いた。

「こいつらには、このまま水の中で終わってもらいます。成長ホルモンを阻害して絶対に羽化させませんよ」

「なんか大吉、今日はやけにヒーローっぽいじゃん。彼女でもできた？」

大吉は頑丈《がんじょう》そうな歯を見せてにっと笑い、赤堀に親指を突き出してきた。

3

防犯ビデオの検分を始めてから二日目。店舗やマンションなどを漏れなくまわり、これが三十本目の映像になる。

昼食の後に訪れた睡魔《すいま》の大波に打ち勝ち、岩楯は再びモニターへ目を向けていた。西国分寺《にしこくぶんじ》駅の近くにあるコンビニの防犯ビデオは、二台が外へ向けられている。そのうちの一台は前の道路を捕らえているのだが、今までに観たどの映像よりも鮮明だ。行き交う人間の顔もはっきりとわかるほどだった。

時折りメモを取りながら画面に見入っているとき、雑然と物が置かれている事務所の扉が開く音がした。岩楯が占領しているスチール机の上に、ぽんとペットボトルのお茶が載せられる。

「店長からの差し入れです」

横に目を向けると、牛久が今さっきよりもしゃっきりとした面立ちをしているのがわかった。顔を洗って気合を入れ直してきたらしい。

牛久は指の関節をぼきぼきと鳴らし、よし、と声を出して隣に腰かけた。

「ここの店長には仏心《ほとけごころ》がある」

岩楯はペットボトルのキャップを開けて、冷たいお茶をひと口飲んだ。

「そうですね。二軒前の店はビデオを確認している最中も、ずっと横に貼りついて急き立ててきましたから。しかも、ものすごい仏頂面。あそこまであからさまだと、さすがに傷つきました」

「国分寺界隈は今やおまわりだらけだからな。ビデオを見せろだのコピーしてくれだの、立て続けに押しかけられてうんざりしてるんだろ」

「かなりの数のパトカーも巡回に出ていますからね。それにしても、これだけの人海戦術を仕掛けてるのに、手がかりが見つけられないのはどういうわけなんでしょうか」

牛久は、角刈りの頭を触りながら焦りのにじむ面持ちをした。桃スカッシュと書かれたピンク色のジュースの蓋を開け、難しい顔のままちびちびと口をつけている。あまりにも似合わないそのさまを見つめ、岩楯は無意識につぶやいた。

「バラ科のくだもの。桃か梅……」

すると牛久はむせ返り、ひとしきり苦しげに咳き込んでから、信じられないと言わんばかりに岩楯を素早く振り返った。

「なぜ今それを言ったんです！　昨日もお願いしたじゃないですか、当面は話題にしないでくださいって！　せっかく忘れかけてきたのに！」

「おまえさんが、そんなもんを飲んでるから思い出したんだよ。神宮医師の最新の司法解剖報告書によれば、被害者が最後に食ったものは『桃か梅のようなバラ科のくだもの』だったよな。検屍の写真を見たろ？」

「強制的に見せられました！」

「半分にされた胴体から消化器官が引っ張り出されて、かろうじて残ってた胃袋の中身をトレイにぶちまけたとこで接写だ。あれだけ腐り果ててるのに、よく死に際に食ったものを割り出せたもんだと感心したよ。今の科学はとんでもない」

「ああ、駄目だ。またむかむかしてきた……」

牛久は胃袋のあたりをさすって鼻の付け根にシワを寄せた。聞きたくもない内容をまた詳しく説明された不幸を呪い、これ以上ないほど恨みがましい顔をしている。

「そのうえ、膵臓《すいぞう》がきれいさっぱり消えている」

「それは動物のせいだと解剖医も言っています。現に、腐敗で肝臓も液化してなくなっているわけだし、虫や動物による損傷の激しさを見ればおかしくはないと思いますが」

「まあな。でも、痕跡もなく消えてるのが引っかかるんだよ。腐り落ちたり虫に喰われた臓器は、残骸程度でも何かしらは残ってただろ？」

この報告書を読んで、岩楯はすぐに中丸家の軒先を思い出していた。大量に天日干しされていた黄色い梅の実。中丸の母親は、さまざまな種類の梅やくだものを漬けている。被害者は死の直前に何かの実を食べ、ほとんど消化されないままバラバラにされたのだが、中丸の周囲にあるものがしょっちゅう浮かび上がりすぎだった。

そして消え失せた臓器も問題だ。岩楯は防犯ビデオの映像に目を走らせながら考えた。解剖医は動物による損傷だと締めくくっていたけれども、腕の動脈を切ったかもしれない異常性につながる気がして、岩楯は簡単に聞き流すことができなかった。赤堀が突き止めたミバエの件も気にかかる。くだものにたかる害虫は、被害者が死に際に食べたものを連想させるにもじゅうぶんだろう。

岩楯がモニターを見据えていると、牛久が気を取り直したような声を出した。

「それにしても、主任が西国分寺に捜査場所を変えたのには驚きました。何か思うところがあったんでしょうか？　これについては、一課長も黙認されていますよね。ほかの者は、今日も国分寺駅と公園周辺をしらみ潰しに当たっていますが」

「だからだよ。向こうは連中で間に合ってる。それに公園へ行こうと考えたとき、西国分寺駅もじゅうぶんに徒歩圏内だろ」

岩楯が言うなり、牛久が怪訝な顔をしたのがモニターに映った。

「ですが、犯人は車を使っていると思うんですよ。かなり腐敗の進んだ遺体を運んだわけですからね。切断された脚ともなれば大きさもありますし、街なかを歩いて移動なんてするでしょうか」

「しないと言いたいところだが、殺人事件に常識は通用しない。特に今回のヤマはそうだ。だいたい、公園の駐車場にあった車は全部シロ。周辺のコインパーキングとか路上駐車した車も含めて、今までに相当な数を洗ったはずだ。八王子の高速インターの記録もな。でも出てきたのは、レクサスとふざけた若造の幽霊騒ぎだけだぞ」

牛久は眉根を寄せてしばらく黙り込み、考えながら慎重に口を開いた。

「岩楯主任は、公共の交通機関を使って、遺体を国分寺まで運んだと思われているんですか？」

「今は、なんだってあり得るとは思ってるよ。本来ならバラバラ死体は見つかる予定じゃなかった。だが、タヌキが掘り起こして事が早々と発覚したことで、焦って動いた結果が今だろう。おまえさんが言う異常者説を否定はしない。ホシは間違いなくイカれた人間だよ。だが今回の遺棄は、遊び半分じゃなくて捜査の攪乱《かくらん》が目的だと思う」

しかし、やり口はきわめて杜撰《ずさん》だ。報告書からひしひしと伝わってくる異常性が現場からは見えず、どこかちぐはぐな印象を受けている。

「それと場所だよ。国分寺の窪西公園を選んだのには理由がある。あてずっぽうじゃなくて、そこで死体が見つかるようにしたかったんだろう」

岩楯は白黒の画像がプリントされた紙を引き寄せ、とんとんと指を打ちつけた。公園近くのマンションの防犯ビデオに映り込んでいた人間だ。時刻は七月二十日の午前七時過ぎ。公園の北側にある入り口へ向かっているようで、道路を斜めに横断しているところだった。白っぽい半袖パーカに黒のスウェットパンツ。いかにも早朝にジョギングをしている風情だが、まるで顔を隠すようにフードをすっぽりとかぶり、黒い大振りなスポーツバッグを抱えているのが場違いだった。

「主任が昨日見つけたその男は、確かに違和感がありますね」

「歩いてる方向を見ると、西国分寺方面から来たことがわかる。道を渡ってるんだから、おそらく住宅地を抜けたんだろう」

岩楯は広げてある地図を指差した。細々とした一軒家が建ち並ぶ古くからの住宅地だ。それゆえ防犯ビデオなどもなく、この人物はたった一枚しか姿が捕らえられていない。しかも、入ったきり公園を出た形跡がないのもおかしな話だった。

「どことなく、タクシーで仙谷村に乗りつけたという男を連想させますね。年齢はちょっとわかりませんが背が高い。それに、そのバッグなら脚が入ると思います。でも、徒歩というのがやっぱり気になるところですが」

「とにかく、こいつも含めて当たってくれ。次のことはそれから考える」

牛久は最後まで疑問の残る顔をしていたけれども、上司の言いぶんに従って了解、と低い声を出した。

七月十九日の午後から右脚が発見された七月二十日にかけて、二人は漏れがないように目を通していく。この場所は駅からの人間が流れる道になっているらしく、電車が到着するたびにおびただしいほどの人が通過していった。学生から勤め人まで、店に立ち寄ることが日課になっている者も多い。コンビニに吸い込まれてくる人間と、前だけを見て足速に歩を進める者。岩楯は四分割された動画を止めてひとりずつチェックし、観終わった時間を書き留めて次へ送ることを繰り返した。牛久は事務机に肘をついて前のめりになり、もう一台のモニターにかじりついている。

トコジラミの出どころが、中丸家でほぼ間違いないとの連絡を赤堀から受けていた。ますます怪しさが際立つなか、今探しているのはまた新出の人間だ。未だ事件の全容には霞《かすみ》がかかり、そして脈絡もなく、突き止めたひとつひとつの事実だけが上滑りしているようなありさまだった。捜査本部も事件の本質を摑み切れておらず、今は様子を窺いながら教科書通りの動きに徹している。が、そこから大幅に外れたとしても、少しでも違和感のある扉は、片っ端からこじ開けて覗いてやろうと岩楯は決めていた。

深呼吸をして焦りを遮断し、鮮明なカラーの画面に意識を集中した。人相を素早く見極めながら、動きのおかしな人間がいないかどうかを注視する。次へ送るためにパソコンのキーを押したとき、画面の左側から入ってきた人間に目が吸い寄せられた。痩せていて背が高く、周りの集団から浮き上がって見える。岩楯は四分割された左上の画像をフル画面に設定し、顔を近づけてその部分を凝視した。薄いグレーのパーカを羽織ってヘッドホンを耳に当て、黒いスポーツバッグをリュックのように担いでいる者がいる。下はよく見えないが黒っぽい。

岩楯は急いで映像をスロー再生にして、人がかぶらない位置で停止させた。そして画面いっぱいまで拡大し、かぶったフードからわずかに覗く横顔を長々と見つめた。机の上のプリントアウトを取り上げて、気が済むまで交互に見くらべる。

間違いない、服装やバッグのロゴが完全に一致。同一人物だった。しかし、これはいったいどういうことだ？

「なんでこいつがここにいる……」

フードの男を凝視しながら低くつぶやくと、牛久が手を止めて画面を覗き込んでくる。大写しにされた人物をしげしげと眺めていたが、次の瞬間には、血相を変えて椅子から腰を浮かせかけた。

「一之瀬の息子じゃないですか！」

そう言って声をうわずらせ、岩楯が持っているプリントアウトと画面を素早く目で往復した。

「公園近くにいた者と同一ですよ！　服装も完全に一致しています！」

「ああ。この子どもは、どこの高校に通ってるんだっけ？」

「府中北《ふちゆうきた》高校です。私立の一貫校ですよ。村の女子生徒が言ってました」

牛久は慌ただしく地図を引き寄せ、太くて短い指でその場所を示した。国分寺市との境、東八道路を挟んだはす向かいにある。最寄《もより》駅は北府中だが、件の公園からそう離れてはいなかった。岩楯は頭を抱える羽目になった。

「一之瀬俊太郎はバラバラ死体が発見された当日の朝、国分寺の公園へ行った。死体が入るほどデカいバッグを持って、わざわざ通学路とは別の駅で電車を降りて、顔を隠すように裏道へ入っている」

岩楯は、画面から目が離せなくなっている牛久を見やった。

「この子どもに殺しができるか？」

相棒は険しい面持ちで考え、首を横に振って「想像できません」と答えた。

「胴体を真っ二つにしたり、指を切り落として掌紋をこそぎ落とすような真似ができるとは思えない。だが、ガキの犯罪ってのは、時としてとんでもない方向に進む。考えられないほど残忍《ざんにん》で執拗。いき着くとこまでいってる場合も多い」

犯行の随所に見える稚拙《ちせつ》さは、思春期の不安定さを示していると考えれば納得もできる。しかし……。岩楯は、画面に映る端整な横顔を食い入るように見つめた。村人とのかかわりを避け、無気力で何を考えているのかわからない俊太郎を思い出す。あれだけの容姿《ようし》がありながら、にじみ出すような卑屈さを隠せないでいる不可思議な少年だ。

「俊太郎の母親は、確かよそに男をつくって逃げたんだったよな」

「そうです」

牛久は画面から目を離さずに言い、眉根を寄せながらぽつぽつと言葉を送り出した。

「まさかとは思いますが、バラバラ死体は母親を奪った男では……。しかも、殺《や》ったのは父親で、俊太郎が遺棄にかかわっている？」

岩楯は相棒の説を考えたけれども、すぐ首を横に振った。

「喘息もちで病弱な子どものために、仕事も人生もなげうって村で自給自足をするような親父だ。いけ好かない男だが、並大抵の覚悟じゃできない。息子のためにならんことはしないだろう」

もっとも、息子の凶行を隠すために工作をする可能性はあるかもしれない。

「とにかく、俊太郎に会う必要がある。なんの情報も入らないうちにだ」

岩楯は店長に頼んで画像をプリントアウトしてもらい、ビデオ映像はＤＶＤに落とし込んでもらった。それからコインパーキングに入れておいた車に戻り、俊太郎が通う高校へ向かう。

国分寺の住宅街を抜けるまでに、何台ものパトカーが音もなく岩楯たちの車を追い越していった。通りのあちこちに立つ制服警官と、見知った顔の捜査員ともすれ違う。みな一様に手応えのなさを顔に出し、不機嫌を隠す努力すら放棄しているようだった。どこかで鳴らされたサイレンの音が耳に入るたび、妙に急き立てられるような気持ちになった。

しかし、通りを抜けたこの一帯は異質だった。岩楯は、空気が変わったのを感じて辺りに目を走らせた。閑静な文教地区が広がり、大学や高校を示す標識があちこちに見受けられる。そのなかでも、ひときわ緑豊かな敷地が府中北高校らしい。この一角だけ清々しい風が吹き抜け、ひぐらしの涼やかな輪唱で満たされている。幾何学模様にタイルが配された三階建ての校舎は、三棟をつなぐ連絡通路が交差しているという凝った造りの学校だった。見るだにまだ新しく、中高一貫だけあって大学並みの規模がある。

「なかなか金のかかりそうな学校だな」

岩楯は見たままの感想を述べた。

「一之瀬の収入源は謎だらけだ。今までは無関係と思って見逃してきたが、いったい何で稼いでんのか」

「投資や株かもしれませんね。もともと高収入で貯蓄していたとも考えられますが」

「それにしては金の使い方が雑だろう。高級車に高級自転車に高級カメラ、おまけに輸入ものの農業用品。お年玉を散財してるガキにしか見えない」

牛久が国道沿いにアコードを停止させ、岩楯は数十メートル先に見える校門へ目をすがめた。何人かの少女が門柱の前でたむろし、校内を覗き込んではしゃいだ声を上げている。友達でも待っているのだろう。さまざまな学校の制服を着た女子高生が、夕日に染まる通りを渡って歩いてくるのが見えた。

強烈な西日が目を刺して陽避けを下ろしたとき、惑星を模した格好の時計台が四つの鐘《かね》を鳴らした。さらにしばらくすると、制服姿の生徒がぱらぱらと外へ出はじめてくる。どうやら男子校らしく、少女たちは目当ての男子生徒を待っているのだとようやくわかった。

校門から出てくる子どもたちは見る間に数を増やし、刑事二人の目が追いつかないほど集団でごちゃごちゃと移動する。これは車を降りたほうがいいと思ったとき、頭ひとつぶんだけ飛び出している少年を見つけた。

「車を前にまわしておいてくれ」

そう言って岩楯は車を降り、横に広がって歩く子どもたちの壁をかきわけながら前に進む。ヘッドホンを耳に当てた色素の薄い髪を見つけ、おもむろに後ろから肩を摑んだ。振り返った少年は岩楯を見てきょとんとし、いったい何事だとでも言いたげに、周りをきょろきょろと見まわしている。この暑さのなかでも白い顔には汗ひとつかかず、翡翠色の瞳をまっすぐに合わせてきた。

「ちょっと話がある」

少し走っただけで、岩楯のほうはすでに汗だくだった。こめかみを伝う汗を手の甲でぬぐうと、俊太郎は涼しげな顔をしてヘッドホンを外した。ブルーのワイシャツの第一ボタンを外し、紺色のネクタイを無造作に緩めている姿が憎らしいほどさまになっている。後ろには何人かの少女たちがひかえ、さも迷惑そうに岩楯を見上げていた。

「悪いが、ファンクラブは解散してもらえ」

「勝手についてくるだけなんで、別にどうでもいいです」

「たいしたもんだな」

岩楯はにやりと笑い、少し前に停まっているアコードに俊太郎を促した。防犯ビデオに映っていたのと同じスポーツバッグを持ち、後部ドアを開けるなりなかへ放り込んでいる。抵抗も拒絶も怯えも何もない。少年の隣に岩楯が乗り込んですぐにアコードは緩やかに発進し、道を一本入った人気《ひとけ》のない工事現場の脇に再び停まった。

俊太郎はさっきからスマートフォンに目を落とし、刑事二人の威圧に緊張しているふうでもなかった。虚勢ではなく、十七にして不気味なほど肝が据わっている。

「さて、なんで学校までおまわりさんが来たのか、そろそろ思い出したか？」

「また村の女子からの苦情ですか？」

「子どものいざこざにかまってられるほど、警察も暇じゃない」

俊太郎は気が立っている岩楯を見て、不服そうにスマホを切った。

「七月二十日。海の日で祝日だが、どこにいた？」

「学校で補習」

「きみは、今起きてる事件についてどこまで知ってるんだ」

「男がバラバラにされて山に捨てられた。片脚が国分寺の公園で見つかった。頭はまだ見つかっていない。被害者はだれだかわからない。犯人は頭のおかしいやつで、警察は遊ばれている」

「よくわかってるじゃないか。確かに遊ばれてるわな」

岩楯は牛久からファイルを受け取り、二枚のプリントアウトを取り出した。パーカのフードをかぶり、黒いスポーツバッグを担いでいる写真だ。座席に二枚を並べると、俊太郎はじっと見下ろした。

「これはきみか？」

少年は、かなり長い時間をかけて見つめてから小さく頷いた。岩楯は俊太郎から片時も目を離さなかった。あいかわらず無表情だが、今さっきまでとは間違いなく様子が違う。目には力が入り、視線をさまよわせないように、意識して一点に固定させていた。まさか、本当にこの少年が事件にかかわっているのか？　岩楯は、心を揺らすまいと体を強ばらせている少年に次の質問をした。

「この日の午後に公園のゴミ箱から脚が見つかったんだが、朝っぱらからこんなとこで何やってたんだ？」

緊張感は変わらない。俊太郎はふいに写真から視線を外し、上目遣いに岩楯を見た。

「散歩」

「与太話もたいがいにしろよ。おまえが住んでる村でバラバラ死体が揚がって、今度はおまえが散歩した公園で脚が見つかる。だれが偶然だと思うんだ」

「でも偶然です」

「よし。もう一回だけ聞くぞ。七月二十日、なんで公園へ行ったんだ？」

岩楯は目を逸らすことを許さなかった。ガラス玉のように無機質だった瞳はさまざまな感情をもちはじめ、素直な怯えを垣間見せるまでになっている。うそをついているというより、何かを隠したがっているように見えた。本当に人を殺したのか？　岩楯は何度も自身に問い、視線に乗せて俊太郎にも問うていた。少年の白い顔には少しずつ赤味が差して、悔しそうに視線をぱっと逸らした。

「何も知らないし、人も殺してません」

俊太郎は絞り出すようにそう言い、おもむろにスマートフォンを起動して指を動かしている。また逃避か……舌打ちしてスマホを取り上げようとしたとき、少年はいきなりモニターを岩楯に向けてきた。

「今度はなんなんだよ」

「見ればわかる」

生意気な少年はぶっきらぼうに言った。スマートフォンでは動画が再生され、至近距離から撮られた俊太郎が映し出されている。歩きながら撮影しているようで、酔《よ》いそうなほど上下左右に画面が揺れていた。

岩楯はスマホを受け取り、眉間にシワを寄せて動画に目を落とした。自分で撮影しているらしく、ぼそぼそと何かを喋りながら空や足許などを映して、また顔のアップに戻している。運転席から体を伸ばして牛久も画面を覗き込み、わけがわからないと言わんばかりに俊太郎を見まわした。

「これは？」この質問しか出てこない代物だ。

「国分寺の公園で撮った動画です。二十日に」

「なんのために」

岩楯はこれみよがしにため息を吐き出した。

「なるほど。ただ喋って歩いてるだけの動画が復讐になるわけか。だれに復讐してる?」

「あらゆる人間に対して」

「で、復讐のために男を殺して死体をバラしたのかよ」

岩楯は語尾を強めて俊太郎を睨みつけた。

「おまえさんは今、自分がどういう立場にいるのかわかってんのか? これは遊びじゃないし、子どもだから大目に見ることもない。こっちは本気だ。のらりくらりして舐めてっと、あとで吠《ほ》え面かくのは自分だぞ。よく考えろ」

少年は睨み返すようにあごを引いて岩楯を見つめ、スマートフォンを手荒にひったくった。画面を操作し、また突き出してくる。

「俺は毎週一回、必ず動画をネットに上げてるんです。だいたいは月曜日。十分程度のものだけど、ずっとこれを続けてる」

リストと書かれた画面には、これまでに上げられた動画がずらりと並んでいる。俊太郎は、こんなことをおまわりに打ち明けたくなかったとでも言いたげに、美しい顔を何度もゆがめて下唇を噛んだ。

「復讐」

「動画で生活費を稼いでる。父さんは俺のせいで仕事を辞めることになったから、少しでもなんとかしようと思って始めたんです」

「再生回数で広告収入とかいうやつだな？」

俊太郎は斜にかまえ、不遜《ふそん》な態度で微かに頷いた。

「生活費ったって、こんな歩いてるだけの動画でいくらにもならんだろう」

「多いときで、月に百万以上にはなります」

「なんだって？　百万？　これが？」

「はい」と答えた少年を見て、口をぽかんと開けている牛久を見た。この動画になんの価値があるのかわからないが、今度こそ俊太郎の顔にうそはない。そして、家に並ぶ高額商品の意味もようやく理解できた気がした。父親ではなく、息子の感性で買うものを選ばせているのではないだろうか。だからやけに子どもじみている。

俊太郎はメモをとっている牛久の手許を眺め、これも書いておけと言わんばかりに不機嫌な口を開いた。

「学校から近いから、国分寺の窪西公園で撮ることがいちばん多いし、二十日もいつも通りに公園へ行っただけです。これ以上、もう喋ることはない」

過去の投稿リストを見る限り、これもうそではないのだろう。本当に偶然に、同じ公園へ死体が遺棄されたらしい。しかも同じ日にちで？　岩楯はあごに手を当ててしばらく考え、少年の脇にあるバッグを指差した。

「鞄を見せてくれるか？　これは命令じゃなくお願いだが」

少年は抵抗することなくスポーツバッグを差し出してくる。中身は教科書などの学用品とジャージ、あとは細々とした雑貨類だ。ここにバラした右脚を入れ、俊太郎が運んだとはとても想像ができなかった。動画を撮る日は普段着で家を出て、公園で制服に着替えてから学校へ向かうのだという。防犯ビデオでは格好が変わっていたために、公園を出たことを岩楯が見逃していたのだった。

数時間後には四日市警察署に戻ってきた。岩楯は無人の会議室でノートパソコンを開き、渋面のまま動画投稿サイトを検索する。俊太郎が上げたものを見つけて順を追って観ていった。

最初に投稿したのは四年前、少年がまだ十三歳のときだ。村のどこかで撮られたものらしいが、言われなければ俊太郎とはわからない風貌をしていた。岩楯は滅多にないぐらいに驚き、パソコンの画面に顔を近づけた。

俊太郎は顔じゅうがひび割れのような白っぽいかさぶたで覆われ、血や褐色《かっしょく》の滲《しん》出液《しゅつえき》が固まってごつごつと荒れている。そのうえむくみがひどく、瞼《まぶた》などは腫《は》れ上がって、ほとんど目にかぶさっているようなありさまだった。首や手も同じ状態で、関節などは痛々しく裂けて血がにじんでいる。

岩楯は、画面いっぱいに大映しになっている少年を、あっけに取られたまま見守った。アトピーやさまざまなアレルギーが合わさったひどい症状だ。これでは、日常生活を送るのさえ容易ではなかっただろう。父親は不憫な息子のために都会から村へ越し、なんとか症状を和《やわ》らげようと苦心した。やったこともない畑を耕し、庭先にも細々とした野菜を植えつけ、不慣れでも俊太郎の口に入るものを吟味して責任をもった。もし自分だったら、そこまでのことができるだろうか。

むっつりと動画を観ているとき、牛久が部屋に入ってきた。

「一之瀬俊太郎の父親から抗議の電話が入りました。なんの根拠もないまま殺人者あつかいされて、尊厳を傷つけられたと言って激怒しています。学校にまで押しかけて、息子を脅して聴取をしたと」

「そうだろうな」

岩楯は上の空で牛久の言葉を聞いていた。相棒は反応の薄い上司の視線の先へ目を向け、ひどいかさぶたで覆われた顔を見てぎょっとする。

「なんですか、これは」

「俊太郎が初期に上げた動画だ」

「え！　もしかして、これがあの少年なんですか！」

「ああ。重度のアトピー、人相がまるっきり変わるほどだ」

牛久は眉根を寄せてしばらく見つめ、椅子を引きずって隣に腰かけた。

「こんなにひどかったなんて、まったく知りませんでした。なんて痛々しい……。しかし、なんでこれを公開しようと思ったんでしょうか。外にも出られないような状態に見えます。村に越してきてからみたいですが」

「それは当人にしかわからんが、母親への抗議かもしれんな。顔を映しながら喋ってる内容は、母親が自分を気持ち悪がって逃げていった……みたいなのが多い。こんなふうになった息子を見捨てた親だ。そりゃあ、男とトンズラもする」

「なんというか、観ているのもつらいです」

牛久は画面から顔を背け、眉端を下げて首を横に振っている。岩楯は、背もたれをきしませながら椅子によりかかった。

とにかく俊太郎は破滅的だ。醜くただれた顔を世界へ向けて配信し、みずからを見世物にしていた心境を思うといたたまれない。生きている意味がない、死んだほうがまし、視線がこわい、人の目を潰してまわりたい。負の言葉ばかりを延々と繰り返している。この症状では常に好奇の目に晒されただろうし、嘲笑をおそれて外へ出ることもままならなかっただろう。動画につけられているコメントも、安っぽい慰めか心無い罵倒で見るに堪えないものばかりだった。

「あらゆる人間に対する復讐か……」

岩楯は少年の言葉を思い出し、次々と動画を再生していった。俊太郎の症状は悪化と少しの回復を繰り返していたが、あるときを境に劇的に変わっていく。まるで蛹から羽化でもしたように、アレルギーの症状は影を潜めていった。

「このあたりで巫女の綿貫に出会ったんだろう。アクセス数が爆発的に増えはじめたのもこのころだ。なんせ、この容姿だからな。今じゃ世界じゅうにファンがいるらしい。コメント欄の言語数がすごいし、スカウトらしき誘いも多い」

「こんな動画で月に百万以上も稼ぐことが信じられませんでしたが、最初のほうを観るとわかるような気もします。みんな勇気をもらえるんじゃないでしょうか。まるで絶望から希望への道筋のような……」

「そうかね。俺には今も絶望したままに見える」

岩楯は、神妙な顔をしている牛久を見た。

「あの子どもは、人は上っ面しか見ないと思ってる。現に、美少年に生まれ変わったからこそ、これを観てる連中は熱狂してるんだろうからな。悲惨な過去があるほど今が引き立つし、世の中は刺激的な感動に飢えてるのを俊太郎はよくわかってる。動画を上げ続けてんのは金のためだけじゃない。やっぱり復讐なんだよ」

少年は事件には絡んでいない。岩楯はようやくそう結論を出した。憎しみの対象は個人ではなく、目に映るものすべてだった。すさまじい落差の経験から人を蔑み、静かな怒りを奥底で燻らせている。復讐の最終地点はなんだろうか。岩楯は一抹の不安を感じずにはいられなかった。あまりにも不安定な少年だが、胸に何かのもくろみを潜ませているようにも見える。そして、もうひとつ。

「おそらく、この動画を犯人も観てるな。やり口は今までと同じく稚拙。流れから考えると、どうやら俊太郎をハメようとしたらしい。恨みか、憧れか、嫉妬《しっと》か、それともっと別の感情か」

岩楯は動画の視聴履歴を洗うことにした。俊太郎が動画を撮影したのが朝の七時半。それ以降に死体は捨てられている。

4

携帯電話を切って鞄の中へ放り、昆虫学者は岩楯に顔を向けてきた。

「回収が全部終わったよ。結果、国分寺の公園はゼロ。その周辺からも出なかった」

「そうか」

赤堀は番号の書かれた正方形の板をビニール袋に入れ、口をガムテープで留めた。岩楯は地図上にある同じ番号を丸で囲み、回収済みの印をつけてから立ち上がる。

仙谷村は薄暗いほどの曇り空で、珍しくひんやりとした空気が漂っている。山の上では雨が降っているらしく、下りてくる風が地表の熱を冷ましていた。

事件発覚から十七日目。未だに遺体の左脚と下腹部、それに指と頭は見つかっていない。赤堀が割り出した遺棄現場からは被害者の毛髪も発見され、同じ場所にすべてが埋められていた痕跡があるのにもかかわらずだ。捜査本部は動物が持ち去った可能性を視野に入れているが、岩楯はそうではないと考えていた。おそらく、犯人が掘り返している。捜査陣を振りまわすのが目的だろう。

苦々しい思いで地図を尻ポケットにねじ込むと、赤堀が作業をしながら声をかけてきた。

「今日はウシさんと交代したほうがよかったんじゃないの？」

「なんで」

「涼しい部屋で視聴履歴の開示を待つのが、お偉いさんの仕事っぽいかなと思って」

岩楯は力なくにやりとした。

「本物の偉いさんなら本部にいくらでもいる。俺の入る隙間なんかないんだよ。それに牛久は、ああ見えてパソコン関連に強いんでね。開示された先を効率よく追える」

「なるほど」

そう言って赤堀は手を止め、わざわざ岩楯の前に立ってにこりと笑った。背中がくすぐったくなるような、唐突で柔らかい笑みだった。

「大丈夫、心配ないよ。足りないところは確実に補い合えてるから」

昆虫学者は伸び上がって岩楯の肩をぽんと叩き、また作業に舞い戻った。どうしようもなく疲れを感じているとき、赤堀はよくこんな断言をする。常に根拠を見据えている性分なのを知っている岩楯は、理由のないこの手の言葉を好んでいた。張り詰めた糸にゆとりをもたせてくれる。

たびたび笑顔を向けてくる赤堀を見て、岩楯は急に照れくさくなって話を逸らした。

「で、ずっと気になってたんだが、このリヤカーはなんだよ」

年季《ねんき》の入った錆だらけの二輪車へあごをしゃくった。

「組合支部長に借りたんだよ。材木を運ぶのに使ってて、羨ましくてずっと見てたらもってけってさ」

「これのどこに羨ましい要素があるんだか」

「だってこれ、自転車と連結できるモデルなんだよ？　すごくない？　大学にあったら便利だし、仕事道具が一気に載せられる。それはそうと岩楯刑事、リヤカーって公道を走ってもいいんだよね？　免許とか届けとかいるの？」

赤堀の自転車移動もどうかと思うのに、そのうえこんなものをつなげられたらかなわない。リヤカーを引いて霞《かすみ》が関界隈《せき》を爆走している姿を思い浮かべ、岩楯は首を横に振って眉根を寄せた。

「話を戻すぞ。大吉くんによれば、ミバエとかいう害虫は国分寺にいなかったと」

「そうだね。ミバエ類の行動範囲は、せいぜい五キロ。大吉は公園内と周辺の街なかにトラップを仕掛けたんだけど、一匹もかかってなかった。まあ、これは当然の結果だよ。あそこにはエサになるようなものがないから」

「エサってのは？」

「くだものがほとんどだけど、トマトとかピーマンなんかもいける子なの。問題は、ミバエが食べるようなエサから、バニリルアセトンは生成されないってことなんだよ」

岩楯はリヤカーからファイルを取り上げ、赤堀が出してきた報告書をめくった。小難しい名前の物質が並ぶ箇所に指を滑らせる。

「ええと、そいつはショウガの成分とかいうやつだな」

「その通り」

赤堀は、目深にかぶっていたキャップのつばを人差し指で上げた。

「農水省にも報告が上がってなくて、何をエサにしてるのかも不明で被害も出ていない。とにかく、ショウガのフェロモンをもってたってこと以外、よくわかんない子なんだよね」

「神宮医師が言ってた、バラ科のくだものが関係してる可能性は？　ガイ者が死に際に食ったと思われるものだよ」

誘引殺虫剤を染み込ませた黄色いテックス板をリヤカーに載せ、赤堀は慣れた様子で引きながら歩きはじめた。

「桃とか梅にもミバエはつくけど、バラ科のくだものからショウガの生成物質はつくられない。わたしは、トコジラミとミバエはセットで一緒に持ち込まれたんじゃないかと思ってるんだよ。この子たちは自然発生はしないからね」

「そうなると、大阪方面から入ったことになるんだぞ。トコジラミの発生報告は日本じゅうで一件しかないんだからな」

「うーん……」

赤堀は口を尖らせて何かに腹を立てているような顔をし、細い私道を折れて村の東側へ移動した。

「わたしは国外の可能性もあると思ってる」

「国外まで飛ぶのかよ」

「そう。それもアジア圏。調べたんだけど、今は欧米でトコジラミ発生の報告がない。ほとんどが東南アジアなんだよね。ミバエも同じ。まあ、単純にそれだけの理由なんだけど、なんか引っかかってるんだよ。一種類ならまだしも、二種が絡んでるから偶然とは思えないしさ」

赤堀は首をすくめた。

犯人が掌紋まで執拗に削ぎ取ったのは、身元の判明をおそれたからだ。当然、指紋の登録がある犯罪者と外国人、パスポート関連の登録者、それに警官などの特殊な職業も念頭には置いていた。が、中丸が前科者だったために、その線ばかりに固執していたのは否めない。しかもここ一年の間に、国外へ渡航した村人もゼロだ。

岩楯は腕組みをしてさらに考えた。害虫どもが入ってきたであろう状況を。たとえば、アジア圏から入国した人間が仙谷村で殺されたとする。被害者に二種類の虫がついていれば、人知れず這い出して蔓延《まんえん》することもあり得るだろう。しかし、そこまでだ。トコジラミの発生元が中丸家なのだから、問題は、指紋を登録するほど国外を行き来する人間と、中丸に接点があったのかどうかということだった。この男の背景を洗っても、人間関係がまったく何も出てこない。

悶々と考え込む岩楯の前で赤堀がリヤカーごと立ち止まり、金網にかけてあったテックス板を取り上げた。ジーンズのポケットから急くようにルーペを出して、表面にこびりついている小さな虫の死骸を確認していく。かじりつくように長々と両面を検分していたが、思い切り不満そうな顔を上げてかぶりを振った。

「いないね。トラップはあと残り二十枚だよ」

岩楯は板に記されている番号の場所を探して、地図上に印をつけた。

「いったいどこで生きてんだろう。南側にあったトマトの畑にもいなかったのに」

「まあ、これからだ。ようやっと村の東側に入ったんだからな。南京虫が湧いたのもこっち側だろ？」

「そういえば、被害者の遺族のほうはどうだった？」と赤堀は横から見上げてきた。

「確認したが、中丸の家に南京虫は撒いてないと言ってたよ。たぶん、うそではないと思う。スズメバチだのマムシだのゴキブリだの、今まで放ったもっとヤバいもんのリストも素直に出したぐらいだ。芝浦が南京虫だけ隠す理由はない」

「そっか」

赤堀は板をビニールに入れて口を止め、リヤカーに積んである箱にねじ込んだ。途中、何人もの捜査員とすれ違ったが、みなリヤカーを引く赤堀をちらちらと盗み見ていた。軽んじていた当初の感情はすっかりなくなったようで、今度は何を始めるのか……という興味へすり替わっているらしい。

二人は同じ作業をひたすら繰り返し、ひょろりと背の高い一本杉までやってくる。ここから中丸の家まで目と鼻の先だが、トラップにかかっているのはうっかり貼りついた別の虫ばかりで、あいかわらず目当ての種は捕獲されなかった。

なるべく期待はしないようにしていたものの、思わずため息が漏れ出すのは二人とも同じだった。言葉少なに貯木場の裏手に進み、今度こそはと勢い込んでテックス板を凝視する。いない。赤堀はむっつりとして板を袋に突っ込んだ。そしてブロック塀が崩れた中丸家の近くに設置した罠にも、探し求める虫はかかっていなかった。

そのとき、薄暗い家から急に男が出てきてぱったりと目が合った。突然のことに、三人はしばらく見つめ合う格好になる。中丸は鉈を持っていた右手を反射的に隠そうとし、もう一方の手には食べかけの何かが握られていた。母親が漬けたと思われるスモモだった。岩楯は手許を見つめた。これもバラ科のくだものだったろうか。

すると赤堀が、リヤカーを引いて歩きながら場違いなほど明るい声をかけた。

「こんにちは。あれから家のなかの様子はどうです？　生き残ったトコジラミなんて見つけてないですか？　一匹でもいたら教えてもらいたいんですけど」

中丸はきょときょとと忙しなく目を動かしながら「ああ、大丈夫です」と声を裏返して早口で答えている。岩楯は様子を窺いながら足を進め、軽く会釈をした。

「今日はお仕事は？」

「ああ、夕方から出ます。四日市の駅前で工事をやってて、夜間作業をするので」

「そうですか。ええと、その鉈は？」

岩楯が覗き込むように首を伸ばすと、中丸は慌てて前に差し出してきた。あばた顔に浮いた汗を、肩口に押しつけてぬぐっている。

「薪割りに使うんです。盆の迎え火に使う松明《たいまつ》をつくってるんですよ。親父が内職で受けたんだけど、腰が痛くてできないって言い出したもんで……」

男は、軒下に並べられているブルーのプラスチックケースに目を向けた。松の木が何本かずつ束にされ、ビニールの紐《ひも》で括《くく》られている。

今日もいつもと同じ調子だ。あからさまに怯えた挙動を見るにつけ、殺しなどは無理だろうと思うのだが、必ず名前が挙がるような位置にいるから戸惑う。岩楯は努めて愛想のいい笑みをつくり、中丸に聞いてみることにした。

「ところで、中丸さんは一之瀬俊太郎を知っていますか？」

「ああ、はい、すみませんでした。前に自転車を勝手に乗りまわしてしまって……」

「いや、そのことじゃないんですよ。あの少年はネットに動画を上げていて、かなりの閲覧数があるもので、ご覧になられたことはあるかなと思いまして」

中丸は飛んできた蚊を手で払ったり、持っていた鉈を下に置いたり、スモモを口へもっていったりしながら、「パソコンをもってないので」と言って落ち着きなく身じろぎを繰り返している。

岩楯はふうっと息を吐き出し、赤堀に引き揚げどきを目配せで伝えた。仕事の手を止めたことを詫びて踵を返す。この挙動不審は今に始まったことではないが、すべてを包み隠してしまう中丸の特技と言ってもいいだろう。内面が見通せない。

中丸家に背を向けて広大な貯木場の裏手を進んでいるとき、赤堀がそばに寄ってきて声を潜めた。

「こないだトコジラミを駆除したときに、中丸家の庭を見てなんか引っかかってたの。やっと思い出した。あれ、実際にアメリカであった事件にそっくりなんだよね」

「どの部分が？」

「ヒトスジシマカだよ。その事件は、害虫と雑草なんかを使った嫌がらせを何年もやられて、精神疾患《しっかん》とか自殺にまで追い込まれたものなの。犯人は、近所の三世帯を間接的に葬ったわけ。最終的にみんな死んでる」

「三世帯もそんなんで死ぬか？」

岩楯が訝った声を出すと、赤堀はうかない顔をした。

「まあ、やったのはプロだったからね。犯人は害虫専門の学者だったの。たとえばわたしが、虫やなんかを使って岩楯刑事を殺しにかかると思ってみてよ。あらゆる手を使って、ねちねちとどこまでも追い詰める自信はある。的確にね」

「あんたの場合は、殺意を純粋な楽しみに変えそうだもんな。もっとたちが悪い」

岩楯は断言した。赤堀を見ていれば、学者がいかにしつこくて諦めが悪いのかがわかる。中丸の家も、ある意味、精神を蝕まれていくようないやな空間ではあったが、芝浦一家が何かを模倣していたような節はない。赤堀の唐突な意見にどう答えたものか、岩楯には見当もつかなかった。

家の中へ引っ込んだ中丸のまとわりつくような視線を感じながら、周辺の板の確認を続けていく。そして民家も人気もない抜け道に移動して罠を見たとき、赤堀は岩楯の腕をいきなり強く摑んできた。

「いた！ 見つけた！ これ！ ここ！ 見て！ ほら！ ミバ……」

赤堀は興奮のあまりむせ返って咳き込んでいる。

「ちょっと落ち着けって」

岩楯は、彼女が持っているテックス板に目を凝らした。今までと同じく微細な虫が大量にこびりつき、薬剤にまみれて絶命している。赤堀が差し出してきたルーペでその箇所を見ると、ミツバチのような模様をした虫がべったりと貼りついていた。しかし顔だけ見ればまぎれもなくハエで、五ミリ強ぐらいの大きさしかない。同じ虫が三匹ほどかかっているのもわかった。

「こいつが例のやつか」

「そう！ 例のやつ！」

赤堀は斜めがけした鞄から小瓶を取り出し、ピンセットで慎重に外して中に入れる。そして板を袋に入れて密閉しながら、伸び上がって辺りに目を走らせた。

「この子の行動範囲は五キロとはいえ、村のトラップは二百メートルおきに仕掛けたからね。ほかにかかってないってことは、おそらくこの近くにいるよ」

「そうは言っても、何にたかってるのかがわからんからな。周りは雑草だらけだし、少しいけば山。しかも目視が難しいほど小さいときてる」

「板についてるメチルオイゲノールに引き寄せられるのは証明されたから、そこらの雑草ってことはない。やっぱり、何かの作物なんだと思うんだよ」

確か、この辺りには一之瀬の父親が借りている農地があったはずだ。岩楯は地図を広げて場所を確認した。抜け道のような村道の少し先で、距離にして三、四十メートルといったところだろう。岩楯が地図上の道を指でたどっていると、赤堀がそれに気づいて手を横に振った。

「その畑はトラップを仕掛けたときに見てる。レタスとアスパラとモロヘイヤなんかの葉物だけで、ミバエを呼び込むようなものはなかったよ」

「じゃあ、ここは？」と岩楯は指を止めた。「綿貫ちづるの家だよ。いちおう、こっからぎりぎり二百メートルってとこだが」

二人は顔を見合わせ、リヤカーを引いて歩きはじめた。赤堀は途中で繁みがあれば躊躇なく入っていって調べ、道端に芽吹いている草も丁寧に確認する。ときにはヘビを捕まえたと目を輝かせて意味もなく振りまわし、クヌギの朽木からカブトムシの幼虫を掘り当てて鞄にしまったりしていた。

岩楯は代わりにリヤカーを引っ張りながら、くるくると奔放《ほんぽう》に動きまわる赤堀を目で追った。いや、奔放ではなく、案外精密に弾き出した計算のもとに動いているのかもしれない。

道なりに緩やかな角を曲がると、ちづるの家の雑草の生垣がすぐそこに迫っていた。少し先には当人の姿も見えた。老人の運転する軽トラックに向けて手を振り、二言三言、声をかけている。ちづるは走り去っていく車をしばらく目で追い、家へ戻ろうと振り返ったところで動きを止めた。

「何やってるの？」

そんな質問しか出ない状況だろう。がたいのいいちづるは、コンビニ袋を下げて大股《おおまた》で歩いてきた。

「ちょっと赤堀博士と虫の調査をしてるもので。村人の治療ですか？」

「そう。ずっと家にこもりっぱなしで、ついに食料が尽きたんだよ。そしたら、わざわざ買って戻ってきてくれたの。少し前にも別の警官が来たよ。というか、村じゅうどこへ行っても警察だらけだね」

ちづるは赤堀に目を向け、親しみをこめて笑いかけた。

「警察がリヤカーとは、ある意味新鮮だ」

「特殊車両として有能でもある」と赤堀は笑った。「それはそうと、綿貫さんの家に、オイゲノール成分が入ったものはありますか？　アロマではおなじみですけど」

「オイゲノール？　そうだねえ、成分の比率が高いクローブとレモンバーム、ジャスミンは精油が少しあるね。レモンバームは五月に摘んだ上葉だけを使ってるし、クローブはここでは育たないから、精油を買いつけてるんだよ。ジャスミンは六月に刈り取った」

「くだもの系は？」

「ああ、それはない。果実は管理が難しいし、害虫が出ると家じゅうの植物が全滅する可能性もあるんだよ。精油が欲しいときは、全国の果樹園をまわって材料を調達してくるんだ。そっちのほうが確実だからね」

赤堀はなるほど、と頷き、おもむろに庭を見せてほしいと頭を下げた。生垣の内側はあいかわらず植物が活き活きとして、無造作に見えて隅々まで手入れが行き届いている。が、ちづるの創造はまだ続いているようで、抽象的な言葉を書きなぐったメモや構造式などが、座敷《ざしき》の奥のほうまで散乱していた。麦わら帽子を脱いだ彼女は先日よりもやつれ、ふらついたように縁側に腰かけている。

「大丈夫ですか？」

岩楯が咄嗟に手を差し出そうとすると、彼女は力なく微笑んだ。

「いつものことなんだよ。新しい毒を少しずつ入れて、体を慣れさせてるとこ。ああ、毒って調合した香りのことだけどね。でも、今回の拒否反応は強烈だわ。すごく強い、自分でもびっくりするほどなんだ」

「拒否反応まで起こす匂いとやらを、ぜひ嗅いでみたいものですね。香水に興味をもつたのは初めてですよ」

「岩楯さんには合わないよ。あなたは直線的なのがいい。でも、新作はまっすぐとはいかないんだ」

「じゃあ、わたしにも合わないかな。なんせ竹を割ったような性格って言われるし」

庭を検分していた赤堀が口を挟んだが、どう考えてもストレートな人間ではない。

結局、ここにもミバエはいなかった。複雑な香りで満たされていたちづるの家を辞《じ》去《きょ》し、再び二人はミバエが見つかった地点に舞い戻る。

「こうなったらしょうがない。この近辺にトラップを重点的に仕掛けよう。かかった数で生息地が見えてくるかもしれないしね。というより、これ以外にやりようがないな」

「おおせの通りに」

岩楯はテックス板を受け取り、新たな数字を書いていった。半径約五十メートルを地図に書き込み、円を描くように歩きながら地道に板を設置していく。舗装もされていない細い村道に罠を仕掛けているとき、赤堀がぴくりと肩を震わせて立ち止まった。リヤカーに載せられていた捕虫網へ手を伸ばす。

5

「どうした、ミバエか？」

岩楯が声をかけると、赤堀は口許に人差し指を当ててくる。そして、今吊るしたばかりの誘引トラップを指差した。薬剤を染み込ませた黄色っぽい板には早速何かの虫がぶつかり、翅がくっついて身動きが取れなくなっている。今までと同じく、間違ってかかった無関係の虫らしい。岩楯は風に揺れている板を摑み、ひっくり返って手足を動かしているものに目を凝らした。

ハエだ。レンガ色の複眼をもち、深緑色の体が不気味な光沢を帯びている。ミバエではない。もう見慣れてしまった、屍肉食種のホオグロオビキンバエだった。

赤堀はキャップのつばを後ろへまわし、じっと動きを止めて羽音に耳をそばだてている。下刈《したが》りされた畔《あぜ》のような道をゆっくりと進み、またすぐ立ち止まって今度は目を閉じた。山から吹き降ろす風が帽子から飛び出している髪を揺らし、そばかすの散った頰を撫でていく。そしてまた導かれるようにして歩を進め、右側にある手狭な土地に顔を向けた。

雑木林を四角く切り抜いたような敷地は、十畳間ぐらいの広さしかないだろう。動物避けらしき銀色のテープで厳重に囲まれ、風が吹くたびひっきりなしにねじれて厭らしい光を放っている。四隅に立てられた大振りの風車がうなりを上げて回転し、神経に障る目玉模様を浮き立たせていた。

「一之瀬の畑か……」

岩楯はつぶやいた。四分割されて畝《うね》がつくられ、一画はこれから何かを植える予定らしく土が耕《たがや》されたままになっている。

畑に近づいて中を覗き込んだ。まともに育っているのは、土からまっすぐに立ち上がるアスパラのみ。レタスもモロヘイヤも葉がレース模様のような虫喰いだらけで、もう食べるところがないように思えた。完全無農薬とはこういうものらしい。

隣を見れば、赤堀が何かに憑かれたように畑の一点を凝視している。濃密な土と肥料の臭いが辺りに漂い、時折り目の前を何かの虫がかすめていった。そのまま赤堀について畑に足を踏み入れ、収穫を待ちわびている虫喰い野菜に目を走らせる。特に変わった様子はない。そう思ったとき、赤堀が焦ったように岩楯を振り返った。

「あそこ見て」

真剣な面持ちで指した場所には、耕されて黒々とした土があるだけだ。岩楯は赤堀の前に出て土塊をまじまじと見つめた。そして、目が慣れるにつれて土とは別のものに焦点が合いはじめる。一センチにも満たない無数のハエが、畑の表面をちょろちょろと歩きまわっていた。岩楯はぎくりとした。今さっき罠にかかっていたものと同じ、屍肉食種のハエだった。

赤堀が咄嗟に駆け出そうとしたが、岩楯は手を上げて止めた。

「そこにいてくれ」

岩楯は、モロヘイヤの場所に立てられている支柱を引き抜いた。いやな予感が背筋を這いまわっている。耕された一画を目指して脇目もふらずに進んでいるのに、すぐそばまで近づいてもハエどもはまったく動こうとはしない。それどころか不用意に岩楯に近づき、靴の先にとまろうとするものまでいるではないか。

牛久の話が頭をかすめ、どっと汗が噴き出してきた。負傷者の血を舐めることに必死で、手摑みで捨てられるまで気づかない異常な貪欲さ……。足許の土にたかっている虫は、まさにその通りの動きをしている。何かがハエの警戒本能を狂わせていた。

岩楯は安全靴にまとわりつくハエを振り払い、支柱を土に突き立てた。見るからに養分のありそうな大地は柔らかく、どこまでもずぶずぶと沈んでいく。さっきから鼻に付いている臭いは肥料などではない。もっと複雑で心を乱すいやな感じがあった。

呼吸が速くなって喉がからからに渇いてくる。ハエが群がる場所めがけて何度も支柱を挿しているとき、何かに突き当たって心臓が肋骨《ろっこつ》にぶち当たるほど撥ね上がった。

「岩楯刑事」

振り返ると、赤堀が不安げな顔をして畑のへりを行きつ戻りつしている。岩楯はポケットから軍手を出してはめ、膝をついて耕された土をかきわけはじめた。両手で土をかいても、まだハエどもは飛び立とうとはしない。

この下にある。間違いなくある。土をすくっては出して五十センチほど掘り進めたとき、目の粗い繊維のようなものが見えてきた。

麻袋だ。

同時に目を刺すような腐臭が立ち昇り、ハエどもが歓喜して一斉に舞い上がる。岩楯は奥歯を嚙み締めて袋の端を摑み、そのまま一気に引きずり出そうとした。が、麻袋はすっぽ抜けるようにして飛び出し、底が破れてどす黒い何かが足のすぐ脇に転がった。

岩楯は目を剝いて反射的に息を呑み込んだ。立ち上がった瞬間に赤堀が足を踏み出したのが見え、「離れてろ!」と怒鳴り声を上げた。

足許に転がった赤黒い物体には、土と長い髪の毛がめちゃくちゃに巻きついて、絡まった毛糸玉のようになっている。その隙間から、空洞と化した目が虚ろに宙を見上げていた。鼻は崩れて二つの孔《あな》になり果て、まるで断末魔《だんまつま》の叫びを上げるかのように歪んだ口がぽっかりと開かれている。

背後では赤堀がどすんと尻餅をつき、生首《なまくび》と相対して目を大きく見開いている。

「応援要請！」

岩楯が再び一喝すると、彼女は我に返って首から下げていた携帯電話を引っ摑んだ。

「りょ、了解」

赤堀は電話を開いてボタンを押したが、汗で滑って取り落としている。岩楯は腕で鼻と口を塞ぎながら屈み、破れた麻袋の口を持ち上げて中身を確認した。細長い物体と大きな肉塊が見える。再び思い切り舌打ちし、麻袋を閉じて口汚くののしった。ひと目見るだけでじゅうぶんだった。

切断された左脚と下腹部だ。組織は自家融解を始め、妙にしぼんで張りがなくなっている。せり上がる胃袋はなんとかなだめたけれども、まともに呼吸をすることすらままならない。岩楯は空気を求めてあえぎながら、後ずさって遺体から距離を置いた。

なぜこんなところにある？　いつからこの場所に埋められていた？　これでまた捜査が混乱してふりだしに戻される。犯人の思惑通りではないか！

岩楯は畑に目を走らせて必死に痕跡を見つけようとした。が、まずは落ち着くことを自身に繰り返し言い聞かせた。未だ山狩りを続けている連中を呼び戻さなければならない。

つっかえながら早口で電話している赤堀のもとへ向かっているとき、鋭い声が飛んできて二人は同時に振り返った。

「人の畑で何やってる！」

一之瀬だった。手押し車を転がしながら、舗装されていない小径を小走りにやってくる。細面の顔はくすんで目の下のクマが際立ち、疲れて気が立っていることがありありとわかった。このくそ忙しいときに……。岩楯が畑の出入り口へ向かうと、その姿を認めた一之瀬はさらに怒りを加速させた。

「あんたか！　まだ息子のことで謝罪もされてないんだぞ！　なんなんだよ、まったく！　訴えられたいのか！」

「こっちへこないで。それに話を訊く必要がある、今すぐだ」

「謝罪が先だろう！　程度が低いにもほどがある！　人権を軽視するのも……」

一之瀬はわめき散らしながら突進してきたけれども、荒らされた畑を見て目を血走らせ、激昂のあまり口をぱくぱくと動かした。しかし、転がっているモノに気づいた瞬間、顔を引きつらせていたかと思えば、予測もできない行動を取っていた。

手押し車を投げ出して、全力で来た道を走り去っていくではないか。

「ちょっと待て！　止まれ！」

間髪《かんはつ》を容《い》れずに赤堀の脇をすり抜け、岩楯は一之瀬を猛然と追いかけた。黒いTシャツ姿の男は木々に囲まれた抜け道を疾走し、滑り込むようにしてカーブを曲がっている。

「一之瀬！」

岩楯は短距離選手のようにますます加速していく男を追い、道なりに曲がって小さくなっていく背中を凝視した。速い。すでにずっと先を右に入っている。急に走ったせいで脇腹が刺し込むように痛み出し、岩楯は急激に失速した。

杉を軸にして右へ入ると、一之瀬の背中がまた右へ折れていくのがかろうじてわかった。自宅へ向かっているらしい。逃げ切れるはずもないのに、いったい何をやっている？

岩楯は息を上げて一之瀬の家へ向かい、敷地内に駆け込んで玄関の格子戸《こうしど》に手をかけた。

「開けろ！　一之瀬！」

岩楯は鍵《かぎ》がかかっている戸を叩いて怒鳴り、そのまま耳を押し当てた。廊下をばたばたと走る音がし、続いてうわずったような独り言が聞こえてくる。岩楯はすぐ応援をよこすように本部へ連絡してから、庭をまわって駐められているメルセデスの脇をすり抜けた。木製のアコーディオンカーテンが下がっている部屋がある。窓に手をかけるとあっけなく開いてつんのめり、岩楯はそのまま家に上がり込んだ。

家は杉板張りの古びた造りなのに、なかは真新しいフローリング敷きに改装されている。メタリックな棚が壁際に配されて、テーブルや椅子などは無機質な白で統一されていた。壁紙も真っ白で、チリひとつ落ちていない。息子のアレルギーを気遣ってのことだろうが、あまりにも生活感がなさすぎる。

岩楯は、薄気味悪さを感じて部屋を見まわした。いたるところにアルコール消毒用のボトルが置かれ、埃を取るためのブラシや粘着テープがいくつも壁にかけられている。布製のものがほとんど見当たらないのも、俊太郎のためなのだろう。まるで無菌の研究施設だった。一之瀬が過剰に神経をすり減らし、強迫的に掃除を繰り返している日々が浮かんでくるような病《や》んだ空間……。

家の奥では一之瀬が動きまわる音が聞こえている。岩楯は懐《ふところ》にある銃《じゅう》を意識しながら、居間らしき白い部屋を出た。廊下の突き当たりのほうで、ぶつぶつとつぶやく声がしている。岩楯は磨《みが》き込まれた黒い床材を踏みしめ、わずかに開いている襖の隙間から中を覗き込んだ。

床には紙袋が投げ出され、そこから書類やファイルの類が飛び出して散乱している。一之瀬は窓際に置かれた白い机に手をついて、パソコンのモニターを凝視しながらマウスを忙しなく動かしていた。

「あいつらのヘマのせいで……」

あいつらのヘマ？　岩楯は耳をそばだてた。一之瀬は中腰でパソコンに向かいながら、絶え間なくだれかを罵倒している。よく聞こえずに襖に近づいたとき、玄関に人影が見えて岩楯は廊下を引き返した。鍵を開けて静かに格子戸を滑らせると、三人の捜査員が険しい面持ちをして立っていた。息を弾ませた牛久の顔も見える。ひとりは裏へまわるように指示し、岩楯は玄関先で声を上げた。

「警察です。話を訊かせていただきたい」

突き当たりの部屋では何かにぶつかるような音がして、すぐにしんと静かになる。岩楯は考える間を与えずに、出てこなければ踏み込む旨を警告した。すると、襖が細く開いて一之瀬が半分だけ体を覗かせた。

「れ、令状をもってるんだろうな」

「あんたの畑からバラバラ死体が見つかってるんだ。今さら令状もへったくれもないだろうが」

「ハメられたんだよ！」

一之瀬は歯の隙間から絞り出すように、一語一語をはっきりと発音した。

「うちは関係ないんだ！　こんな事件には関係ない！」

「関係大ありだ。ハメられたってだれにだよ」

「中丸に決まってるだろう！　あんたらがいつまでも野放しにしてるから、こんなことになってるんじゃないか！　うちの息子の件もそうだが、どれだけ無能集団なんだよ！」

「じゃあ聞くが、なんでさっきは逃げたんだ？　尋常じゃない走りっぷりだったじゃないか」

一之瀬は何かを言おうとして口ごもり、目をさまよわせながら、おそろしかったからだ、と取ってつけたように答えている。岩楯はうんざりしてため息を吐き出し、首を横に振った。

「違うだろ？　腐った生首を見せられるよりも、もっとおそろしいものが家のなかにある。そうだよな」

「な、何を言ってるんだ」

「あそこで確保されれば、当分、自宅には戻れなくなるから必死にもなるわな」

岩楯は、奥の座敷から出てこようとはしない一之瀬にあらためて警告した。

「このまま署へ行くか踏み込まれるか。あんたはどっちかを選ぶしかない。とはいっても、すぐガサ入れにはなるが」

一之瀬はなかなか観念しなかった。奥の部屋を死守するように立ちはだかり、意味不明な理屈をこねくりまわしている。この期に及んで時間稼ぎをしているらしい。しかし、捜査員の数が増えるにつれて怯えを見せはじめ、ついには歯嚙みしながら家に入ることを了承するしかなくなった。

部屋では、机の上でさっきと同じようにパソコンがうなり、真っ青な画面が表示されていた。牛久は一直線にパソコンへ向かい、モニターを確認してすぐ岩楯のもとへやってくる。

「初期化中です」

「そうだと思ったよ」

岩楯は六畳間の入り口に立って、机の脇にたたずむ一之瀬を眺めた。今さっきまでの勢いはすっかりなくなり、蒼ざめた顔を伝う汗をしきりにぬぐっている。息子を思う慈しみ深い父親像を当てはめようとしたけれども、今の一之瀬には到底できなかった。卑屈さと憎しみ、それに隠しようのない浅ましさがぷんぷんと臭うほどだった。さしずめ、逃げ場を探して路地裏を這いまわるネズミだ。見る者に嫌悪感を植えつける小狡さしかない。

「なんでパソコンを初期化したんです？」

一之瀬は言い訳をひねり出そうと息を吸い込んだが、複数の刑事に見られている威圧感に耐えられず、結局は押し黙って顔を背けた。

「まあ、今は簡単に復元ができるらしいですから、かまいませんがね」

岩楯は部屋の隅から目を走らせ、さっきまで床に投げ出されていた紙袋がなくなっていることに気がついた。室内を見まわすと、机の下から黒い持ち手が覗いている。袋を引き出そうと一直線に部屋を横切った瞬間、一之瀬が震える声を荒らげた。

「それにさわるな！ あんたらにはそんな権限はない！」

「できれば今、見せてもらいたいんですけどね。どうしても駄目だと言うなら、ここで令状が届くのを待たせてもらいますよ。権限をもらうために」

岩楯は真正面から目を合わせた。一之瀬も睨み返してきたけれども、乱れた白髪混じりの髪が微かに震えている。もういっぱいいっぱいのようだった。悔しそうに視線をさっと外し、好きにしろと言わんばかりに舌打ちをした。

相当な重さのある袋だった。岩楯は部屋の真ん中まで紙袋を引き出し、中身を次々と出していった。農業関係の資料らしい。ネットで拾ったような植物や種などのプリントアウトがほとんどで、項目別に紐で綴じられている。別段、隠す意味のないような代物だ。

ばさばさと手荒にめくって大雑把《おおざっぱ》に中身を確認しているとき、「殺人」という赤い活字が目に入って手を止めた。

何かの記事のようだった。岩楯は、写真入りの文章に素早く目を通した。アメリカのオハイオで起きたという、害虫と雑草を使った奇怪な事件。これは今さっき、赤堀が語っていたものではないか。

急いで袋から二冊の黒いファイルを抜き出すと、一之瀬が身を強ばらせたのがわかった。こっちは大量の写真だ。かなりの望遠レンズが使われ、被写体は警戒心もなく部屋でテレビを観ながらくつろいでいる。さまざまな角度から撮られているのは、すべて中丸家だった。岩楯には見せたことのない、一家団欒の和やかな風景。ここには焦燥の色がほとんど見られない。

そして、もうひとつのファイルにあるのはメールの記録だ。めくっている途中で、宛名に「芝浦」の名が入っているのに気づいて岩楯は息を呑んだ。中丸に娘を殺された被害者遺族と、なぜか一之瀬がつながっている。本文には、いかにして中丸一家を破滅に導くかが長々と綴《つづ》られ、以前のやり方は効果的でないと締めくくられていた。

岩楯はファイルから顔を上げ、ふてぶてしさを取り戻している一之瀬を見据えた。

「あんたは、被害者遺族の芝浦をけしかけてるな？　中丸の盗撮写真を送りつけて、娘を殺した犯人は、今こんなに楽しく暮らしてるぞと怒りを煽ってるんだろう？」

一之瀬の足許に写真の束を放り投げた。牛久はそれを見て目を見開き、岩楯が差し出したメールのやり取りを読んで見る間に顔を紅潮させている。歯を食いしばり、今にも飛びかからんばかりに一之瀬を睨みつけた。

「村に怪文書を撒いて正体をバラすと言ってきた芝浦に、それはまだ早いと止めた。一気に片をつけるんじゃなく、もっと家族を苦しめて焦《じ》らせだと？　ふざけるな。何を考えてこんな下衆《げす》なことをやってる」

岩楯の低い声が六畳間の空気を震わせている。一之瀬は壁に寄りかかって足許の写真に目を落とし、眉間に深いシワを刻んだ。

「司法が裁かないからこういうことになる。当然の結果だ」

「なんだと？」

「彼らは娘の死に打ちのめされて、そこで人生が終わったんだ。両親は後追い自殺を考えたし、長男は出所した三人を殺そうとまで思い詰めていた。あんなろくでなしどもを弁護して、人権を叫ぶ連中も同罪だな」

「話をすり替えるな。あんたは部外者だ。ただのおもしろ半分で、首を突っ込んでいい問題じゃないだろうが」

岩楯は語気を強めて、プリントアウトを床に叩きつけた。

芝浦からはたびたび礼のメールが入っており、一之瀬のおかげで生きる気力を取り戻せたと哀れなほどへりくだっている。郡山から頻繁に村を訪れ、中丸を張り込むなど無理があるとは思っていたが、この男が噛んでいるなら話は別だ。日々の監視は一之瀬が担い、嫌がらせを決行するときだけ芝浦家が出向いていた。遺族は完全に主導権を握られ、感覚を狂わされて操られている。

「どうやって芝浦一家と知り合った？」

「中丸の息子が村に越してきてから、とにかく問題が頻発した。あんたも知っての通り、あれはビョーキだよ」

一之瀬は怒りを燃やしている牛久をそっけなく見やった。

「うちもいろんなものを盗まれたから、庭先にビデオを仕掛けたんだ。そしたら、やつがうちを物色して、自転車を盗んでいくとこが映ってたよ。警察に通報する前に、まずは中丸をネットで検索した」

「なんのために？」

「そんなのは常識だろう？　逆恨みなんてされたらたまらんし、情報を握って優位に立つ必要がある。警察はまったく信用できないからな」

ふうっと細く息を吐き出し、一之瀬は開き直って清々しささえ感じる面持ちをした。

「中丸の名前はすぐに出たよ。あの裁判は判例として陳述書まで載せられていた。とんでもない事件を起こした殺人者が、この村でのうのうと暮らしてる。しかも他人に迷惑をかけながらね。俺は被害者も調べたよ。むごい死に方をした女性の兄が、犯罪者を糾弾するサイトを立ち上げていた。だから教えてやったんだ、あいつが近所に住んでいると」

「余計なことを……」と牛久はたまらず声を出した。

「余計なことじゃない。事実を知るのは当然の権利だろう。逃げ隠れするほうが悪い。それに、彼らには生きる目的が必要だった。今はそれなりに幸せなんだよ」

「あんたって人は！」

牛久が怒声を上げて一之瀬に躍りかかったが、それよりも先に岩楯が胸ぐらを摑んで手荒に引き寄せた。頭に血が昇り、頬が熱くなるのを感じている。間近で目を合わせ、押し殺した声を絞り出した。

「あんたがやってんのはただの憂さ晴らしだ。息子の病気のせいで何もかもなくして、それを未だに受け入れる気もない。あんたこそ、過去ばかり見て生きてるんじゃないのか？　いい加減に現実を受け入れろ」

すると一之瀬はけたたましい笑い声を張り上げ、岩楯の手を思い切り振り払った。

「知ったようなことを言うな！　こんな辺鄙《へんぴ》な田舎で、どんな暮らしをしてるのかあんたにわかるのか！　ひたすら畑を耕して、息子の口に入るものに神経をすり減らして、家じゅうの掃除を日に四回もやる！　埃ひとつなくなるまでな！　ただそれだけをやって、一日が終わるんだよ！　俺の人生はなんのためにあると思うんだ！」

「それをやるためにあるんだろうが、甘えるな。被害者遺族を使ってストレス解消するためじゃない。息子を屈折させてんのもあんたなんだよ」

岩楯は睨みながら吐き捨てた。

「二年前、中丸の共犯者が一家心中した件だが、それも煽ってやらせてるな？」

「なんの話だ……」

一之瀬は急に勢いを失った。

「あんたがやってんのはイカれたカルトと同じだ。幼稚な万能感に酔ってるんじゃねえぞ」

牛久に目配せをすると、憤りに震えながら写真の類をまとめはじめた。

畑に死体を埋めたことへの関与の否定よりも、まず先に殺人幇助《ほうじょ》の証拠を消すことを選んだこの男はシロだろう。忌々しい限りだが、バラバラ事件には関係していない。

岩楯は、顔が土気色になった一之瀬に問うた。

「畑に死体を埋めたのはだれだ」

「中丸だろ」

「なんでそう言える？」

一之瀬は、今さら当惑している善良な市民のような表情をつくった。

「あの男の奇行を知りながら、まだしょっぴかないあんたらこそおかしい。夜中に頭陀袋を持って、そこらを歩きまわる男は殺人者以外に何があるんだよ。やつは俺に恨みがあるからハメたんだ。息子の件を見てもわかるだろ?」

それは岩楯も思っている。しかし、中丸を表に引きずり出すには、揺るぎのない証拠が必要なのだった。

第五章　メビウスの曲面

1

あきる野市の繁華街にあるインターネットカフェは、外の喧騒《けんそう》から隔絶された居心地のいい場所だった。間接照明とパソコンのキーを叩くぱちぱちという音、それに適度な空調が眠気を誘ってくる。黒いエプロンを着けた店長はパソコンを操作してプリンターを起動させ、吐き出された紙をてきぱきと差し出してきた。

「刑事さんがおっしゃった人物、中丸聡さんは確かにうちの会員ですね。初回登録は二〇一二年の五月。それから一年ごとに更新されています」

よし、と岩楯は心のなかで拳を握り締めた。紙には、登録時にコピーされたとおぼしき中丸の免許証が印刷されている。男は今よりさらに肉づきがよさそうな顔で写真に収まり、緊張のためか過剰に唇を引き結んでいた。

もう一枚のプリントは中丸の来店履歴だ。岩楯はざっと目を通した。月に一、二回ほどの利用しかなかった男が、ある時期を境に、週に二回は必ず訪れるようになっている。最低料金しか使わないとはいえ、かなりの頻度だった。

「お手数ですが、この男のインターネット閲覧履歴もお願いしたいんですよ。量が多くて申し訳ないですね」

岩楯がそう切り出してくることを予測していたように、大学生ぐらいにしか見えない店長は、黒縁のメガネを押し上げてふふっと笑った。この刑事はまるで何もわかっていない。小づくりで今ふうの顔には、はっきりとそう書かれている。

「ほとんどのネットカフェはそうだと思いますが、うちは全部のパソコンにリカバリーソフトを入れています。お客さんが帰ると再起動して、履歴が全消去されるように設定してあるんですよ」

「ええと、来店履歴には使われたパソコンの番号やら、使用時間なんかがこと細かに記録されていますよね。なのに、内容は何ひとつわからない？」

「はい、わかりません。番号や時間は、あくまでもその意味しかありませんので」

店員はにこやかに頷いた。

「閲覧内容については個人情報ですからね。保存はしませんよ」

「個人情報ったって、そこがいちばん肝の部分じゃないですか。ある動画の莫大な閲覧記録を追って、ようやっとこの店にたどり着いたわけなんですよ。それなのに、誰がアクセスしたかもわからないとあなたは言う」

岩楯の肩に疲労が重くのしかかり、それを振り払うようにしつこく念を押した。男は、同情するような呆れるような複雑な笑みをつくっている。

「動画を閲覧すれば先方にログが残りますが、それはグローバルIPです。特定できるのはうちの場所のみ。無線じゃない個人のパソコンならそれでじゅうぶんですが、ネットカフェはそこから枝分かれしているので、そもそも個人の特定は難しいと思いますよ」

「どうりで犯罪は防げないわけだ」

「ええ。店はネット犯罪が起きる前提で営業していませんからね」

恨みがましい刑事に対して男はあいかわらず愛想よく、しかし正論をぴしゃりと返してきた。

後ろにひかえている牛久を振り返ると、手帳にペンを滑らせながら微かに頷いている。店の記録は期待できない……相棒がそう言って気を揉んでいた意味が今ようやくわかった。岩楯は片手で顔をこすり上げた。

俊太郎の動画の閲覧数はすさまじく、半分以上は海外からのアクセスだった。特に欧米圏での人気が高くてコメントも多様だ。中丸はパソコンも携帯電話も持っていない。おそらくネットカフェを利用しているだろうと当初から当たりはつけていたが、それがわかっただけで打ち止めだった。肝心の内容に手が届かなければ進みようがない。

「では、この男について何か気づいたことはありませんか？　ここ二ヵ月は頻繁に来ていたようだし、もうお得意さまですよね」

岩楯は質問の方向性を変えた。すると店員はメガネを中指で押し上げ、今までの愛想のいい笑顔をさっと消し去った。

「お得意さまどころか、ブラックリストに載ってるお客さんですよ。出入り禁止に該当するかどうか、会議にかけようとしていたところなんですから」

「詳しくお願いします」

「まだ確証がないので滅多なことは言えませんけど……」

男は小さくため息をついた。

「このお客さんが帰ったあと、必ず何かがなくなっていることに気がつくんです。防犯ビデオを確認しても、なんせ窃盗《せっとう》現場は映っていないわけで」

「なくなったものは？」

「どうでもいい雑貨がほとんどですけどね。商売にかかわるマンガ本とかパソコン機器なら、徹底調査して被害届は出します。でも、なくなるのは首を傾げるようなものばかりなんですよ。トイレットペーパーとかゴミ箱とか石鹸《せっけん》、ドリンクバーのグラスとトレイもなくなったかな」

いかにも中丸がくすねそうな、がらくたばかりだった。

「それに加えて、身なりがひどすぎる」

男は顔をしかめてレジ脇の壁を指差した。そこには、入店禁止の三ヵ条が貼り出されている。酔っ払いと刺青《いれずみ》を見せている者、そしてホームレスだ。

「こう言ってはなんですけど、このお客さんは清潔感があるとは言えない。まあ、うちだってそれだけで断ったりはしませんよ。でも、あるときなんですが、ホームレスみたいな格好で来店されたんです。ぼさぼさの長い髪と薄汚れた洋服。それに大きな鞄を抱えてね」

「ぼさぼさの長い髪？　この男はずっと坊主頭ですよね？」

「そうなんですよ。会員証とは別人だったし入店を断ったんです。そしたらカツラを脱いで、ボクだよってにやにや笑うんですよ。それが気持ち悪くて、バイトの女の子も怯えちゃってね。そのあと、待ち伏せされたとも言っていたし……」

中丸の部屋の押し入れには、どこかから盗んできたようなカツラがいくつも入れられていた。単なる収集癖では飽き足らず、それを身につけもするらしい。それに、ある証言も岩楯の頭をかすめていた。レクサスを乗りまわしていた駐車場勤務の増永は、国分寺の公園でホームレスを見かけたと語っていたではないか。しかも、仙谷村にいた幽霊がついてきたとも言っている。

岩楯は本筋に踏み込んでいると確信し、慎重に先へ進めた。

「まあ、だれだってそんな人間にはかかわりたくはないでしょうね。話だけでも不気味ですよ」

「そうなんです、刑事さんもそう思うでしょう！」

店長は共感を得たことで気をよくし、さらに口が滑らかになった。

「仕事帰りだからかはわかりませんけど、ひどく臭ってもいたんですよ。あんなのはだれが見たってホームレスです。その日は入店を断りましたけど、バイトの子に言わせれば、相当いい鞄を持っていたそうで」

「いい鞄ですか」

「ええ。アンティークのエルメスのボストンバッグらしいですよ。プレミアがついて、びっくりするような値段だとも言ってたな。まあ、見間違えか偽物でしょうけどね。そんなものを持てるとは思えないから」

頭の奥で鳴っていた警鐘が、さらに大きくなった。タクシーで村まで乗りつけた男は、革製の上等なボストンバッグを持っていた。昨日、一之瀬の畑で見つかった生首はかなりの長髪で、解剖医の神宮が大腿骨から割り出した身長は百八十センチ以上。

ゲリラ豪雨の日に村を訪れた男は、もうバラバラ死体に間違いない。

牛久が興奮を抑えて書き留めたことを見届けてから、岩楯は質問を再開した。

「その高級そうなバッグの色は覚えていますかね」

「茶色ですよ。いかにも使い込んでるような色でした」

これも情報と一致する。

「この男がホームレスみたいな格好でやってきたのはいつです？」

店長は手許を見ないでノートパソコンのキーを打ち、素早くマウスを動かして画面をスクロールさせて言った。

「七月二十日ですね」

「そのときの防犯ビデオを観せてください」と間髪を容れずに言ったが、男は申し訳なさそうに首を横に振った。

「データ量が膨大なので、うちは映像を一週間しか保存しないんですよ。あいにくですが、昨日全消去しています」

ひと足遅かったか……岩楯は舌打ちが抑えられなかった。なんでこうも、中丸は手の内からすり抜けていくのだろう。行く先々でやつの影がちらついているのに、実体を摑みかけた瞬間に消え失せる。しかし、岩楯にはもうひとつ思い当たることがあった。

協力的だった店長に礼を述べ、二人の刑事はアコードに乗り込んだ。三ブロックほど先にある四日市警察署に戻り、資料一式を持って無人の会議室に陣取った。早速、牛久に指示を出そうと口を開きかけたとき、それよりも先によく通る声を出してきた。

「国分寺の公園駐車場の防犯ビデオ。右脚が発見された、七月二十日を見直します。確か、ホームレスらしき男が映っていたと記憶していますので」

牛久はしたり顔をしている。岩楯はにやりとした。

「よし。褒美をくれてやる」

「じゃあ、夜の渋谷《しぶや》見学で……」

なぜか頬を赤らめながら、相棒は真面目に答えている。

「それにしても、あのネットカフェ。中丸の出入りを突き止めたのは収穫じゃないでしょうか」

「まあな。今まで、キノコだのカツラだのを盗んだ情報しかなかったから、やつも文明には興味があるんだなと安心したよ」

「カツラは、おそらく村の理髪店から盗んだものですよ。過去になくなった相談を受けたことがありますので」

「まったく、手当たりしだいだな」

岩楯は呆れ返り、ペットボトルの蓋を開けて水を飲んだ。

「店には三年前から通っていたようですが、この入店記録を見てください」

牛久は、今さっき店からもらい受けたコピーを指差した。

「月に一、二回利用するのがせいぜいだったのに、この日から週二ですよ」

「六月二十日な」

「ええ。赤堀先生が予測した、死亡推定日の翌日です」

「タクシーが目撃された次の日でもある」

岩楯は一覧になっている入店履歴に目を据えた。

「高級バッグを持ち歩く髪の長い芸能人みたいな男。どういう関係かは知らんが、被害者がバラされた翌日からネット検索する必要があったんだろう。たとえば遺棄のやり方だとか、罪をなすりつける方法だとか」

「一般的な情報も仕入れていたはずですよね。捜査状況や噂も含めてですが」

今の時代、犯罪を起こせば間違いなくそのあたりは検索するはずだ。それに俊太郎の動画には、あのネットカフェから五十回以上もアクセスされたことがわかっている。映像の何かから公園の場所を特定したとしても不思議ではなかった。

それから牛久は防犯ビデオのコピーをノートパソコンで再生し、何者も見逃さない勢いでモニターにかじりついた。岩楯は別の資料の束を引き寄せ、長机の上に出していく。すべて一之瀬が盗撮した写真で、軽く一千枚以上はある代物だ。

岩楯は輪ゴムで留められた束を並べ、その数と執拗さにあらためて苛立ちを覚えていた。もう日課になっていたようで、中丸をつけまわして自宅以外で撮影したものも多い。皮肉にも写真の腕は上がり、最近のものなどは報道カメラマンかと思うほど臨場感にあふれているのが、なお腹立たしかった。

岩楯は写真を裏返して書かれている日付を確認したが、そこに時間や天候まで記されているのを見てうんざりした。

「無駄に几帳面なことだよ……」

今年に入ってからのものを抜き出し、さらに六、七月のものを選り分けていく。

一之瀬から押収した嫌がらせの記録には、最終的に中丸一家を心中させるまでのシナリオが細部まで詰められていた。赤堀の予測は正しく、アメリカで起きた事件を下敷きにして、忠実なる再現を試みていたらしい。二年前に共犯者一家を無理心中させた経験を活かし、より無駄を省いた究極型だ。岩楯は、写真をめくりながら眉根を寄せた。一之瀬にとって、中丸の排除はもはや生き甲斐になっている。だれにもぶつけようのない人生の鬱憤を、都合のいい正義として吐き出すただの排泄《はいせつ》行為だった。

しかし、こんなどうしようもない記録が役に立っているのも事実だ。岩楯は、六月二十日と書かれた写真を机に並べていった。一之瀬の盗撮は、中丸の新たな一面を見事にあぶり出していると言っていい。特に、四日市の駅で撮られたものは秀逸だった。

中丸が外にある駅のトイレに入り、また出てくるまでが十枚にわたって撮影されている。入る前の中丸は、白っぽいTシャツにカーキ色の作業ズボンを穿いていた。坊主頭にはタオルが巻かれ、茶色い革製のボストンバッグを持っている。が、次の写真を岩楯は感慨深く眺めた。

もつれた長い髪を振り乱す、ホームレスに変身しているではないか。着替えたらしい灰色のTシャツは薄汚れ、顔や手には黒い汚れがこびりついている。細かい演出にもほどがあった。これはもう、だれも中丸だとは気づかないだろう。それから男は革の鞄を抱え、駅に吸い込まれている。

そのとき、隣で身じろぎをする気配がして岩楯は振り返った。

「主任、見つけました」

牛久がノートパソコンをずらして岩楯に画面を向けてくる。画質は粗いが、ぼさぼさの頭をした小太りの男が、背中を丸めて駐車場を突っ切っているところだ。写真と同じ形のボストンバッグを持っている。

「間違いない、やつだ」

岩楯は牛久に写真を渡した。相棒は素早くめくって、驚きの声を上げている。

「信じられない！　まさか、こんなことをやっていたなんて！」

「あの男は、思ってた以上に小賢《こざか》しいのかもしれん。いくら臭いが漏れたとしても、ホームレスならだれも深くは考えないからな。迷惑がられるだけで、わざわざかまうこともしないだろう。おまわりも積極的に職質はしない」

「公共の交通機関を使ったという主任の読み通りでしたね！　普通、いちばんに避けようと思うはずですよ！」

興奮しながら捲し立てる牛久に、岩楯は手をひと振りした。

「俺だって半信半疑だったよ。だが、車を使えば仙谷村から国分寺まで、なんの記録にも引っかからないで行くのは不可能だ。高速を避けたとしても無理だな。それなのに、どこにも痕跡がなかっただろ？」

変装までして死体の一部を運ぶ異常性。それも、警察の目を俊太郎に向けさせるためだけに、リスクを冒してまで国分寺へ行った。一之瀬の畑に首を埋めたのも中丸に違いない。神出鬼没としか言いようがなかった。

資料をまとめて立ち上がりかけたとき、机に投げ出していた携帯電話が振動して生き物のように動きまわった。赤堀の名前が表示されている。岩楯が通話ボタンを押して耳に当てるやいなや、昆虫学者は音が割れるほどの声を張り上げた。

「岩楯刑事！　出たよ！　出た、出た！」

「先生、声の音量を下げてくれって」

音が凶器のように鼓膜を刺してくる。岩楯はうめきながら、携帯電話を少しだけ耳から離した。

「今、本部にも連絡がいってると思うけど、トコジラミから採取した血液ね。中丸聡のＤＮＡが出たんだよ！」

「やけに時間がかかったな」

「バクテリアが繁殖して状態が悪かったからね。わたしは村でまだミバエの調査をしてるから、なんかあったら声かけて。じゃあね」

電話はぶつりと切られ、いつものように置いてきぼりにされる。岩楯が牛久に内容を伝えると、相棒は拳を振り上げて歓喜の雄叫《おたけ》びを上げた。

「これで中丸をしょっぴける材料がいくつもそろったわけだ。いくぞ」

資料一式を抱えて四日市署をあとにして、すぐアコードに乗り込んだ。中丸は同じ班の部下にマークさせている。今日は朝から、登山口付近の枝打ち作業をしているはずだった。

三十分ほどで現場に到着して車を降りると、すぐに部下が駆け寄ってきた。ことのほか険しい表情を見て、岩楯はいやな予感に襲われた。枝を切るチェーンソーの音が、けたたましく辺りに鳴り響いている。

「主任、中丸がいません」

「おい、おい、ずっと張りついていたんだろ？」

「そうなんですが、ちょっと目を離した隙に……すみません。チェーンソーの音がしていたので、中丸がいるものだとばっかり……」

「最後に姿を見たのは？」

「十五分ほど前です」

岩楯は駐車場脇にあるフェンスの奥へ目を向けた。斜面は崖崩れを防ぐためにコンクリートで固められ、その上では黄色いヘルメットをかぶった作業員がチェーンソーを振るっている。切られた枝がぼさぼさと下へ落ちてきた。

「連中はなんて？」

「この近辺で四人が作業していて、分担が決められているそうです。中丸はここから向かって右側で、電線にかかっている枝だけを落とす役割。彼らも、中丸がいついなくなったのかわからないということです」

この騒音だ。それに斜面での作業には集中が必要だろうし、人のことなどかまってはいられない。

「自宅にも戻っていません。今さっき、班の者から連絡がありました。そのまま自宅付近で張り込んでいます」

「おまえさんはとにかく本部に連絡してくれ。逃げられた挙句に、そこらの民家にでも立てこもられたら厄介だぞ」

部下は固い面持ちで了解と言って踵を返し、捜査車両のほうへ駆けていく。

岩楯は、じわりとにじんだ額の汗を手の甲でぬぐい、威圧するように隆起する黒い山並みに目を据えた。尾根が灰色の低い雲に隠され、標高すらわからないさまが不気味だった。チェーンソーの音が四方八方でこだまとなり、湿った空気を震わせている。

「山にでも入られたら見つけようがない……」

ここまできて、またしても中丸が手の内からすり抜けようとしている。岩楯が山を見ながらつぶやくと、牛久が後ろから神妙な声を出した。

「装備もなしに入るのは自殺行為です」

「追い詰められたやつってのは、そういうことをやるんだよ。おそらく中丸は、警官に張り込まれてることに感づいたんだろう。鼻が利く野郎だ」

しかし、まだ遠くへは行っていない。すると牛久は眉間にシワを寄せ、考えながら低い声を出した。

「枝打ちをしているこの山は、道路を通すために裾野が分断されたものです。山というより小山ですね。このまま森を利用して逃げようと思っても、直接、浅間嶺には入れない。南側は川で分断された谷、北側は過去の地震で深い亀裂が入った岩盤があります。西側はこの場所。ということは、逃げ道は東しかないということになる。中丸の家がある集落の辺りを抜けないと、山づたいには逃げられません。ここは地拵えと間伐、それに下刈りが徹底された植林場です。村の者が隙なく整備しているので隠れる場所はありませんよ」

「この一帯をさっさと出なければ、逆に袋のネズミになるわけか」

「そうです。この小山自体は、直径にして二キロもない。おそらく中丸は、ここを突っ切って浅間嶺を目指すでしょう。逃げるとすれば、今はそこしかありませんからね。この場所と東側の集落の二つを固めれば、確保は時間の問題ではないかと思います」

山岳救助隊ならではの、自信に満ちた予測だった。そして、東側には一之瀬の畑を検証するために、すでに大勢の捜査員が配置されている。もう逃げ場はない。

岩楯と牛久は作業着に着替え、集落へ車を飛ばした。

2

ミバエの量が増えている。

赤堀は誘引剤を仕込んだ罠から、小さなハエをピンセットで採取していった。これで八四目。トレーシングペーパーで作った小振りの三角紙にしまい、場所と日時を書き込んでから額の汗をぬぐった。そして、耳許に近づいてきた藪蚊を仕留めてから立ち上がる。

東側の集落で重点的に罠を張り巡らせた結果、ミバエが見つかった近辺には、野生化したバジルがあることがわかってきた。オイゲノールを含むこの植物が、ミバエを引きつけたのは間違いがない。が、罠にかかった虫はすべて、ショウガの成分であるバニリルアセトンをもっていないことが解剖で判明している。食べたものが違うからだろう。

今罠にかかっているミバエは、死体についていた種のミバエが、食性を変えたものではないかと赤堀は考えていた。もともとエサにしていた植物が少なくなった場合、昆虫は生き残れる道を探しはじめる。その場に残ることを選んで死に絶えるものと、環境に適応するためにエサと体機能を変えようとするものだ。急激な変化で多くが死んでしまうけれども、わずかに生を勝ち取るものもいる。それがこの一帯で見られるミバエではないだろうか。きっと、原種は遺体がバラバラにされた場所に生息している。もう一度、中丸の家を調べる必要があった。

テックス板をビニール袋に入れてリヤカーに載せているとき、周りが騒がしくなっていることに気づいて顔を上げた。一之瀬の畑付近で現場検証をしていた捜査員が、大声で何かを指示して何人かが村道を突っ走っていく。いったい何事だ？

「あのお……」

赤堀は、近くの側溝をさらっている鑑識捜査員に声をかけた。屈んで作業をしていた彼は赤くなった顔を上げ、赤堀の全身に素早く視線を走らせる。そして首から下げている身分証をしげしげと眺めた。

「何かあったんですか？　みんなバタバタしてるみたいですけど」

「被疑者が逃亡したんですよ」

「へ？」と赤堀はおかしな声を上げ、「うそ！」とさらに間抜けな返答をした。

「定期作業していた場所からいなくなったようです。緊急配備が敷かれますよ」

岩楯と話したときには何も言っていなかった。すぐにごついダイバーズウォッチへ目を落とす。小一時間のうちに事が起きたことになる。

赤堀は捜査員に礼を言ってリヤカーを移動させた。もう逃げ切れないことはわかっているだろうに、無謀としか言いようがない。赤堀は、中丸の両親を思って胸が苦しくなった。今ごろは、警察が最悪の知らせをもって玄関の戸を叩いているはずだ。家じゅうをくまなく捜索され、呆然とそのさまを見つめている年老いた夫婦……。

蒸し暑くて重い空気をかきわけるように、赤堀は次の罠の設置場所へ向かった。杉にとまっていたカラスが騒ぎ出したのを見て空を仰げば、ヘリコプターが一直線に近づいてくるところだった。雲を切りながら飛ぶ機体にじっと目を細めた。きっと中丸もどこかで見ている。赤堀は深いため息をつき、首を左右に振った。自分の仕事に集中しよう。

警官が忙しなく行き来するなか、赤堀は道なりに右へ折れる。そのとき、道の先のほうで人が固まっているのに気がついた。二人の制服警官が、しゃがんでいる者を介抱するように付き添い、背中をさすったり声をかけたりしている。へたり込んでいる主は、麦わら帽子をかぶったちづるだった。

赤堀はリヤカーを引きながら小走りし、三人の横で急停止した。

「どうかしました？」

突然の登場に二人の警官はびくりとして身構え、リヤカーを見て脱力したような笑みをこぼしている。のろのろと上げられたちづるの顔が、真っ青なのを見て赤堀は驚いた。こめかみには大粒の汗が流れ、先日よりもさらにげっそりと頰がこけている。

赤堀はリヤカーを置いてちづるの脇に屈んだ。額に手を当て、もう片方の手で首の脈を診る。汗ばむ肌はいささか熱を帯びているけれども、脈は少し速いぐらいだろう。

「熱中症ではないみたいだけど、微熱がありますね。貧血ですか？」

「そうだと思う。更年期だし、昨日もあんまり眠れなかったからね」

ちづるは胸のあたりをさすりながら苦しそうに答えた。

「少し休めば落ち着くよ。この人たちが救急車を呼ぶなんて言うもんだから、大げさだって笑ってたんだ」

「とても大丈夫には見えないですけどね」

赤堀はリヤカーへ取って返し、散らかり放題の荷台を手早く整理して余白をつくった。ちづるの持ち物らしい草花の入った背負いカゴを荷物の上に載せる。

「さあ、乗って。わたしが家まで送りますよ。警察の方々は任務にお戻りを。まかせてもらって大丈夫ですから」

二人の若い警官は顔を見合わせ、じゃあ、お願いしますと言って走り去っていく。

赤堀はちづるを支えながら立ち上がらせ、リヤカーに乗せた。

「悪いね。先生も忙しいんでしょう？」

「気にしないでください。家はすぐそこだし、こういうシチュエーションが大好きってのもあるし」

「リヤカーで半病人を運ぶのが？」

「子どものころ、祖父のリヤカーに乗るのが好きだったんですよ。すごい変わり者で近所でも有名だった年寄りなんだけど」

ちづるが腰かけたのを見て、赤堀はゆっくりとリヤカーを発進させた。

「先生のおじいさんって、何やってた人なの？」

「土壌学者」

ちづるは弱々しく噴き出した。

「そういう血統なんだね。法医昆虫学だって思いもよらない仕事だもの」

「まあ、ともかく、リヤカーにツルハシとスコップと定規代わりの篠竹を載せて、退職しても調査現場まで爆走してたんですよ。そこに乗って、仰向けになって空を見るの。リヤカーはどんどん進むのに、空はまったく動かない。体感してる速度と目に映る速度が違うと、なんかこう、時間がズレるんですよ。うまく言えないけど」

黙って耳を傾けていたちづるは、おもむろにリヤカーの上で寝転がった。腹の上で手を組み合わせ、まっすぐに曇天《どんてん》を見つめている。

「本当だ。なんだろう、この歪んだような感覚」

「たぶん、小難しい理屈があるんだと思いますよ。物理学者が数式で表すようなね。ちづるさんは、昔から鼻がよかったんですか？」

「鼻がいいというか、匂いが別世界への鍵みたいなものだった。一回嗅いだ匂いは絶対に忘れない。頭のなかにそれが溜まっていくから、これとこれを組み合わせたら何になるんだろうって、しょっちゅう空想してたよ。それが今に活かされてる。直感的に、匂いの組み合わせを導き出せるまでになったからね。どんなに複雑でも、わたしにはわかるんだ」

「生まれながらの調香師か……」

赤堀が頷きながら感心していると、背後でちづるが笑い声を上げた。

「フランスへ渡って香りを学んで、仕事にもありつけた。あのころは毎日必死だったけど、まあそれなりに充実してた。結局、挫折したけどね。有名ブランドの香水ったって、安い洗剤とかシャンプーと大差ない。それを逃げ口上にして、この村で大きい顔してるんだよ。認めてくれる人だけで周りを固めれば、自分を守れる。堕落《だらく》するけどね」

過酷な競争世界から下りたということだろうか。

「今の香水は重要なんだ。必ずものにしなくちゃならない。初めて人のために調香したんだもの。本当に初めて」

ちづるは空に向かって、誓いを立てるようにつぶやいている。肩越しに後ろを見やると、彼女の目は期待と興奮を織り交ぜながらきらきらと光っていた。

それから間もなく自宅に着いて、彼女は赤堀の手を借りて起き上がった。先ほどよりも顔には血色が戻っている。

「どうもありがとう。助かったよ」

「いえ、お気になさらず。ついでにカゴをなかまで運びますよ」

赤堀はひょいとカゴを背負って、本調子ではなさそうなちづるの後ろを歩いた。あいかわらず、庭は素敵という表現しか浮かばないほど、多様な花が爛漫と咲いている。ひとまず彼女を縁側に座らせ、お盆に載せられていた白湯らしきものを、湯呑みに注《つ》いで手渡した。

「何から何までありがとう」

「体調が戻らないようだったら、医者へ行ったほうがいいかもしれないですよ。まあ、自分がいちばん容体《ようだい》を知ってるとは思うけど」

「そうだね」

目尻を下げた彼女に手を振って去ろうとしたとき、「ああ、待って」という声が後ろから追いかけてきた。ちづるは長靴を脱いで大仰に座敷へ上がり、棚から瑠璃《るり》色をした遮光瓶を取り上げる。

「先生の感想が聞きたい。完成した香水なんだ」

そう言って小箱から細長い試香紙《しこうし》を出し、瓶の蓋を取って紙に香りを染み込ませる。ぱたぱたと振りながら、赤堀に差し出してきた。

「顔の前で扇ぐようにするといいよ」

言われた通りに、受け取った試香紙を鼻先で振った。とたんに濃密な香りが立ち昇り、赤堀の鼻をくすぐってくる。

「甘い、いや違う。甘いけど硬い感じで、酸味もあるかな……うーん、これも違うか。なんだか、どんどん匂いが変わってるような気がする。最初に嗅いだ印象と今は違う。なんだろう、苦味もある？　爽やか？　やっぱりすっぱい？　脳が判断に迷ってる。で、勝手に進化させようとしてるような……」

鼻の前で紙をぶんぶんと振りながら言葉を尽くす赤堀を見て、ちづるはにやりとした。

「すいません、こういうのを的確に表現する語彙《ごい》も感性もないもので」

「そんなことない。今、先生が言ったのでいい。脳が判断に迷って、勝手に進化させようとしている。おもしろい褒《ほ》め言葉だよ」

赤堀が頭をかきながら照れていると、ちづるは香水瓶をしまうために、また奥へと引っ込んだ。

今まで、香水には縁がなかったし踏み込んで考えたこともなかったけれども、なかなか奥深いものだと思う。これは合成前の天然素材だからなおさらだ。試香紙をまた鼻へもっていこうとしたとき、あるものが目に入って赤堀の体が跳ね上がるほど震えた。

試香紙にミバエがとまっている……。

赤堀は目が釘づけになった。小さな虫が、香水を染み込ませた紙の先を動きまわっているではないか。まるで誘引トラップにでもかかったように、振ってもしがみついて離れない。香水の匂いに惑わされ、恍惚《こうこつ》状態になっていた。

「先生、お茶でも飲んでいかない？」

お盆に茶器一式を載せたちづるは、縁側に腰かけた。

「仙谷村産の杉茶だよ。花粉症に効果があるって役場が売り出してるみたいだけど、まあ、気休めだね」

ちづるはにこやかに話しながら、褐色の茶葉を急須《きゅうす》に入れる。赤堀は緊張しながらその様子を目で追い、ごくりと喉を鳴らした。

「あの、ちづるさん。さっきの香水なんですけど。ベースってなんですか？」

「蘭だよ。マレーシア原産の品種で、届けてもらったんだ」

「マレーシア原産……届けてもらった……」

タクシーで村に乗りつけたという男が頭をよぎった。

「とにかくおもしろい香りでね、世界観がすごく複雑なんだ。こんなものに出会えるなんて、本当にびっくりした。人生に一回あるかないかだと思うんだよ」

「その蘭はどこに？」

ちづるは、蚊帳《かや》のような薄布で覆われている小さなハウスを指差した。赤堀はまたごくりと喉を鳴らし、その場所に近づいた。

試香紙にはまだミバエがとまっている。紗《しゃ》のかかった布をはぐり、赤堀はハウスのなかへ入った。木製の棚には品種の異なる真っ赤なバラがずらりと並び、むせ返るほどの芳香を放っている。蘭もかなりの数があるけれども、探さずともその品種はすぐにわかった。

試香紙の香水に魅せられていたミバエがぱっと飛び立ち、棚の片隅にある薄紫色の花に迷わずとまる。五センチほどしかない小ぶりなもので、細長い花弁が蘭特有の形に開いていた。

赤堀は花に近づいた。これがミバエを誘引していた？　香りは確かに独特だ。甘いけれども、同時に、何かが腐ったような警戒心を煽る粒子が潜んでいる。赤堀は思い切り吸い込んでから咳き込み、そして確信した。やはり、これを運んだのはタクシーの男だ。革製のボストンバッグに入れて、車内に酸化した血のような臭気を漂わせていたに違いない。

赤堀は噴き出す汗をぬぐいながら、屈んで花の裏側へ目を走らせた。蜜腺《みっせん》の中に閉じ込められたミバエがいる。食虫種だろうかと思ったが、ハエはあっけなく飛び立ってまた周りを旋回《せんかい》しはじめた。

慎重に花弁の一部に触れた。可動式の蓋のような形状だ。匂いに引き寄せられたミバエの重さで、花の内室に閉じ込められる仕組みだった。おのずとミバエには花粉がついて、蘭の受粉を促す送粉者《そうふんしゃ》となる。そして蘭は、報酬としてミバエに香り成分をプレゼントしているのだろう。それがバニリルアセトンか……。

「個性の塊《かたまり》みたいな香りでしょ？　万人うけはしないけどね」

ちづるの声が聞こえて、赤堀の心拍数が急激に上がった。

死体についていたミバエとまったく同じものがここにいる。けれども、状況から見て犯人は中丸に違いない。トコジラミからは彼のＤＮＡが出ているのだから、これ以上ない科学的な物証だった。

赤堀はハウスを出て、屈託なく笑っているちづるを見つめた。彼女は中丸の共犯なのか？　おおらかで愛嬌があり、分け隔てのない気持ちを人に向けることのできる女が、人を殺してバラバラにした？

「ちづるさん、香水の匂い成分を教えてもらえませんか？」

赤堀は平静を装いながら問うた。

「うん、いいよ。バニリルアセトン、ベンズアルデヒド、あとは高濃度のリナロールと結びついたトランズEデセナールだね。まあ、アルコール類とか細かくはもっとあるけど、特に酸類は決め手だったな。強力な酸がなければこれは完成しなかった」

「そうですか。あの、ベンズアルデヒドはなんの香り成分ですかね……」

「あんずだよ。今が旬で香りは気高いね。日本では長野《ながの》産がいちばん質がいいと思う。現地で選び抜いて買ってきたんだ」

バラ科のくだもの。被害者が死ぬ直前に食べたものだ。

赤堀は大きく息を吸い込み、むりやり笑顔をつくった。現場捜査の一切は岩楯たちにまかせるべきだ。今ここで、自分にできることは何もない。

「そろそろ仕事に戻りますね。お茶は遠慮しときます」

「ああ、うん。送ってくれてありがとう。リヤカーも楽しかったよ」

そう言ってちづるが手を振ったとき、視界の端に動くものを捕らえて赤堀は体を強ばらせた。蒸留装置のあるコンテナの裏側から、ベージュ色の作業着を着た中丸がのそりと現れる。全身汗みずくで顔や手には草で切ったような細かい傷があり、額まで紅潮させてぜいぜいと息を上げていた。

「そ、その女を帰せば全部終わるぞ」

男の声はうわずっている。ちづるは眼力のある目でじっと中丸を射抜き、今までと変わらぬ静かな声を出した。

「終わらない、これからすべてが始まるんだよ」

「何も始まらない。終わるんだ。でも、終わらせないように俺が動いた。あんたは終わっちゃダメなんだ。逃げよう」

「逃げる？　なぜ？」

「そんなの、捕まらないために決まってるだろ！」

中丸は、子どものように地団駄を踏んで声を荒らげた。

「今ならまだ逃げられる。あんたが車を運転すれば村から出られるんだ。お、俺だってもうムショはいやなんだよ。でも、あんたを守りたいと思ったからやったんだ！　守ってやったんだ！」

ちづるは心を推《お》し量るようにぐっとあごを引き、何も言わずに中丸をひたすら見つめている。沈黙をおそれている男は、赤堀を指差してまるで懇願するような叫びを上げた。

「聞いてんのか？　おい！　ちゃんと聞いてくれよ！　いつもみたいに、真剣になってくれよ！　その女はダメだ！　全部わかってるんだぞ！」

「知ってるよ」

ちづるは、伏し目がちに清々しいばかりの笑顔をつくった。

「先生は、今わたしが喋った内容から答えを出している。たぶん、それは当たってるよ」

赤堀は後ずさりしたが、中丸が逃がさないとばかりに飛び出してきた。美しい草花をめちゃくちゃに踏み散らし、腰にぶら下げていた鉈に手をかける。

「やめなさい」

ちづるは鋭い声を出した。

「わたしの仕事はもう終わったんだ」

「お、俺が終わらせない。勝手に終わらすなんて許さないからな。俺が時間稼ぎをしたから、あんたは自由でいられたんだぞ」

「そうだね。でも、頼んでないんだよ」

ちづるがぴしゃりと言うと、中丸はひどく傷ついたように胸のあたりを押さえた。

「あなたが勝手にあとをつけてきて、いろんなことをやっただけだ」

「で、でも、だけど、それをしなけりゃ、あんたはとっくに警察に捕まってたんだ！お、俺があんたのためを思ってやった！　警察どもを慌てさせてやった！」

「うん。でも頼んでない」

中丸はあまりにも率直なちづるを見つめて、途方に暮れたような情けない顔をした。

赤堀は緊張と恐怖で脚が震え、ハウスの細いポールを摑んで体を支えた。けれども、頭のなかはすっきりと冴えている。いろんなことが急速につながりはじめていた。中丸は人を殺してはいないのだ。

「シロバナの匂い」

赤堀の口からこぼれ落ちた。

「ゲリラ豪雨が降った日の夜に、ちづるさんはハイキングコースでシロバナの匂いを嗅いだと言いましたよね？」

「そうだね」

「シロバナムシヨケギク……？」

赤堀が消え入りそうな声を出すと、ちづるはふっと笑った。

「そう、彼の家で焚かれていた蚊取り線香の材料だよ。シロバナの天然成分を使ったものだよね」

赤堀はちづるから目が離せなかった。中丸には蚊取り線香の匂いが染みついている。死体を遺棄している途中で、おそらくちづるは微かなこの匂いを感じ取っていたのだろう。そして、岩楯が何気なく匂いの質問をしたあのとき、彼女自身も初めて理解したに違いない。中丸に死体遺棄を目撃されていたのだと。

この二人は、共犯であって共犯ではなかった。互いの意思を通わせないまま、ひとつの殺人事件に絡んでいる。

赤堀は、流れる汗をぬぐって退路へ目をやった。だれもここに逃亡犯がいるとは思わない。ちづるが殺人を犯したことに気づいていない。逃げる手立てを必死に考えているとき、ちづるがいつもと同じ飄々《ひょうひょう》とした声を出した。

「先生はもう帰って」

「え？」と赤堀は驚いて顔を上げた。

「あなたはあなたの仕事をして。わたしもそうするよ」

「ちづるさん、まさか死のうとしてるの？」

赤堀がじっと目を見つめると、彼女は首を横に振って含み笑いを漏らした。

「人を殺す理由がわたしにはあった。でも、自殺する理由はないんだ」

じゃあ、ちづるさんも一緒に行こう……そう言いかけたとき、中丸が跳ねるように一歩を踏み出した。腰に着けている革製のケースから鉈を引き抜いている。そして血走った目で赤堀を見据え、覚悟を決めたような低い声を出した。

「あんたさえいなければ、全部うまくいくんだ。俺が逃亡犯になって決着がつくんだ。でも、俺は逃げ切る。絶対に」

「そうはならない。物証が微妙に食い違ってるから、警察はすぐそれに気づくはずだよ。だって、あなたは人を殺してないんでしょう？」

赤堀が目を逸らさずに慎重に言うと、大柄なちづるが柱に掴まりながら立ち上がった。

「もうやめなって言ってるんだよ。わたしは先生と一緒に行く」

「何言ってんだよ！　い、行かせない！　逃げようって！　頼むよ！」

「なぜ、そんなにわたしを逃がしたいの」とちづるはため息をついた。

「あ、あんたは、ムショなんかにいるべき人間じゃないからだよ！　ムショがどういう場所なのか、あんたはわかってないんだ！」

「確かにわからないけどね」

「あんたは、まぶしい光と一緒なんだ！　お、俺を照らしてやるって言っただろ？　いつでもこの家に来ていいって言ったただろ？　真面目に話を聞いてくれただろ？　俺はすごい光を見たから、もう真っ暗闇には耐えられないんだよ！」

中丸はだだをこねる幼児のように泣きじゃくり、足を踏み鳴らしながらわめき散らした。その後もありきたりな言葉が続いたけれども、赤堀は陳腐だとは思わなかった。それは彼の心の叫びで、流れ出すまま途切れることはない。中丸はちづるを神格化している。敬意や愛情や思慕の念を一心に向け、彼女だけを見つめていた。ちづるがこれを意図していたかどうかはわからないが、中丸は忠実な信者として出来上がっている。

そう痛感したとき、中丸は泣き濡れた顔をいきなり赤堀に向けた。目にはぞっとするほどの憎しみが浮かんでいる。今までのようなためらいがない。

「あ、あんたは、また俺を闇に突き落とす人間だ……」

血走った目をかっと開いて、陽灼けした手を赤堀に伸ばしてきた。すんでのところでかわして走り出したけれども、襟首を捕まえられてつんのめる。すぐに引き戻され、目の前で大きく鉈が振り上げられた。赤堀は、コマ送りのようにゆっくりとした映像でそれを見ていた。

中丸は歯を食いしばって目を剝き、鉈を持つ腕の筋肉をこわいぐらいに盛り上がらせている。赤堀がまばたきをした瞬間、首に激しい痛みが走ってハウスに倒れこんだ。喉が焼けつくように熱く、心臓が過剰に血を送り出して目がまわった。首を押さえてあえいだけれども、空気がまったく入ってはこなかった。

息ができない。声が出せない。目の前に真っ赤な飛沫《しぶき》が飛び散った。首を切られたんだと感じたときには、唐突に目の前が暗転した。

3

仙谷村の周囲には非常線が張られ、出入りが厳しく監視されている。これで中丸は袋のネズミと言いたいところだが、そう予定通りに事が運ぶ気がしない。岩楯は村を呪縛するような山々を眺めては、焦る気持ちを抑えられなかった。よくわからないが、さっきからいやな胸騒ぎを覚えている。

「青年団と老人会、それに役場の人間が手分けして村の家を一軒一軒訪問していま
す」

牛久が手帳をしまいながら駆けてきた。

「今のところ、変わったところはなし。中丸の目撃情報もありません」

「しかし、この村のまとまりは本当にすごいな。山の詳細な地図もあっという間に書いて出してきたんだって？」

「はい。山と共存してきた人間ばかりですから、その目をかいくぐって中丸が逃げるのは不可能だと思います」

牛久はあいかわらずの自信だった。むしろ山へ入ってくれたほうが、手間が省けるとでも言いたげだ。が、頼もしい断言を聞いても心のうわつきは治らず、岩楯は中丸の家に目を向けた。洗濯物が干された庭先では、年老いた小さな夫婦が丸椅子に腰かけて呆然としている。出入りする警官を不安げに目で追い、何かを問われては首を横に振ってわからないと答えていた。

岩楯も先ほど対面したが、何も知らないという言葉にうそは見当たらない。不安が的中してしまったという落胆と、この手で息子を殺してやりたいという情のある怒りのみ。まだ涙に暮れるだけの余裕もなく、事態を飲み込むことに必死だった。

苛立ってため息を吐き出したとき、同じ班の部下が家から走り出してきた。

しょうか」

「凶器は見つかりません。鉈は中丸が仕事に持って出たらしいので、それじゃないで
「了解」と岩楯は答え、牛久に目配せをして踵を返した。「捜索のほうにまわるぞ。山男の勘は、どこを探せと言ってるんだ？」

「そうですね……」

牛久は小走りしながら、腕時計に目を落とした。

「中丸が消えてから、そろそろ二時間になります。高低差と足場の悪さを加味しても、一時間半もあれば小山の反対側にたどり着ける。自分なら、山での挟みうちを避けるために集落に出ますね。一刻も早く」

「そこらじゅうに警官がいても？」

「はい。山よりもまだ逃げ場があります。村人しか知らないような抜け道とか、使われなくなった草だらけの農道も多いですからね。木材を入れておく倉庫も方々にあります」

相棒の意見を素早く吟味した。今の中丸がいちばん何を望むかといえば、夜の訪れだろう。出頭する気がないのなら、一刻も早く村を出たいと考えるはずだった。それまでの間、息を殺している場所が必要だ。山に潜伏していても、どの道発見されることぐらいは察しがつく。

「よし、その線でいく。まずは、村人しか知らないような抜け道と農道だな」

岩楯は歩きながら言った。

それから、村で育った牛久が熟知している場所を片っ端から潰していった。民家の裏手から伸びる私道は迷路のように入り組み、そのままよその家へと続いている場合も多い。塀と塀の間や山へ入るための踏み固められた道など、舗装された道路を行くよりも使い勝手がよく、何より近かった。入り口に雑草が繁っていれば一見して道ともわからず、様子を窺いながら移動することが可能だ。中丸はこの手の道を巧みに使い、警察の目に触れずに日々移動をしていたのだろう。

個人の貯木倉庫を丹念に見てまわり、崩れかけた神社の社や縁の下まで、隠れられそうだと思えば入っていって逃亡者の痕跡を探した。途中で何人もの警官とすれ違い、すでに捜索した場所の情報を交換する。山裾づたいに細かく見まわっているうちに、ルートを外れて別の集落へ入り込んだ。

牛久は立ち止まり、地図に印をつけて右側を指差した。

「もう少し先まで見たほうがいいかもしれません。抜け道になるような場所が、枝分かれしてまだ続いていますから」

そのまま風通しの悪い藪を抜けると、見覚えのある村道へつながっていることがわかった。この辺りにもかなりの捜査員が出ており、中丸が顔を出せばたちまち確保されるはずだった。なのに、一向に不安がなくならない。

二人は汗をぬぐってペットボトルの水に口をつけた。前方に目を向けると、ひときわ背の高い雑草が生い繁っている一角があった。崖からトネリコの枝葉が大きくせり出しているちづるの家だ。そこから少し離れた私道には、捕虫網の立てられたリヤカーが駐められていた。赤堀が寄っているらしい。

ペットボトルをポケットに突っ込んだとき、リズミカルなクラクションの音がして顔を横へ向けた。白いミニバンが、緩やかなカーブを曲がってやけに加速して近づいてくる。運転している男は満面の笑みを浮かべて窓から手を出し、二人の刑事の横で車を停止させた。

「お疲れさまです。いやあ、なんだかまた暑くなってきましたねえ。涼しかったのは今朝方までですわ」

首から下げられている身分証には、仙谷村役場の産業課と書かれている。殺人容疑の男が逃亡しているさなかだというのに、なんとも暢気《のんき》な若者だった。

「で、牛久。捜索はどんな具合だい？」

男が銀縁のメガネを押し上げながら言うと、牛久が慌てたように声を出した。

「すみません、同級生なもので」

「しかし、働いてるとこを見っと、仙谷くんも刑事なんだって実感するなあ」

「わかったから、もう行けって。今日は役場もいろいろとたいへんだろ？」

「まあな。これからちづる先生んとこへ行くんだよ。こっち側が俺の担当する地区だからな。みんなして総出で家をまわってるんだ」

牛久は居心地悪そうにまた謝り、岩楯に説明をした。

「彼は役場の産業課で、ちづるさんを全面的にバックアップしてるんですよ。仙谷村産のアロマオイルと、杉を使った香水を企画しているわけでして」

「ということは、彼女と行動をともにしているというのもあなたですか。夜露に濡れた苔とか木の皮を採るとか」

「そうなんですよ。時間外労働ですけど、まったく苦になりませんね。間違いなく村興しにつながります。なんせあの人は、林業と絡めた地産の香水を提案してきたんですよ？　想像もできないような案でびっくりしました。今まで、村もいろんなものに手を出して失敗してきましたけど、これは手応えがありますね。香水もアロマオイルもすごく好評だし、必ず村の産業に発展させて見せますよ」

役場の若者は村への思いを熱っぽく語っている。ほぼ牛久と同じ感性だ。

「ちづる先生には、村の高校にも何回か特別講師でいってもらってるんですよ。子どもらもフランス語に親しんでもらおうってことで、あきる野市からも声がかかるほどなんです。こんなたいへんな事件が起きましたけど、村のイメージアップにつながればいいなと思ってるんですよ」

「大活躍ですね」

「そうなんです。みんなかなり興味津々でね。パリって聞いただけでもお洒落な感じがするじゃないですか。向こうの文化を聞いたり、仕事の質問をしたり、フランス語が東北訛りっぽいとかいって盛り上がったり、とにかくみんな楽しんでますよ」

「フランス語が東北訛りっぽい？」

岩楯は反射的に聞き返した。

「ええ。まあ、ホントによく似てるんですよね。ちづる先生も日本に戻ってきたばっかりのころは、イントネーションが独特でした。なんせ、フランス語のアクセントで日本語を喋ってたからね。ずっと東北出身かと思ってましたから」

ちょっと待て。岩楯は能天気な役場の若者を見まわした。タクシーで仙谷村に乗りつけ、おそらくバラバラにされたと思われる男には東北訛りがあった……。

そう思ったとき、まるでオセロの石が一斉に裏返るように、岩楯のなかですべてがつながるのを感じた。被害者はフランス帰りの男なのだ。入管に指紋が登録されており、そこから身元が割れれば交友関係まで一気に足がつく。ちづるだ。

岩楯は息苦しさを覚えて、あえぐように空気を吸い込んだ。トコジラミやミバエを知らずに国外から村へ持ち込み、ボストンバッグに入っていた異臭を放つものとは、もしかして何かの植物ではないのか？　温度調節に気を使い、手荒には扱えないもの……すべてをつないでいるのは匂い、すなわち香水だ。

岩楯は車の窓に手をかけた。

「六月十九日ですが、あなたは香水の材料を採りに綿貫さんと一緒に行かれたんですよね？　ゲリラ豪雨のあった日の夜ですが」

「い、いえ、僕は出てませんけど」

役場の職員は、尋問するような岩楯にたじろぎながら答えた。

「別のだれかと行ったということは？」

「それはないと思いますよ。僕があの人の担当で、山へ出かけるときは必ず電話がかかってくるんです。それに、あんな雨の日はだれも出歩きませんよ。ましてや山へなんて行くわけがないですって」

だからこそ強行したのだろう。人の目が完全になくなる。

岩楯は、ちづるに初めて会ったときのことを思い返した。六月に何度か森へ行ったと彼女が語ったとき、どことなく落ち着きのない様子を見せていた。シロバナの匂いを思い出したからという理由で煙《けむ》に巻かれたけれども、微かな違和感としてしばらく残っていたではないか。殺しと遺棄の手口が合致しないと感じていたのも、別の人間がかかわっていたからだ。今ごろ気づくとは……男は共犯だった。

岩楯は、産業課の職員にきっぱりと言った。

「綿貫さんの家にはわたしたちが行きますから、あなたは役場に戻ってください」

男は不思議そうな面持ちをして同級生の顔を窺い見たけれども、有無を言わせない岩楯に気圧《けお》されて、じゃあお願いしますと頭を下げて去っていった。

「岩楯主任。まさかちづるさんが……」

牛久は強ばった顔を向けてきた。しかし、岩楯は何も言わずに走り出した。

腕時計に目を落とすと、午後三時半をまわっていた。雲の切れ間から西日が射して、二人の影を長々と伸ばしている。さっきから続いていた胸騒ぎの理由はこれだった。赤堀がちづるの家にいる。おそらく気づいているだろう。わずかなきっかけさえあれば、あの女ならすべてをつなげられるはずだ。なのに、電話をかけてこないのはなぜだ。

岩楯は雑草の生垣を見据えながら、砂利《じゃり》敷きの私道へ入った。置かれているリヤカーに一瞥をくれる。持ち物はすべてそのままだ。岩楯は息を吸い込んでざわめく気持ちをなんとか鎮め、牛久に目配せをして雑草に囲まれた小径へ入った。

腰の上ほどもある天然の垣根を越えると、さらに背丈のある篠竹が見えてくる。完全に目隠しになって、家の様子がわからない。草にまぎれるようにしてなかを窺うと、縁側に二人の人間が腰かけているのが見えた。

ちづるが、うなだれた男の首にタオルを載せ、背中を叩いて介抱するようなことをやっている。今見ているものが信じられずに目を疑ったとき、後ろにいた牛久がよろめいて息を飲み込んだ。同時に中丸が身を震わせるような動きをして、がばっと立ち上がる。二人の刑事のほうへ鋭い目を向けてきた。

二人は咄嗟に篠竹の陰に入った。中丸は異常なほどに過敏だ。今までに見せたことのない憎悪に満ちた形相《ぎょうそう》をしている。まるっきり別人だった。

「……だれかいる、見られてる。で、出てこい。早く。こっちには、ひ、人質がいんだぞ。早くしろ」

男のかすれた声が聞こえる。赤堀が人質というわけか。岩楯は小さく舌打ちをし、庭へ足を進めた。中丸は刑事たちを見たまま、敷石に載せられていた鉈を素早く取り上げる。

「それをよこせ」

岩楯は目を合わせながら言った。背後で牛久が銃を取り出そうとしたのを見て、手を上げてそれを制止した。中丸は鉈を両手で握り締め、震えながら前に突き出してくる。完全に腰が引けていた。

「人質を取ったところで、もう逃げられん。どれだけの警官がこの村にいると思ってるんだ？」

「く、来るな。俺がやった、全部俺がやったんだ！　この人は悪くない！」

「そんなもんはあとでいくらでも聞いてやる。さっさとそれをよこせって言ってるんだよ！」

中丸がおぼつかない手で鉈を振りかぶる真似をし、子どものような威嚇を繰り返している。ちづるはそれをぼんやりと見つめて棒立ちになり、ふいに岩楯と目を合わせた。いつもと同じく硬質な瞳だ。驚くほど焦りや後悔の色がない。それを見て、岩楯は無性にこわくなった。

「赤堀はどこだ」

低い声を絞り出した。しかし、何も返ってはこない。

「答えろ……」

一歩を踏み出そうとしたとき、中丸は叫び声を上げていきなり岩楯たちのほうへ鉈を投げつけた。が、刃物はとんでもない方向へ飛んでいき、草むらのなかに吸い込まれていく。中丸はその隙に翻って家の脇へ駆け込んだけれども、牛久は反射的に右側へ飛び出し、猛烈な勢いで屋敷の裏手へまわり込んだ。

岩楯は素焼きの鉢を飛び越えて、牛久とは逆に、中丸が逃げ込んだ崖下のほうへ全力で走った。そのまま蒸留装置のある倉庫の裏手へ滑り込むと、トネリコが覆いかぶさる崖に突き当たる。中丸が木や雑草をロープ替わりにして、上へ逃れようとしているところだった。

「もう諦めろ！　中丸！」

岩楯は足を摑もうとしたけれども、男は山に慣れていてことのほか俊敏だ。一気に崖を這い上がり、雑木のなかへ姿を消そうとしている。岩楯は舌打ちして木に手をかけたが、同時に枝が派手に折れるような音と、揉み合う怒声が聞こえてきた。牛久だ。中丸よりも先に崖の上で待ち構え、むりやり屋敷の反対側へ引きずり下ろしたようだった。

岩楯は即座に踵を返し、倉庫の裏から再び庭へ躍り出た。大輪の花が咲きみだれていたハウスの支柱は折れ曲がり、覆い布が破れて無残にも地面に垂れ下がっている。縁側の前では、まだちづるが静かに立ち尽くしていた。赤堀はいない。視界の隅にちづるを収めて庭を突っ切ろうとしたとき、血痕らしきものが目をかすめて急停止した。

壊れたハウスのある場所だ。岩楯は目を凝らした。

草花に埋もれるような格好で、赤堀が倒れていた。全身に薄布がまとわりつき、地面に飛び散った血が厭らしく透けている。尋常ではない量の血だまりだった。

内臓を摑まれたような衝撃が走り、岩楯はうめき声を漏らした。

「……赤堀」

脚が強ばって一歩も動けなかった。生々しい血の臭いが辺りに充満している。赤堀は血の気の失せた顔を横に向け、目を固く閉じていた。薄く開かれた唇はぴくりとも動かない。これほど近くにいるのに存在感が消え失せ、空気や土の一部のようになり果てている。

心臓が激しい暴走を始め、全身から汗が噴き出した。恐怖しか感じない。状況を受け入れる勇気が出ない。

岩楯は歯を食いしばって、地面からむりやり足を引き剝がした。勢いにまかせて赤堀のもとまで歩き、ハウスから落ちかけている薄布を乱暴にはぐった。

「動かさないで」

後ろから声が聞こえると同時に、岩楯は振り返った。

「だれがやった」

ちづるは蒼い顔をして唇を結び、岩楯のほうへまっすぐに向かってくる。

「止まれ！　赤堀を殺ったのはだれだ！」

「落ち着きなさい、彼女は死んでない」

「死んでないだと？　じゃあこの血はなんだ！　この量はなんなんだよ！」

岩楯は飛びかかりたい衝動を抑えるので精一杯だった。むせ返るほどの血の臭いで、肺のなかが満たされている。ちづるは興奮を極めている岩楯と真っ向から目を合わせ、そのまま近づいてきてそばに屈んだ。

「よく見るんだよ、これは血じゃない」

岩楯は目に入ろうとしている汗を乱暴に振り払い、ぐったりと横たわる赤堀に焦点を合わせた。地面では棚から落ちたと思われる鉢が砕け、咲いていた花々が無残に踏みにじられている。岩楯は過呼吸になりそうなほど息が上がった。

赤堀にかかっているのは、真紅のバラの花びらだった。散った花がそこいらじゅうに広がり、おびただしく流れる血のように見せていた。

急に吐き気が込み上げ、岩楯は激しく咳き込んだ。赤堀は死んでいない。なんていやな見間違えだ！

ちづるは口を押さえてえずいている岩楯を見やり、意識のない赤堀の首筋に指を押し当てた。しばらくしてからゆっくりと外す。

「先生は、稀釈《きしやく》してないミルラの精油原液を思い切り吸い込んだんだよ。これは樹脂製のオイルで毒性が強い。でも、半致死量も吸い込んでないよ。命に別状はないし脈も正常に落ち着いてきた。気道は確保してある。でも、まだ動かさないほうがいい」

岩楯は止まらない汗を肩口でぬぐった。急激な緊張と緩和で、体も気持ちもついていかない。未だに薄布をきつく握り締めていたことに気づき、岩楯は震える指先を左手で引き離した。その様子を目で追いながら、ちづるは口を開いた。

「わたしはミルラをいつもポケットに入れてるんだ。独自に作ったクマ避けスプレーで、市販のものなんかとはくらべものにならないほど強い。吸い込めば、確実にショック症状を引き起こす。あるいは死ぬ」

「なんでそんなもんを吸わせたんだよ……」

「中丸が先生に向かっていったからだよ。たぶん、あのままだったら先生は切られて死んでた。わたしは咄嗟にスプレーを使ったんだ。彼もかなり吸い込んで一緒に気を失ったけど、すぐに覚醒してる。体質的なことだろうね」

「中丸とはどういう関係なんだ」

立て続けにそう問うたとき、家の裏手から顔を上気させた牛久が戻ってきた。中丸に手錠をかけて羽交い締めにし、しっかりと目を合わせて頷きかけてくる。そして倒れている赤堀に気づいて大きく目を見開いたが、岩楯が花びらを手に取って見せると、脱力したように息を吐き出した。

「中丸とはどういう関係だ？」

岩楯はもう一度同じ質問をした。しかしちづるは答えず、首を横に振るだけだ。

「中丸、彼女とはどういう関係なんだ」

今度は蒼白になっている中丸に質問を振った。けれども、まったく要領を得ずに視線をさまよわせ、何度も洟をすり上げるだけだ。岩楯は、じゅうぶんな時間をかけて二人を見つめてから携帯電話を取り出した。逃亡者確保の連絡を入れ、至急とつけ加えて救急車の要請をする。

横たわる赤堀は、まだ動く気配すらなかった。

4

八月四日の火曜日。

目の前に座る中丸は身じろぎもせず、ねずみ色の机の天板《てんばん》に視線を落としている。たまに顔色を窺うように岩楯を見る程度で、それ以外は置き物のように固まっていた。

「よし。原点に戻ろうじゃないか。おまえさんが殺してバラバラにしたという男だが、いったいどこのだれなんだ?」

「それは何回も言ってます。通りすがりの男だから、名前も知らない人なんです」

「無差別の通り魔な。で、どこで襲った?」

「ええと、ハイキングコースで……」

「いつ?」

「六月十九日」

中丸は吹き込まれた録音を再生でもするように、一字一句正確に答えている。このあたりはもう板についており、口ごもることもなくなった。取調室の奥では、牛久がパソコンのキーを叩いている。岩楯は考える間を与えないうちに次の質問をした。

「襲った時間は？」

「夕方の六時を過ぎてたと思うけど、よくわかりません」

「なんで襲ったんだ？」

「金を盗ろうと思って」

「凶器は？」

「鉈です」

「遺体を切断した場所」

「森のなか……」

「なるほど。今までの話を合わせると、こういうことだよな」

岩楯はため息をついて机の上で手を組んだ。

「暗くなりはじめているハイキングコースを男がひとりで歩いていて、おまえさんは金欲しさに、たまたま持っていた鉈で襲いかかった。そのまま森に引きずり込み、服を脱がせてバラバラにしたあと、たまたま持っていた大きな麻袋に詰めて、腐りかけたログハウスの階段を注意しながら降り、たまたま持っていたビニール袋に移し替えて、たまたま持っていたスコップで穴を掘って埋めた」

「そうです」

取り調べが長引くにつれ、中丸は顔色を変えることも焦ることもなくなった。逮捕から一週間、捜査員たちが代わる代わる投げる質問にも慣れ切り、なんとも堂々たる態度を見せている。

「これ以上、時間を無駄にするなよ」

「わかってます。だから全部喋ってるんだ」

岩楯は、感情を見せない中丸から目を離さずに言った。

「俺は、おまえさんが男を殺してバラしたとは思っていない。だが、そこまで殺ったことに固執するなら、主犯として名前を挙げるしかないわな」

中丸は微かに表情を動かしたものの、それでも口を結んで自分を曲げなかった。岩楯はしばらく男のやつれた顔を眺め、唐突に聴取を切り上げた。係の者に中丸を預け、ノートパソコンを抱えた牛久とともに廊下へ出る。

「中丸を追い込まなくていいんですか？」

牛久が歩きながら早口で声をかけてくる。昨日あたり床屋へ行ってきたようで、刈りたての芝生のように髪が直線的に整えられていた。

「このままでは埒《らち》があきません」

「埒も何も、やつは殺してないんだから被害者を知りようがない。言ってることはめちゃくちゃだが、めちゃくちゃなりにブレがないんだよ。中丸はもう、シナリオを変えるつもりはないらしい。殺しの主犯で起訴されたいんだろ」

「待ってください。まさか、このままにするつもりですか？　ちづるさんをかばってのことですよ？」

「現場にＤＮＡまで残してる男だぞ。ガイ者の遺留品を愛用して防犯ビデオにも映り、一之瀬の畑からは中丸の毛髪も出てるんだ。やつが持ってた凶器の鉈からはガイ者の血液反応。かたや綿貫ちづるは物証がゼロ。自供がなけりゃ見事に勝ち抜けだな」

信じられない、と牛久はつぶやき、岩楯のあとを追ってまた信じられないと口にした。

「信じられなくてもこれが現実なんだよ。とにかく、昼メシのあとは綿貫ちづるだ」

それから一時間後、ちづるが部屋に姿を現した。陽に灼けた肌はくすんでツヤもなく、目の下には黒々としたクマが浮き出している。活力のみなぎっていた大柄な体つきも、ひとまわりぐらい小さくなったような気がした。しかし、眼光だけは未だに鋭い。蛍光灯が反射しておかしな光り方をし、水面を覆う油膜のようにぎらついていた。

「久しぶりだね。ここのところ顔を見なかったよ」

ちづるが腰かけながら口を開いた。短かった髪が中途半端に伸びて、目にかかりそうになっている。彼女は何度も前髪を手で払い、真正面から岩楯と目を合わせた。

「あなたが殺した男は坂巻光彦《さかまきみつひこ》ですね」

岩楯は前置きなく本題に入った。ちづるは一瞬たりとも目を逸らさない。

「ずいぶんせっかちだね」

「駆け引きはほかの捜査員がやっていると思うのでね。あなたの携帯電話の通話記録から、この男が挙がってるんですよ。パソコンのメールからもです。六月に入ってからは頻繁で、十九日は八回も着信があった。タクシーのなかからかけたんでしょう」

ちづるはぎゅっと口を結んだ。

「この男はフランス在住の四十二歳。あなたと同じく香水を作る仕事をしている。六月十八日に日本に入国し、翌日にあなたを訪ねた。南京虫を日本に持ち込んだのもこの男。中丸がくすねて天井裏に隠していた遺留品の鞄から、この虫の死滅した卵が見つかっている」

岩楯はファイルを開き、男の写真を抜いて机に滑らせた。浅黒い肌をした野性的な雰囲気で、口角を引き上げた笑みが高慢な印象を与える男だ。白いものが混じった髪は長く、黒いサテンのリボンでひとつに束ねていた。不必要に個別性を重んじ、凡庸を低く見るタイプの人間だろう。人とは違う俺を見ろと全身で語りかけてくるようだった。

「この男は、世界的にも有名なブランドのお抱え調香師。わたしでもブランドの名前を知っていたぐらいだから相当なものですよ」

ちづるは写真には一瞥もくれずに、岩楯をじっと見続けている。

「彼は入管に指紋を登録していた。出入国を手早く済ませるためにね。遺体に指紋が残っていれば、すぐに身元が判明する。そして身元がわかれば、自動的にあなたに結びつく経歴をもっていた。綿貫さん、坂巻とはどういう関係だったんですか？」

ちづるはなんの反応もしなかった。岩楯はしばらく返答を待っていたが、そこにはこだわらずに質問を変えた。

「中丸ですが、このまま殺人と死体遺棄を認めるそうですよ。言ってることは破綻だらけだが、なんせ切り札になるような物証をいくつももっている。あなたをかばってのことでしょうが、本当にこれでいいんですか」

岩楯は上目遣いにちづるを見たが、まったくの無反応だ。

「おそらく中丸は、分け隔てのないあなたを慕っていたんでしょうね。いや、慕うを通り越して崇拝に近い。あなたは中丸を気味悪がったり人目を気にしたりしないで、率直に向き合った。そして、厳しいけれども情のある意見もしていましたよね。親以外では、初めての経験だったのかもしれない。もともとストーカー気質だった中丸は、あなたをつけまわすようになり、遺棄現場までこっそりついていったとわたしは見ています」

ちづるには岩楯の声が聞こえているのだろうか。目を合わせてはいるが、それを突き抜けて後ろの壁を見ているようでもあった。このまま逃げおおせることができないことぐらい、彼女もじゅうぶんに理解している。なのに、これほど頑《かたく》なになる理由とはいったいなんなのか。少しでも罪を軽くしたいなどという、単純な算段ではない。

岩楯は、何か別の狙いがあるように感じて、ずっとこの女を警戒している。

「人ひとりをバラすのは重労働だが、あなたはそれをやってのけた。でも、家からはなんの反応も痕跡も出ない。調香師ならではの知恵でも使いましたか」

ちづるの目が少しだけ動いたのがわかった。

「精油の原液というやつは、毒にも薬にもなる。多少吸い込んだだけの赤堀が、丸二日も目を覚まさなかったからね。そして、ようやく昨日退院できた。効果は計り知れないし、その力を知り尽くしているあなたなら、現場を簡単に工作できるんじゃないかと思うんですよ。たとえば、血液反応を出さないとか」

岩楯はたたみかけるように先を続けた。

「ルミノールは血液の鉄成分に反応する。単純に考えて酸性にすればこの反応は出ないわけですよ。あなたならわけもないでしょうが、万が一反応が出ても、ＤＮＡを検出させないことも可能なはずだな。つまり、精油で血液を分解してしまうということです。まあ、そうは言ってもルミノールは予備検査でしかない。こっちも本気なんで、鑑識は残された抗原を必死に探してますよ。血液の抗原抗体反応を利用するとか」

牛久が派手な音を立ててパソコンのキーを叩いている。それだけがむなしく室内に響き、ちづるはまた意識を遠くのほうへやっていた。

「いったい、何が目的なんですか」

岩楯は目頭を指で押しながら問うた。もう、数十回はこの泣き言を口にしているかもしれない。

「このまま完全黙秘を続けて、不起訴にでも持ち込む考えですかね」

「ごめん、今何時かわかるかい？」

ちづるがいきなり声を発し、岩楯はびくりとした。牛久も驚いたようで、椅子をきしませて怪訝な顔を向けてくる。何かの仄めかしかと言葉の裏側へ注意を向けようとしたが、無駄に消耗するような気がしてやめた。腕時計に目を落とす。

「午後一時五十分ですよ」

「今日は八月四日だったよね」

「そうです」

「わかった。二時になったら教えてほしい」

何を言っているのだろうか。ちづるは前髪を指先で整え、麻色のシャツの裾を引っ張って伸ばしている。どこか嬉しそうにも見えるのは思い違いではないだろう。

その後も無反応な彼女に質問を続け、岩楯は再び時計を見てから顔を上げた。

「十分経ちましたよ、ちょうど二時。さて、今から自供でもしますか」

「最初からそうするつもりだった」

軽い雑談のような口調でそう言い、険が落ちたような顔には薄い笑みまで浮かべている。

「どこから話せばいいかな」

「待て。これは遊びじゃないんだ。ふざけてないで、現実と真面目に向き合ったらどうなんだ？　まさかとは思うが、精神鑑定あたりが狙いじゃないだろうな」

岩楯が語気を強めても、彼女はまったく動じなかった。

「わたしはありのままを喋る。罪を軽くしようとか中丸さんにすべてをかぶせようとか、そんな気はないよ。ただ、少し時間がほしかったんだ」

ちづるは大きく息を吸い込み、拘束されてから初めて被害者の写真に目を向けた。

「坂巻とは十二年前にパリで知り合った。わたしは当時、輸出向け量産品のコンサントレを作ってて、その香科工業に彼が入ってきたの。若くて野心家で、とにかく香水に情熱をもっていた。話上手でプレゼンがすばらしくて、会う人をたちまち魅了したね。問題は、調香師としての感性がそれほどなかったってことだ」

ちづるは写真を引き寄せて取り上げ、すっと目を細めて坂巻を見た。

「彼は、ナショナルブランドのメゾンに入りたがっていた。ただね、独自に調香師を置いてるようなブランドは、どれも超一流で無名の人間が入れるような環境じゃない。コネを使って入り込めたとしても、実力がなけりゃ生き残れないしね」

「でも、彼はその地位を手に入れた」

そう、手に入れた、とちづるはおうむ返しにして机に写真を伏せた。

「あるとき、わたしが調香した安物の香水が欧米で爆発的に売れたんだ。あるメゾンがそのコンサントレに興味をもってるってのは聞いてたけど、これといった接触はなかった。まあ、期待もしてなかったけど、知らないうちに坂巻がメゾンに引き抜かれててね」

「もしかして、作ったのは自分だと吹聴《ふいちょう》した？」

「そうなんだよ。呆れた。でもまあ、ほっといた。実力のなさが知れれば、地位なんてすぐ崩れるし、だれも見向きもしなくなる」

本当に真実を語るつもりなのだろうか。ちづるは場違いなほど落ち着いている。この女が殺人を犯して遺体を切断したなど信じられないが、平静のなかに狂気が潜んでいるのは、取り調べを重ねるごとに少しずつ伝わっていた。なんらかの感覚が麻痺《まひ》し、やったことのおぞましさを認識できていない節がある。

岩楯は、苦々しい顔で言葉を打ち込んでいる牛久を見やり、ちづるに目配せして先を促した。

「しばらくして、坂巻から連絡があったんだ。わたしを引き抜きたいって。悪びれもなく理屈をこねてたけど、結局は泣きついてきたんだよ。メゾンはわたしが作った突飛な香りの構造に目をつけてたみたいだけど、彼にはそれを思いつくような感覚がない。だから、代わりにやることにした」

「放っておくつもりだったはずだが？」

「同情したんだよ」

岩楯が首を傾げると、ちづるは裏返してある写真をじっと見つめた。

「彼は、事故で末梢神経性嗅覚障害になったんだ。この病気は難治性で、もうもとには戻らない。一生、なんの匂いも感じることなく生きていくしかなくなった。調香師の死を意味するね。もし自分がそうなったら、生きてはいけないと思うよ。考えただけでもこわいから」

「で、覆面調香師を引き受けたわけだ」

岩楯は資料に目を通した。

「あなたは坂巻になりすまして、いろんな人間とメールのやり取りをしている。今ですら、現地では坂巻が死んだことを知らない」

「坂巻は、人前では絶対に調香をしなかった。それどころか、香りについての話すらしない。嗅覚障害を悟られないように、できる限り個人行動を取ったんだ。孤高だってもてはやされたし、それがかえってカリスマ視されてね、名前だけがひとり歩きしていったんだよ」

「まるで裸の王様だな」と岩楯はちづるから目を離さなかった。「坂巻という男は、だれもが認める地位に上り詰めた。でも本来なら賞賛はあなたが受けるべきものだった。だから殺したのか？」

「そうじゃない。わたしは村での生き方に満足していたし、業界で成り上がりたいとは思ってなかったよ」

「じゃあ、なぜ裏取引をした？」

「だから同情だよ」

岩楯はゆっくりと首を左右に振った。

「坂巻という男に情けをかける意味がわからない。ただただ地位と名誉に執着する愚か者にしか見えないね。あなたが肩入れする理由は別だろう。恋人関係だったのか?」

「まさか。男としての魅力はゼロだよ。人間としても同じだけど」

「それなら、坂巻を通して密かに自分の手腕を試していたとか」

「岩楯さんももちろんわかってると思うけど、実力があるからといってトップに上り詰められるものではない。逆に無能であっても、上に君臨する人間なんていくらでもいる。人の価値観は曖昧《あいまい》なものだ。声の大きい者が価値を決めてやれば、あとは自動的に世の中に浸透していくんだよ」

　香水業界においての、自分の地位を語っているのだろう。しかし、あまりにも淡々として理不尽を恨んでいるようでもない。岩楯が目を離さず見続けていると、ちづるは細く息を吐き出した。

「わたしは、坂巻に引退を勧めたんだ」

　そう言って少しだけ沈黙した。ごつごつした手を揉み合わせて眺め、目を伏せたまま話を再開する。

「いつかは必ずすべてが発覚する。わたしは結局、その騒ぎに巻き込まれたくなかったんだね。当然、訴訟問題とかゴシップに発展するだろうし、そうなったら今の生活はできなくなる。だから、最後にもう一回だけ調香してやめることを伝えた。それで坂巻も納得したと思ったんだ」

「だが、そうじゃなかった」

ちづるは苛々した様子で頷いた。

「あの日、彼はメイン素材になる蘭を隠しもってきた。産地の人間に大金を積んで、マレーシアからフランスまで密輸したらしいよ。そしてここまで運んだ。わたしを説得するために、精製したオイルじゃなくて、リスクを冒してまで原材料をもってきたんだよ」

「腐敗臭のする花を機内に持ち込めるとは思えないが」

「特殊ポリエステル樹脂っていうものがある。匂いを遮断できるシートだよ。日本に着いて、すぐに外したらしいけどね。花はかなり弱ってて、坂巻は必死で回復させようとしたんだよ。一刻も早く、わたしに届ける必要があったんだ」

彼女は当然だとばかりに言った。

「本当にすばらしい香りだった。今まで一度も嗅いだことのないタイプで、想像力がかき立てられたよ。久しぶりに心の底からわくわくしたんだ。もう、新しい世界に入り込んじゃって、すぐに行動を起こしたいぐらい鮮烈な出会いだった。わたしはきっと、この花に出会うために調香師になったんだ。そう思ってる」

彼女は身震いして恍惚《こうこつ》とした表情を浮かべたが、すぐにそれを消し去った。

「坂巻は今の地位を捨てる気はないと言った。わたしが黙っていれば、バレるはずがないとも言ったね。興奮して怒鳴ったり泣いたり懇願したり、とにかく手に負えないほどになったんだ。ちょっと落ち着きなよって揉み合いになってるときに、縁側から落ちて死んだんだよ。首の骨を折って」

「ちょっと待った。首の骨を折ってって、あんたが殺したわけじゃないのか？」

岩楯は目を見開いた。そしてファイルの資料をばさばさとめくり、司法解剖報告書を引っ張り出す。一之瀬の畑で見つかった首は、第五頸椎《けいつい》で切断されていた。骨折の表記はないが、切断部分とかぶっていれば痕跡は残らないのだろうか。いや、そんなはずはないだろう。しかし人為的外傷はひとつもなく、未だに直接的な死因はわかっていない。

牛久は疑問符だらけの面持ちをしていたが、こっちもまったく同じだった。事故が本当なら、バラバラにする必要がない。身元を完璧に封じてまで、遺棄をする必要がなかったではないか。死んだ坂巻になりすまして海外と連絡を取り合い、香水の進行状況を伝えていたなどおかしな話だった。

「なんのつもりなんだ」

岩楯は、よく光る目をしているちづるを見つめた。被害者を後ろから鉈で切りつけたなどという中丸の戯言《たわごと》とは違い、彼女の証言は検屍によって裏づけられるぎりぎりの範囲にある。しかし、ちづるなら痕跡を残さず「香り」で殺すことができるだろう。坂巻が同じ知識をもっている調香師だとしても、嗅覚障害なら可能だ。

「よし、わかった。本当に事故だったとしようじゃないか」

岩楯は、ちづるの言葉を何ひとつ信用していなかった。こちらの考えを読みながら、自分を有利にもっていこうという気配が漂いはじめている。

「で、バラバラにした理由は？」

彼女は急に戸惑ったように目を泳がせ、苦しげにまばたきをした。

「それが自分でもわからないんだ。あのときの記憶がすっぽりと抜けてる」

「勘弁してくれよ。それで済む話じゃない」

「そうだけど本当なんだ。死体を切り刻んだなんて考えるだけでもぞっとする。夜の森へひとりで行って、バラバラになった彼を埋めるなんて信じられない……覚えてないんだよ、何ひとつも」

ちづるはぶるっと肩を震わせ、両腕をこすり上げた。

「じゃあ、なんで香水なんかを作った？　切り刻んだ男がもってきた花を使って、香水を完成させてフランスへ送る。それが怯えてた人間のやることか？」

「彼の遺作だと思って必死で作ったんだよ。時代を象徴するような斬新な香りで、世界中を熱狂させる。坂巻はそれを望んでたんだ。だから仕事は最後までやり切った。調香師の使命だよ。食事もしないで、泣きながらやったんだ。どんなに苦しくてつらくても、わたしはすべてを捧げたんだ。彼のために」

「やめてくれ。今さらお涙ちょうだい話はいらないんだよ」

岩楯は腹が立って鼻を鳴らした。

ちづるは刑事を誘導しようとしている。村で慕われていた人物像からできるだけ離れないよう、同情の余地を端々に残そうとしていた。しかし、こんな戯言を練り上げるために、一週間も完全黙秘を決め込んだのだとしたら陳腐すぎる。目的は別にあると岩楯は感じていた。

「なんで今日の二時で黙秘をやめた？」

開かれたちづるの目は、少しずつ光が増しているように見える。期待、高揚、喜び。なぜかそんな種類の感情で満たされていた。

彼女はすうっと息を吸い込み、興奮で顔を上気させながら弾んだ声を出した。

「今日の午後二時ちょうど、世界で同時に香水が発売されるんだ」

「なんだって？」

「この極秘プロジェクトを止めたくなかった。どうしても、この香水を出す必要があったんだ。彼のためにも。そう、彼のためなんだ。すべては彼のため」

「ふざけるな！　人ひとりが死んでるんだぞ！　バラバラにされて腐り果てて、そこらじゅうにばら撒かれてんだよ！」

岩楯はファイルを机に叩きつけた。牛久も思わず立ち上がり、思い切り眉根を寄せて彼女の背中を睨みつけている。

正気なのか狂気なのか、ちづるはその端境《はざかい》に立っているように見えた。そもそも、坂巻にそこまでの愛憎を抱いていたような気配がない。単なる出来の悪い同僚ぐらいの話ぶりにしか聞こえず、罪悪感すら抱いてはいなかった。異常なまでにちづるを突き動かした情熱とは、本当に香水によるものだけなのかがわからない。ここにきて、また目の前に霞が立ちこめはじめていた。

ちづるはいささか前のめりになって、岩楯に場違いなほど満面の笑みを投げかけた。

「この香りは、もう二度とだれも作れないし作らせない。想像してみてよ。香りが何層にも重なって、嗅いだ瞬間に、ひとつひとつ扉が順番に開いていく。扉の先には、まったく別の世界が広がってるんだ。甘さ、からさ、酸味、苦味、爽やかさ、えぐみ、これが環境に応じて変化する。ビロードみたいにしなやかな香りが、急にざらざらした平らなものに変わるんだ。希望と絶望がねじれたような部屋を通り抜けると、その行き止まりには何があると思う?」

「何があるんだ?」

岩楯は口滑《なめ》らかなちづるから目を離さずに反問した。

「行き止まりはない。また最初に戻るんだ。でも、だれもそれに気づかない。同じところをまわり続けるんだよ。ぐるぐる、ぐるぐる、ぐるぐる、永遠に囚われるんだ。だけど、たったひとりだけは、そこから抜け出すことができる。本当の意味を知ったときに抜け出せるんだよ。わたしはその仕掛けをした。最高の仕掛けをね」

「たったひとりは抜け出せる？　死んだ坂巻か？」

ちづるは否定も肯定もしない。いや、岩楯の言葉がまともに耳に入っているのかすらも怪《あや》しかった。

「巻き込む人間が多ければ多いほど、浄化は気高いものになる。いいかい？　これはすべてを満たすプロジェクトだ。作り手も売り手も消費者も、そして彼も」

それからは香水の抽象的な表現に終始し、ちづるは息つく暇もないほど憑かれたように喋り続けた。

この女は思考が分裂している。岩楯は、身振りを交えながら持論に興じるちづるから目が離せなかった。燃えたぎる情熱の裏側に垣間見えるのは、背筋を寒くさせるほどの非情さだ。男を殺してバラバラにした確かな理由があるはずだが、おそらく自供することはない。事件に関することも、今後一切喋りはしないだろう。岩楯はひしひしとそれを感じていた。かかわる者を取り込んで、知らぬ間に支配下に置く。そして駒にして動かす。死んだ坂巻も中丸も仙谷村の住人も、みなちづるに依存してべったりと癒着していた。

岩楯は熱に浮かされているようなちづるを見据えていたが、係の者を呼ぶように牛久に目で伝えた。自分は得体の知れない恐怖を感じている。今すぐこの女から離れたい。

手錠がかけられたちづるが歩く姿を目で追いながら、岩楯と牛久も廊下に出た。そのとき、壁に当たって反響する声が聞こえて、二人とも振り返った。

「岩楯刑事！」

ブルーのチェックのシャツを引っかけた赤堀が、タイル張りの廊下を一目散に駆けてくる。二人の前で滑り込むように急停止し、はあはあと肩で息をした。

「先生、大丈夫なのか？　退院したばっかりだろ」

「心配しました」と牛久が眉端を下げている。

「ああ、大丈夫、大丈夫。医者が出してくれなかっただけなんだよ。それよりもこれ」

赤堀は付箋の貼られた書類を差し出してきた。顔色がすぐれず、本調子ではないことがはっきりとわかる。紙には薬品名や化学式などが並び、解読不能な赤堀の文字がびっしりと書き込まれていた。

「これは？」

「入院中にずっと考えてたの。絶対に何かの意味があると思ったから……」

赤堀は早口で捲し立てていたが、廊下のずっと先を歩いている女の姿を認めて目を大きく見開いた。

「ちづるさん！」と叫んで岩楯の前をかすめて走り出す。

「ちょっと待て！」

岩楯は慌てて追いかけ、身構えている係官の手前で赤堀の襟首をひっ摑んだ。ちづるがゆっくりと振り返る。そして真剣な顔をしている赤堀を長いこと見つめ、空いた前歯を見せて気が抜けたように笑った。

「やっぱりね。先生が最初に気づくのはわかってたよ」

「ちづるさん、あの香水の成分をもう一度教えて」

「バニリルアセトン、ベンズアルデヒド、高濃度のリナロールと結びついたトランズEデセナール、それに酸」

赤堀は、ちづるの口から送り出される言葉をまばたきもせずに聞いていた。そして苦しげに息を吐き出し、垂れ気味の目を縁取る睫毛《まつげ》を震わせた。

「……ちづるさん。香水を作るためだけに人を殺したんだね。材料にして使うために」

岩楯は赤堀に目を奪われ、摑んでいた襟首から手を離した。

「バニリルアセトンは蘭、ベンズアルデヒドはあんず。でも、トランズEデセナール」と言葉を切り、赤堀はぎゅっと手を握り締めた。「バラバラにされた腕には、動脈を狙ったような切開痕があった。ちづるさん、死後の流動血を抜いたんでしょう？」

「血を抜いた？」

岩楯は、予測が当たっていたことを思って嫌悪感が倍増した。

「香水の構造がそれを物語ってる。純粋な死後の血液がほしかったんだよね？　血液凝固機能が作用しない、ある意味きれいな血。これがトランズEデセナール、虫や肉食動物を強く誘引する臭い成分だよ」

赤堀は悲しげに、しかし毅然《きぜん》としてちづると相対した。

「被害者が、死ぬ直前にあんずを食べたのにも意味があるんでしょう？　ちづるさんが食べさせたんでしょう？　香りを酸と結びつけるために」

「ちょっと待てよ。まさか、消化しかけたあんずを香水の材料として取り出すために……」

岩楯は言葉を失った。牛久は目を剝いて、口を手でぎゅっと押さえている。

「遺体をバラバラにしたのには意味がある。わたしはずっと考えてた。ただ運びやすくするためだろうかと。そのためだけに、胴体をあり得ない位置で真っ二つにするだろうかと」

　確かに、それは異様だと思っていた。

「本当は、バラバラになんてする必要はなかった。でも、胃袋の中身や膵臓の酸、そして血液を抜いたことを隠すためにやったんだよね？　ちづるさんは、嗅いだ瞬間に香りの組み合わせがわかると言った。蘭と血と消化液とあんず。花の匂いを嗅いだときに、頭のなかで必要な材料をピックアップした」

「しかし、死因はなんだ……」と岩楯がつぶやくと、赤堀は一瞬だけ目を合わせた。

「高濃度のリナロールを被害者に与えて殺したんだと思う。これはバジルから採れる精油で、致死量が少ないし腐敗のせいで分解すれば検出されない」

「毒殺か」

「その目的だけじゃないよ。ちづるさん、血と混じり合ったリナロールの香気成分を取り出したんでしょう？　これも香水の材料に入ってる」

　赤堀の言葉を聞けば聞くほど常軌を逸している。

　窓から射し込む強烈な陽光を浴び、五人は言葉もなく立ち尽くした。憎しみも愛情も悲しみも何も関係なく、人間性を完全に無視して殺したのか。ただ香水を作るためだけに、人ひとりをバラバラにして無駄なく素材にした。坂巻を人間として見ていなかった。

花々を美しく咲かせていたあの庭で、ちづるが男を淡々と解体している姿が目に浮かんだ。きっと今よりも瞳を輝かせ、血を抜き取りながら魅惑の匂いを堪能していたのだろう。岩楯の背中を冷たい汗が駆け下りていった。

ちづるは、感情の一切が読み取れない静かな表情で赤堀を眺めている。係の者が戸惑いながら岩楯に目配せし、彼女を連れて再び歩き出そうとした。そのとき、ちづるはことさらゆっくりと振り返った。

「先生、あの香水の名前は『アンヌ・メヴィウス』。メビウスの環《わ》だよ。表と裏はつながったんだ」

「メビウスの環……」

赤堀が繰り返すと、ちづるはこわいぐらいに波風のない目をして歩きはじめた。

5

スクランブル交差点の人の混みようは異常だった。埃っぽさと熱気が立ちこめ、夜の七時になろうというのに気温は一向に下がる気配がない。

岩楯は、目の前をひっきりなしに通過する人波を眺めた。ハチ公前と駅の改札付近は待ち合わせらしき人間でごった返し、傍ではストリートミュージシャンが騒々しくギターをかき鳴らしている。牛久は暑苦しい雑踏を感慨深げに見まわしながら、こんな場所でもよく通る声を出した。

「これが夜の渋谷ですか」

一重瞼から覗く瞳のなかでは、反射した街の明かりが忙しなく色みを変えている。

「すごい人出ですね。この時間は未成年らしき子どもも多いようですが、補導は徹底されているんでしょうか」

ずっと思っていたらしい言葉を繰り出し、制服姿ではしゃぐ高校生を心配そうに目で追っている。

岩楯が苦笑しながら腕時計に目を落とそうとしたとき、聞き覚えのある音楽が耳に入って反射的に舌打ちをした。顔を上げると、目の前にある大型スクリーンのすべてに、見慣れてしまったＣＭが大映しにされている。牛久も思い切り眉根を寄せて、仇と相対するようにビルの上を睨みつけていた。

それは、「メビウスの環」という意味合いのフランス語から始まる香水の映像だった。

ちづるがこの世に放った香水は大々的な宣伝が打たれ、テレビやネットも含めて日に何度も目にするため否応なく記憶に刷り込まれていく。有名ブランドからゲリラ的に出されたとあって注目を集め、すでに偽物まで出まわっている始末だった。それらを目にするたびに苦々しい思いが込み上げ、事件にかかわった者はみな、おのれの不甲斐なさを噛み締めることになる。

スクリーンのなかで奏《かな》でられているヴァイオリンの独奏は、やけに破滅的で不穏な音色《ねいろ》にしか聞こえない。そんな空疎な旋律《せんりつ》が終わると、雑踏のあちこちから女の歓声が上がった。岩楯は映し出された顔を見て、今日何度目かになる深いため息を吐き出した。

俊太郎だった。スクリーンには夕日を浴びる少年が大映しになり、いつもの気だるい視線を投げかけてくる。発色よく加工されたらしい緑色の瞳には、さらに濃い緑色の香水瓶が映り込んでいた。言葉を紡《つむ》ぐように唇を動かしているけれども無音で、目を奪われている途中でいきなりぷつりと映像は終わる。腹立たしいほど惹き込まれる構成だった。

岩楯は胸ポケットへ手をやって無意識に煙草を探し、さらにうんざりしてからタイル貼りの壁によりかかった。

「しかし、あのガキがイメージモデルだったとはな」

牛久は、すでに別の映像を流しているスクリーンから目が離せないでいる。そして水を浴びた犬のように頭を左右に振り、両手で長々と顔をこすった。

「ここ最近のワイドショーに出ずっぱりです。謎の美少年、世界的有名ブランドとの専属契約を結ぶ。もともとネットに上げていた変身動画も大反響で、過去と現在の光と影みたいな美談にされていますよ。当人が沈黙を守っているのも、企業側の戦略なんでしょう。高校を出たら、フランスへ渡るらしいです」

「日本をすっ飛ばして海外デビューか」

「父親は殺人も視野に入れた幇助容疑での取り調べ中で、母親は所在不明。親戚ともまったく付き合いがないらしいですね。まあ、証拠不十分で一之瀬の立件は難しそうですが、田舎で燻っていた息子の背中を押すにはじゅうぶんな出来事です。彼も飛び出せて満足でしょう」

　牛久が顔を曇らせながら言ったが、岩楯はそうは思わなかった。

「俊太郎は満足しない。いや、できないだろうよ。世界中の人間に復讐するまで終わらない。綿貫ちづるが、本当の意味でそれをアシストしてるのさ」

　牛久はたまらないとばかりに顔をしかめた。

「一之瀬俊太郎が、事の真相を知らないというのは本当でしょうか？　香水にとんでもない成分が混ぜられているという……」と牛久が周りを気にしながら語尾をかき消した。

「今はまだ知らんだろう。だが、いつかは知る。『本当の意味を知ったときに抜け出せる。わたしはその仕掛けをした』。これが取り調べでの綿貫の言葉だよ。知ることで俊太郎の復讐が完結するような筋書きを書いたわけだ」

「死んだ坂巻をよそおって少年を業界に売り込んで、相当前から周りを固めていましたからね。ものすごい執念を感じました」

ちづるのメールや身辺を調査してわかったのは、新しい香水を打ち出すためのブランド戦略企画は、もう何年も前から始まっていたということだ。被害者の坂巻がカリスマ視されていたのも事実で、業界ではかなりの顔利きだった。ちづるはその立場を利用し、ブランドの顔にするべく少年を俎上《そじょう》に上げた。もっとも、それで抜擢されるほど甘い世界ではないだろうが、決め手になったのは、俊太郎の謎めいた美しい容姿と過去の動画だろう。どちらも胸を揺さぶられるものなのは間違いない。

「あの腐敗臭みたいな蘭を指定したのも綿貫。昔、熱帯植物園で嗅いだ匂いが忘れられないってのが、メールの文面にあったな」

「信じられません。彼女に頼らなければ地位がなくなる坂巻は、血まなこになって花を探した。表向きはカリスマ調香師でも、ちづるさんに見放されれば破滅しかない男です。花はマレーシアの固有種だと突き止めて持ち出そうとした。結局、許可が下りないために密輸したんです」

「で、真相を暴くことになるミバエと南京虫も一緒にくっついてきたと」

岩楯は、やかましい通りを眺めながら言った。

「特殊な蘭を使おうと考えた時点で、綿貫は男を香水の材料にするつもりだったんだろう。用意周到な計画的殺人だよ。たとえ坂巻が消えても、なりすまして今後も活動は継続できると考えた。男は、孤高のカリスマ調香師設定だからな。姿を見せなくても通せるわけだ。男は、そうとも知らずに村へやってきた」

「村で、あれほどみんなに尽くしてくれたのに。親身になってくれていたのに……。そうしているときも、頭にはおそろしい計画があったんですよ。そして実現させた。裏切りというより、ただただ切ないです。村の人間も同じでしょう」

牛久は歯を食いしばり、くぐもった声を出した。

結局、何がちづるをそこまで駆り立てたのか。仙谷村に移り住んだのは、さまざまなしがらみと決別したい気持ちからだろう。自分の人生を取り戻そうとしていたに違いない。が、俊太郎との出会いがすべてを変えたと岩楯は思っていた。自分の手がけた香水を発表する情熱よりも、今は少年へ向けられる感情のほうがはるかに上まわっている。何度となく彼のためだと語っていたのは、坂巻ではなく俊太郎のためという意味だった。

「綿貫は、俊太郎に恋心を抱いていた」

岩楯は、ざわめきのなかで初めて言葉に出してみた。すると牛久は目を丸くして、暑苦しく一歩近づいてくる。

「まさか。一之瀬の息子は十七ですよ？　五十過ぎの女性が、子ども相手に恋愛感情をもつでしょうか」

「若い娘に入れ上げるじいさんは理解できても、その逆は許せないってか」

「それは性差の問題じゃないですか。いくらなんでも不埒《ふらち》すぎます」

牛久は鼻息を荒くした。

「待て、待て。俺が言ってんのは、どろどろした色恋じゃない。綿貫ちづるは、あのガキがひどいアトピーのときから治療してたんだ。俊太郎の置かれている状況と、人に対する拒絶を間近で見聞きしていた。そして、イモムシから蝶になっていく過程をだれよりも知っている。恋心に限りなく近い感情を抱いたとしても、おかしくはないとは思うね。少なくとも、親が子に向けるような情には見えない」

牛久は神妙な顔をして考え、やはり受け入れがたいと頑なに拒否をした。

「とにかく、今の状況は、綿貫の調香師としてのプライドを満たすのにはじゅうぶんだ。で、いずれは俊太郎の復讐心も満たされると信じてる」

「取り調べでも、『浄化』という言葉をよく使っていましたからね」

「ああ。より大勢を汚すことで、俊太郎の心が満たされて清められると信じてるんだろう。なんせ、あのとんでもない香水が全世界で売られてるんだ。買った連中は、バラバラ死体の血だの膵臓だの、それに胃袋の内容物とも知らずに、ありがたがって塗りたくるわけだからな。間接的な殺人への加担だ」

「や、やめてくださいよ」

牛久はたじろぎ、何かの想像を追い払うような格好で手を振った。

「それにしても、なんとか発売中止にできないものなんでしょうか。背景にあるのは残忍な殺人事件なんですよ？　それを何も知らない人間に売りさばくなんて、倫理に反するどころじゃありません」

「フランスは、香水産業が国の経済にかかわる重要な立役者だ。毎年、一兆円超えの黒字を出してるんだぞ。他国の殺人が絡んでると騒いだところで、事態は何も変わらんよ。むしろ公表したほうが売れるのに、それをしないのは情けだな」

岩楯は埃っぽい空気にむせながら続けた。

「綿貫はこのまま逃げ切るかもしれん」

「本当に信じられない状況です」

「家にあった分析計のデータは完全消去、香水の元になった原液も見つからない。いくら捜索しても殺しの物証は未だにゼロ。おまけに、死体遺棄と損壊は記憶にないと言ったきり、一ヵ月以上も完全黙秘だ。殺人どころか、なんの罪も立件できそうにない」

「中丸が喋らないのも意外です。あの男が遺棄をした証拠はいくらでもありますから、本当にすべての罪をかぶるつもりでしょうか」

「カルト宗教の信者と一緒だよ。崇拝の域だ。まあ、たとえやつが自供しても、綿貫がやった証拠がないことには変わらない。フランスの会社は、香水の成分も原液の提出も拒否してる。どん詰まりだな」

赤堀が導き出した猟奇的な結論も、推測の域を出ないというのが捜査本部の見解だった。当然、そうなるだろう。

「メビウスの環か」

そうつぶやきながら、岩楯は再び腕時計に目を落とした。そのとき、雑踏のなかから「おーい」という声が聞こえて二人の刑事は同時に振り返った。改札の人ごみの隙間から、振られている手の先がわずかに覗いていた。しばらくすると過剰に腰を低くした赤堀が、人々の足許をすり抜けるように、くねくねと進んでいるのが見えてくる。

「水へビかよ……」

岩楯はぼそりと口にした。赤堀は予測もつかない動きで人々をかわし、二人の前で急停止する。

「遅れてごめんね。ヒール履いたら思うように歩けなくてさ」

「じゅうぶんに素早いんだが」

すると牛久は赤堀をしげしげと眺め、なぜか恥ずかしそうに角刈りの頭をかいた。

「赤堀先生もスカートを穿くんですね。なんというか、イメージが違いすぎて驚きました。ほっかむりと地下足袋ばかり見ていたもので」

「わたしが本気出せばこんなもんだよ」

昆虫学者は、淡い小紋柄のスカートを揺らして微笑んでいる。いくら洒落込んでも言動に問題がありすぎて、岩楯の目にはいつもの姿にしか映らなかった。

「さあ、行こう。お店は予約してあるからね。今日はわたしのおごりだよ」

「おごり？　なんで」

「ほら、ウジの雨んときに二人をだまし討ちにしたからさ。その埋め合わせ」

彼女はさも申し訳なさそうな顔をつくり、店は向こうだよと伸び上がって通りの先を指差した。飲み代でおとしまえをつけるのは実に赤堀らしいが、どことなく元気が空まわりしているように見えなくもない。三人は交差点のほうへ歩き出した。

「それはそうと、後遺症は大丈夫なのか？」

ヒールなのに弾むように歩く赤堀に尋ねると、彼女はこっくりと頷いた。

「あのときは急に精油原液を吸い込んで、免疫反応が大暴走したんだよ。ちょっとしたショック状態で、戻るのに時間がかかったの。今はすっかり元気だけどね」

「それはよかった。まあ、その、あれだ」

岩楯は意味もなく咳払いをした。

「今後もあんたの仕事はいくらでもあるし、こんなとこで気落ちしてる暇はない。伏見管理官も、法医昆虫学にそれほど拒否反応が出なくなったみたいだからな。勝手に俺がそう思ってるだけだが」

赤堀は伏し目がちに微笑み、薄化粧をした顔で横から見上げて言った。

「岩楯刑事、いつもありがとう」

また唐突な素直さを発揮する。

この女には、自分の手に追えないような危うさとともに、闘争本能をかき立ててくるところがある。いつまでも気持ちが上向きにならないこんなときこそ、強引に前を向かせてくれる貴重な存在だった。

岩楯はすでに前を歩いている赤堀の背中に向けて、「こっちこそありがとうな」と聞こえないぐらいの声でつぶやいた。

○主な参考文献

「死体につく虫が犯人を告げる」マディソン・リー・ゴフ　著、垂水雄二　訳（草思社）
「虫屋のよろこび」ジーン・アダムズ　編、小西　正泰　監訳（平凡社）
「昆虫——驚異の微小脳」水波誠　著（中公新書）
「虫たちの生き残り戦略」安富和男　著（中公新書）
「アリの生態ふしぎの見聞録」久保田政雄　著（技術評論社）
「東南アジアにおける蘭とミバエ類の送粉共生系の化学生態学的解析」西田律夫（京都大学）
「フェニルプロパノイド花香を介した蘭とミバエ類の共進化機構の解析」西田律夫（京都大学）
「解剖実習マニュアル」長戸康和　著（日本医事新報社）
「人の殺され方」ホミサイド・ラボ　著（データハウス）
「現場警察官のための　死体の取扱い」捜査実務研究会　編著（立花書房）
「香水」ジャン゠クロード・エレナ　著、芳野まい　訳（白水社）
「〈香り〉はなぜ脳に効くのか」塩田清二　著（NHK出版新書）
「山岳警備隊　出動せよ！」富山県警察山岳警備隊　編（東京新聞出版局）

本作品はフィクションであり、実在のいかなる組織・個人とも一切関わりありません。

解説

香山二三郎（書評家）

今日、科学捜査という言葉は日常的に馴《な》れ親しまれている。

考えてみれば、かの名探偵シャーロック・ホームズも鋭い直感と観察眼の持ち主というだけでなく、現場の足跡や血痕を分析して推理を進めるような科学的捜査官でもあった。実際、ホームズのスタイルは西欧の犯罪鑑識研究に大いなるヒントを与えたともいわれているが、その後時代の変遷《へんせん》とともに警察も科学捜査を取り入れ、組織化していった。

日本でも第二次世界大戦後の一九四八年五月に科学捜査研究所が設立され（のちの科学警察研究所）、その後各都道府県の警察本部に科学捜査研究所が置かれて、現場鑑識以外の法科学的な分析鑑定を行うようになった。

小説の世界で科学捜査の世界にいち早く着目したのは島田《しまだ》一男《かずお》で、一九七三年五月刊の長篇『科学捜査官』の「著者のことば」にいわく、「ＮＨＫテレビに『事件記者』を書いていたころ（筆者註：著者が脚本を担当した『事件記者』は一九五八年四月から六六年三月まで放映）、出演者たちと科学警察研究所を見学に行き、当時の所長・古畑種基《ふるはたたねもと》博士、復顔《カービング》の長安周一《ながやすしゅういち》技官、毛髪の須藤武雄《すどうたけお》技官と会った。そのとき、ある俳優が『ここは変わった人びとの集団だ。芝居になる』と言った。そのことばに誘発され、しばしば科警研を取材に訪れ、（中略）真剣に取り組むようになった」。

もっとも一九六〇年代に入ると、吉展《よしのぶ》ちゃん事件や狭山《さやま》事件を始め、世を揺るがす重大犯罪が頻発《ひんぱつ》するようになり、警察は捜査体制の強化を強いられることとなった。科学捜査の進化も自発的というよりそうした犯罪の進化にともなって推し進められたことは否定出来ないが、ともあれ科学捜査という言葉もいつしか馴染み深いものになっていったのである。

ちなみに一九九九年一〇月からテレビ朝日系で放映が始まった『科捜研《かそうけん》の女』（主演・沢口靖子《さわぐちやすこ》）は京都府警科学捜査研究所の女性法医研究員を主人公にしたドラマであるが、二〇一五年のシーズン一五開始時に日本の連続テレビドラマ史上最長寿を記録、現在もそれを更新し続けている。日本では今や科学捜査のみならず、科捜研という専門語までお茶の間に親しまれているのである。

前置きが長くなった。本書『メビウスの守護者　法医昆虫学捜査官』は警視庁捜査一課の岩楯祐也《いわだてゆうや》警部補と法医昆虫学者の赤堀涼子《あかほりりょうこ》の活躍を描いたシリーズの第四作に当たる。前作『水底《みなぞこ》の棘《とげ》』は東京湾周辺が舞台となったが、今回は西多摩《にしたま》に転じる。現場は「東京都内でありながら、管轄区域の半分以上が山岳地帯という特徴をもつ」四日市《よっかいち》署管内の仙谷《せんごく》村。七月のある日、ハイキングコースを巡回していた地元の生活安全課員で山岳救助隊員でもある牛久弘之《うしくひろゆき》巡査長が男のバラバラ死体を発見、牛久とともに岩楯も捜査に当たることに。発見されたのは両腕だけで、被害者の身元も不明。解剖医の神宮浩三《しんぐうこうぞう》によれば死後一〇日前後とのことだったが、赤堀の調査では遺棄されてから二〇日以上たっていると虫たちは告げていた。矛盾の原因は不明のまま、岩楯たちは訊《き》き込みを進め、元村長から地域の新参者情報を仕入れる。他人を寄せ付けない一之瀬《いちのせ》父子《おやこ》や、中年のひとり息子が筋金入りの変人だという中丸《なかまる》親子のこと。さらに事件があったとおぼしき大雨の夜に品川《しながわ》ナンバーのタクシーがやってきたこと。

程なく一之瀬のイケメン息子俊太郎《しゅんたろう》や中丸家のトラブルメーカーぶりを目の当たりにした岩楯はさらに、重い病気を治したり病状を緩和させたりして村を守る巫女《みこ》と敬われる調香師・綿貫《わたぬき》ちづるからも話を訊くが、手掛かりは得られない。やがて大雨の夜に遺体発見現場近くに現れたタクシー運転手が判明、彼はボストンバッグを持った中年男を東京ミッドタウンの前から村まで乗せたが、その客はやけに温度を気にしていたという。乗ってきてすぐ甘い饐《す》えたような臭いを発していたとも……。
本シリーズの特徴はまず、グロい死体描写にあり!?　発見現場から大学の法医学教室へ運ばれた両腕は関節部分から三つに切断されていたほか、右手の指がすべて切り落とされ、掌の皮膚も削《そ》ぎ落とされるなど著しく損壊されていた。「当然ながら、目を背《そむ》けたくなるほど大量のウジが湧《わ》き出していた」。いやはや、こうして原文を写しているだけで気分が悪くなってくるが、ウジが出てこないとヒロインの出番は回ってこないし、手がかりを得ることも出来ない。キモいはキモいがウジ虫様々なのである。犯人はバラバラに遺棄したのか、遺体の残りの部分はなかなか見つからない。逆にいえば、見つかるたびに事件も少しずつ動いていくのだが、ウジ虫様はその際も大活躍するのである。

　むろんその辺の描写については著者は確信犯であろうが、法医昆虫学というテーマ上、細部まで行き届いた描写が欠かせないのもまた事実。もっとも赤堀涼子博士は女子中学生と見間違うような外見とは裏腹に、ウジだろうが昆虫だろうがヘビだろうが、ビクともしない。場の空気を読まず、捜査会議でも岩楯をハラハラさせるような行動に出ることもしばしばだが、本書でもその豪傑ぶりを随所で披露してくれる。

　出だしから猟奇《りょうき》殺人事件色全開の本書ではあるが、ミステリーとして見ると、実にオーソドックスな捜査小説というべきだろう。岩楯たちは汗水垂らして山間《やまあい》を歩き回り、ぶうぶういいながらも証拠の採集と分析、住人たちへの訊き込みを丹念に進めていくことで、事件の核心へと迫っていくのだ。その住人たちも個性派揃いというか奇人変人ばかりというだけでなく、一之瀬家も中丸家の面々も実に怪しい。特に筋金入りの変人といわれる中丸聡《さとし》には前科もあり、胡散《うさん》臭いことこの上ない。

舞台となる仙谷村は自然の宝庫たる山村ではあるが、七キロもいけば四日市の街中に出てしまう。つまり事件は東京の郊外地域で起きたわけで、本書は都会の郊外ミステリーでもある。これが英国ミステリーなら田園地帯ののどかな村が現場になったりするのだが、東京だとすぐ山間部に入ってしまうのだ。してみると、村の怪しい住人たちの造形といい、英国の田園ミステリーとも相通じるところがありはしまいか。次第に明かされていく住人たちのドラマはやがて思いも寄らないサブストーリーを生成し始めるが、それがまた実に巧みで、かつスリリングだったりする。本書は（というか、本シリーズは）謎解きミステリーとしても犯罪サスペンスとしても、正統派の風格を漂わせているのである。

このシリーズを読まれてきた人なら、岩楯の相棒役が誰になるのか、楽しみにしている人もおられよう。筆者は第一作『法医昆虫学捜査官』に登場、前作でもコンビを組んだプロファイラー志願でメモ魔の若手刑事・鰐川宗吾《わにかわそうご》のファンなのだが、本作には残念ながら登場しない。今回の相棒役・牛久巡査長は地元の山を知り尽くしたタフガイで鰐川刑事とは対照的。牛久は村の住人に愛され、ご当地キャラクター（「仙谷くん」！）のモデルにもなった独身青年だが、そのいっぽうで結婚相手の理想がやけに高かったり世慣れていないところもあって、村の共同体の庇護下にある「親離れさせてもらえない子ども」のようでもある。キャラ的には好き嫌いがはっきり分かれるタイプかもしれないが、彼を贔屓《ひいき》にしてくれる人が多ければまたの登場も期待出来よう。ファンは応援されたい。

登場人物といえばもうひとり、調香師の綿貫ちづるの存在も際立っている。彼女は岩楯をひと目見ただけで彼が発する匂いを分析、その行動様式をいい当ててしまう女シャーロック・ホームズのような天才だ。またメディカルアロマセラピーの研究者でがん治療にも成果を上げている村のカリスマでもあり、その道ひと筋の情熱の持ち主であるところは赤堀とも相通じるところあり。果たして彼女は赤堀とどのような関係を結ぶのか、ご注目いただきたい。

ところで、著者がかくも昆虫に詳しいのは、もしかして赤堀涼子のモデルはご自身だからなのではと思われる向きもあろう。それに対して著者いわく、

野山で昆虫採集をして飼育に勤《いそ》しみ、効率的に繁殖させて大物をプロデュースする。または目当ての種を探しまわって完全攻略し、ずらりと並ぶ標本箱を眺《なが》めてにや

にやする。いずれも手間ひまをかけた宝には違いないが、私はこんな正統な虫愛にはまったく心惹《ひ》かれないのだ。

では、小説に昆虫学なんて題材を選んだのは単に奇を衒《てら》っただけで、虫にはなんの情も抱いていないのか？　そう訊かれれば、情だけは人一倍あると胸を張って答えるだろう。私の虫に対するかかわりは、もっぱら放任主義である。（「昆虫酒場」／「小説現代」二〇一四年八月号）

どうやら赤堀博士は想像の産物らしいが、さて「放任主義」とはいかなる程度のものなのか。引用した「昆虫酒場」によると、著者は自宅マンションのベランダに山椒《さんしょう》の鉢植えを置いているそうで、それは何よりアゲハ蝶《ちょう》を呼び込むためとか。特にマニアックな活動をしているわけではないようなのだが、山椒に集まってくる虫たちをじっと観察する眼は赤堀博士と同じものになっているのではと推察する。そしてその観察眼こそ、著者がそなえた作家としての最大の武器なのではないだろうか。

法医昆虫学捜査官シリーズはすでに第五作『潮騒のアニマ』が刊行済み（講談社刊）。舞台はまた一転して伊豆《いず》諸島の小島――ということは、〝嵐の孤島〟ものか!?　本書を楽しまれたかたは引き続きご一読のほどを。

●本書は二〇一五年十月に、小社より刊行されました。
文庫化にあたり、一部を加筆・修正しました。

|著者|川瀬七緒　1970年、福島県生まれ。文化服装学院服装科・デザイン専攻科卒。服飾デザイン会社に就職し、子供服のデザイナーに。デザインのかたわら2007年から小説の創作活動に入り、2011年、『よろずのことに気をつけよ』で第57回江戸川乱歩賞を受賞して作家デビュー。日本では珍しい法医昆虫学を題材にした「法医昆虫学捜査官」シリーズは、本書のほかに『147ヘルツの警鐘』(文庫化にあたり『法医昆虫学捜査官』に改題)『シンクロニシティ』『水底《みなぞこ》の棘《とげ》』『潮騒のアニマ』の4作があり、根強い人気を誇っている。その他の著書に『桃ノ木坂互助会』『女學生奇譚』『フォークロアの鍵』がある。

メビウスの守護者《しゅごしゃ》　法医昆虫学捜査官《ほういこんちゅうがくそうさかん》

川瀬七緒《かわせななお》

講談社文庫

定価はカバーに
表示してあります

2017年12月15日第1刷発行

発行者――鈴木　哲
発行所――株式会社　講談社
東京都文京区音羽2-12-21　〒112-8001
電話　出版　(03) 5395-3510
　　　販売　(03) 5395-5817
　　　業務　(03) 5395-3615

デザイン―菊地信義
本文データ制作―講談社デジタル製作
印刷―――信毎書籍印刷株式会社
製本―――加藤製本株式会社

Printed in Japan

ISBN978-4-06-293822-8

講談社文庫刊行の辞

二十一世紀の到来を目睫に望みながら、われわれはいま、人類史上かつて例を見ない巨大な転換期をむかえようとしている。

世界も、日本も、激動の予兆に対する期待とおののきを内に蔵して、未知の時代に歩み入ろうとしている。このときにあたり、創業の人野間清治の「ナショナル・エデュケイター」への志を現代に甦らせようと意図して、われわれはここに古今の文芸作品はいうまでもなく、ひろく人文・社会・自然の諸科学から東西の名著を網羅する、新しい綜合文庫の発刊を決意した。

激動の転換期はまた断絶の時代である。われわれは戦後二十五年間の出版文化のありかたへの深い反省をこめて、この断絶の時代にあえて人間的な持続を求めようとする。いたずらに浮薄な商業主義のあだ花を追い求めることなく、長期にわたって良書に生命をあたえようとつとめるところにしか、今後の出版文化の真の繁栄はあり得ないと信じるからである。

同時にわれわれはこの綜合文庫の刊行を通じて、人文・社会・自然の諸科学が、結局人間の学にほかならないことを立証しようと願っている。かつて知識とは、「汝自身を知る」ことにつきていた。現代社会の瑣末な情報の氾濫のなかから、力強い知識の源泉を掘り起し、技術文明のただなかに、生きた人間の姿を復活させること。それこそわれわれの切なる希求である。

われわれは権威に盲従せず、俗流に媚びることなく、渾然一体となって日本の「草の根」をかたちづくる若く新しい世代の人々に、心をこめてこの新しい綜合文庫をおくり届けたい。それは知識の泉であるとともに感受性のふるさとであり、もっとも有機的に組織され、社会に開かれた万人のための大学をめざしている。大方の支援と協力を衷心より切望してやまない。

一九七一年七月

野間省一

講談社文芸文庫

小沼 丹
藁屋根
大寺さんの若かりし日を描いた三作と、「谷崎精二ら文士の風貌が鮮やかな「竹の会」、チロルや英国の小都市を訪れた際の出来事や人物が印象深い佳品が揃った短篇集。
解説=佐々木 敦　年譜=中村 明
978-4-06-290366-0
おD10

丹羽文雄
小説作法
人物の描き方から時間の処理法、題の付け方、あとがきの意義、執筆時に適した飲料まで。自身の作品を例に、懇切丁寧、裏の裏まで教え諭した究極の小説指南書。
解説=青木淳悟　年譜=中島国彦
978-4-06-290367-7
にB2

徳田球一／志賀義雄
獄中十八年
非転向の共産主義者二人。そのふしぎに明るい語り口は、過去を悔いる者にはあまりに眩しく、新しい世代には希望を与えた。敗戦直後の息吹を伝えるベストセラー。
解説=鳥羽耕史
978-4-06-290368-4
とK1

近藤史恵　薔薇《ばら》を拒む
近藤史恵　砂漠の悪魔
近藤史恵　私の命はあなたの命より軽い
小泉凡　怪談四代記〈八雲のいたずら〉
小島正樹　武家屋敷の殺人
小島正樹　硝子の探偵と消えた白バイ
小松エメル　夢の燈《ほ》影《かげ》〈新選組無名録〉
近藤須雅子　プチ整形の真実
小島環　小旋風《つむじかぜ》の夢紘《むげん》
呉勝浩　道徳の時間
佐藤さとる　〈コロボックル物語①〉だれも知らない小さな国
佐藤さとる　〈コロボックル物語②〉豆つぶほどの小さないぬ
佐藤さとる　〈コロボックル物語③〉星からおちた小さなひと
佐藤さとる　〈コロボックル物語④〉ふしぎな目をした男の子
佐藤さとる　〈コロボックル物語⑤〉小さな国のつづきの話
佐藤さとる　〈コロボックル物語⑥〉コロボックルむかしむかし
佐藤さとる　天狗童子
佐藤さとる　絵/村上勉　わんぱく天国
佐藤愛子　新装版　戦いすんで日が暮れて

佐木隆三　慟哭〈小説・林郁夫裁判〉
沢田サタ編　新装版　泥まみれの死〈沢田教一ベトナム戦争写真集〉
佐高信　石原莞爾その虚飾
佐高信　わたしを変えた百冊の本
佐高信　新装版　逆命利君
さだまさし　遙かなるクリスマス
佐藤雅美　影帳　半次捕物控
佐藤雅美　揚羽の蝶(上)(下)〈半次捕物控〉
佐藤雅美　命みようが〈半次捕物控〉
佐藤雅美　疑惑〈半次捕物控〉
佐藤雅美　泣く子と小三郎〈半次捕物控〉
佐藤雅美　髻《もとどり》塚《づか》不首尾《しゅび》一件始末《いっけんしまつ》〈半次捕物控〉
佐藤雅美　天才絵師と幻の生首〈半次捕物控〉
佐藤雅美　御当家七代お祟り申す〈半次捕物控〉
佐藤雅美　一石二鳥の敵討ち〈半次捕物控〉
佐藤雅美　恵比寿屋喜兵衛手控え
佐藤雅美　物書同心居眠り紋蔵
佐藤雅美　隼小僧異聞〈物書同心居眠り紋蔵〉
佐藤雅美　密約〈物書同心居眠り紋蔵〉

佐藤雅美　お尋者〈物書同心居眠り紋蔵〉
佐藤雅美　老博奕打ち〈物書同心居眠り紋蔵〉
佐藤雅美　四両二分の女〈物書同心居眠り紋蔵〉
佐藤雅美　白い息〈物書同心居眠り紋蔵〉
佐藤雅美　向井帯刀の発心〈物書同心居眠り紋蔵〉
佐藤雅美　一心斎不覚の筆禍〈物書同心居眠り紋蔵〉
佐藤雅美　魔物が棲む町〈物書同心居眠り紋蔵〉
佐藤雅美　ちよの負けん気、実の父親〈物書同心居眠り紋蔵〉
佐藤雅美　へこたれない人〈物書同心居眠り紋蔵〉
佐藤雅美　わけあり師匠事《こと》の顛末〈物書同心居眠り紋蔵〉
佐藤雅美　江戸繁昌記〈寺門静軒無聊伝〉
佐藤雅美　青雲遙かに〈大内俊助の生涯〉
佐藤雅美　十五万両の代償〈十一代将軍家斉の生涯〉
佐藤雅美　千世と与一郎の関ヶ原
佐々木譲　屈折率
酒井順子　結婚疲労宴
酒井順子　ホメるが勝ち！
酒井順子　負け犬の遠吠え
酒井順子　その人、独身？

講談社文庫　目録

講談社文庫　目録

桜庭一樹　ファミリーポートレイト
佐々木則夫　なでしこ力〈さあ、一緒に世界一になろう！〉
沢里裕二　淫府再興
沢里裕二　淫果応報
沢里裕二　淫具屋半兵衛
佐藤あつ子　昭《あき》　田中角栄と生きた女
西條奈加　世直し小町りんりん
西條奈加　まるまるの毬《いが》
佐伯チズ　改訂完全版 佐伯チズ式「完全美肌バイブル」〈123の肌悩みにズバリ回答！〉
斉藤　洋　ルドルフとイッパイアッテナ
斉藤　洋　ルドルフともだちひとりだち
佐々木裕一　若返り同心 如月源十郎〈不思議な飴玉〉
佐々木裕一　若返り同心 如月源十郎〈闇の顔〉
司馬遼太郎　新装版 播磨灘物語 全四冊
司馬遼太郎　新装版 箱根の坂 (上)(中)(下)
司馬遼太郎　新装版 アームストロング砲
司馬遼太郎　新装版 歳月 (上)(下)
司馬遼太郎　新装版 おれは権現
司馬遼太郎　新装版 大坂侍
司馬遼太郎　新装版 北斗の人 (上)(下)
司馬遼太郎　新装版 軍師二人
司馬遼太郎　新装版 真説宮本武蔵
司馬遼太郎　新装版 最後の伊賀者
司馬遼太郎　新装版 俄 (上)(下)
司馬遼太郎　新装版 尻啖え孫市 (上)(下)
司馬遼太郎　新装版 王城の護衛者
司馬遼太郎　新装版 妖怪 (上)(下)
司馬遼太郎　新装版 風の武士 (上)(下)
司馬遼太郎　戦雲の夢〈レジェンド歴史時代小説〉
司馬遼太郎 海音寺潮五郎　新装版 日本歴史を点検する
司馬遼太郎 井上ひさし　新装版 国家・宗教・日本人
司馬遼太郎 陳舜臣 金達寿　新装版 歴史の交差路にて〈日本・中国・朝鮮〉
柴田錬三郎　お江戸日本橋 (上)(下)
柴田錬三郎　貧乏同心御用帳
柴田錬三郎　新装版 岡っ引どぶ〈柴錬捕物帖〉
柴田錬三郎　新装版 顔十郎罷り通る (上)(下)
柴田錬三郎　江戸っ子侍 (上)(下)〈レジェンド歴史時代小説〉
城山三郎　この命、何をあくせく
城山三郎　黄金峡
城山三郎 平岩外四　人生に二度読む本
城山三郎 高山文彦　日本人への遺言
白石一郎　庖丁ざむらい〈十時半睡事件帖〉〈レジェンド歴史時代小説〉
志茂田景樹　南海の首領クニマツ
志水辰夫　負け犬
島田荘司　殺人ダイヤルを捜せ
島田荘司　火刑都市
島田荘司　御手洗潔の挨拶
島田荘司　御手洗潔のダンス
島田荘司　暗闇坂の人喰いの木
島田荘司　水晶のピラミッド
島田荘司　眩暈（めまい）
島田荘司　アトポス
島田荘司　異邦の騎士〈改訂完全版〉
島田荘司　御手洗潔のメロディ
島田荘司　Pの密室
島田荘司　ネジ式ザゼツキー
島田荘司　都市のトパーズ2007

2017年10月15日現在